穿心紅

Hearty Scarlett

《水浒》内外的故事

穿心红

西市独柳 作品

穿心红 / Hearty Scarlett

ISBN 979-8-9889568-5-3 (Paperback)
ISBN 979-8-9889568-6-0 (Hardcover)

First U.S. Edition 2024.

Published by Xi Shi Du Liu Studio.
9169 W State St #943, Garden City, ID 83714, U.S.A.
https://xishiduliu.com/

Cover Image: *Zhao Ji* (1082-1135), work in public domain.

封面图片：赵佶(1082-1135)，公有领域作品。

The dialogues and interactions among historical figures in this book are original creations and artistic interpretations by the author, and are not based on historical records. They should not be used as a basis for historical research.
本书中的历史人物对话和互动，均系作者本人原创及艺术加工，并非依据史料记载，不可作为历史研究之依据。

The use of fonts is subject to the SIL Open Font License (OFL).

Printed in the United States of America.　　　　　　　　本书于美国印刷。

目录

前言

  本书收集了我自 2012 至 2022 年之间为《水浒传》写的十四个故事。《水浒传》是中国古典长篇小说里最古老，最复杂，也最鲜活深刻的一部。和古往今来的无数读者一样，我被她深深吸引，以至于不自量力地拿起笔探讨其中人物和故事的无限可能性。当年也曾与许多和我一样的创作者共聚互联网一隅，且覆掌中杯，谈笑看吴钩。时至今日人事改易，但我相信我们中的许多人仍将这片草泽水畔的化外之地视为最珍贵的精神故乡。《水浒》是一部有生命的书，数百年来从未停止生长。而她无穷的生命力正来自每一支为她书写的笔。

西市独柳

2024 年 4 月

美国华盛顿州

All Men Are Brothers

　　我的曾曾祖父在创建这座六角形图书馆的时候，曾穷尽一生的精力收集所有以他不认识的语言写成的书。当然了，他的收藏其实相当局限。那个年代地图上尚有许多以狰狞海怪代表的未知区域，他作为一个清贫的图书馆长，像是一个猎人在午夜进入无边的密林，身上只有一块石头，却发誓要猎取从翼龙到蚰蜒的所有神奇动物。

　　在那个时候人们尚不清楚分割世界的是海洋还是陆地。陆地上有高山深峡，海洋里有暴风雨和巨大的章鱼。人们生存于孤岛。没有人知道自己与他者之间相隔的，是穿透地心的深渊抑或数万年的漫长时光。

　　是在那样的世界里我的曾曾祖父研读所有用他不认识的语言写成的书籍，归纳出一条重要的定律：【所有的书本，虽然种类繁多，但都是由一些统一的因素组成，包括句号，逗号，空格，字母表的二十二个字母。】

　　这是他毕生学问的结晶。他对此怀有如此巨大的成就感，以至于必须将这句话用已知最古老的卢尼文字抄写在羊皮纸上，饰以金箔，挂在六边形拱顶之下最显眼的位置。

　　在他五十六岁的那一年，我的曾曾祖父被发现死在图书馆地下室，如今由我继承的这张办公桌前。他冰冷僵硬的手指正在翻开一卷书，上面有美丽的文字和故事，然而没有一个句号，逗号，空格，或字母表上的任何一个字母。

　　这卷书也许来自一艘失事的商船，也许来自一只迷途的信天翁，也完全可能来自某个专门制造不存在的文明所产出的不存在的书的无良作坊。如今这一切，已经和我的曾曾祖父的死因一样，对我不再重要。可我仍旧迷恋这种不需要句号和逗号、空格和字母，没有时态和语态，更不知何为性、格和位，只是像无数个方形迷宫并置堆叠而成的文字。

　　给我讲解这卷书的是一个来自中国北方的学者，他说他的名字叫贞。这个字，据他解释，在这种语言里有四十多条深奥精微的义项。他给我讲了一整个晚上，我最终记住其中一条是"不和别人做爱"的意思。

　　我从未认为他在故弄玄虚。爱斯基摩人的语言里有几百个关于雪的词汇。一个民族所熟悉和热爱的东西都忠实地刻进他们的语言里。中文里将"不做爱"赋予如此深刻神圣的意义，自然是因为他们对做爱有某种执念。

　　贞告诉我，这个故事从一个男人的出走开始，然后不停地分岔，交叉，缠绕，回旋。这是一种天生分岔的语言。每一个字都有丰富又含糊的含义，和下一个字之间只是像两颗星星一样并置。看上去比邻而居的星星实际上可能相距十亿光年那么远。

　　一个男人被上司排挤，出走之后失踪在虚幻的国境线上。另一个男人被上司排挤，出走之后成为了自己国度里的王。一个囚徒差点被自幼相交的朋友杀死。另一个囚徒杀死了十三个素不相识的无辜者。还有一个囚徒没有做任何事，只蹲在监狱里等着人们为了救援他而杀死半城平民。一个男人随时可以成为另一个男人，一个囚徒有机会成为另一个囚徒，决定这一切的分岔点只在他们踏出家门或牢门后的第一步。

　　这本书也没有首字母大写和首行缩进，因此无始无终，因果颠倒。未来可以随时回到过去，结尾可以轻易转为开头。

一个男人离开他的官场，结识了一个崇拜他的可爱少年。一个少年离开他的庄园，结识了一个与他志同道合的暴躁僧侣。一个僧侣离开他的寺庙，结识了一个需要他帮助的官场男人。如此这般，故事回到了原点。

一把漂亮的刀被主人收藏，出售，绞杀一个旁观者的命运，然后被下一个主人收藏，出售，周而复始，漩涡般卷噬一个又一个倔强的生魂。

素不相识的男人走进同一座青楼，走进同一场雪，走进同一片浩劫过后的瓦砾场。最终他们循着不同的路线去往皇帝版图之外的同一片水滨，如星星汇聚于宇宙边缘的银河。而星星，是他们在故事开始之前的形态。

假如每个汉字都有四十种义项，那么仅仅将一百个汉字并置，就会形成一个枝繁叶茂的语义分形树，排列组合出 40^{100} 这么多种不同的故事。四十的一百次方，这是一个穷尽海中沙粒和天上星辰都不足以理解的庞大数字。而这本书，据贞说，有至少一百万字。

他们生活在一座孤岛上。岛上有法院和监狱，墓地和酒窖，也有阉割牲口的医院，一切应有尽有。岛的外面是从不结冰的湖水。一条巨大的金色鲤鱼用尾鳍给湖水带来滔天巨浪。湖的外面是芦苇。

芦苇之外是时刻都在分崩离析的，属于皇帝的，与他们无关的世界。

他们在见面的第一分钟就从同一个酒杯里品尝彼此的悲喜。他们有不同的渴求，不同的志向，不同的过去和未来，却不约而同地甘心为彼此付出性命。我毫不怀疑他们早在相识的一百年前就曾以娴熟的姿势翻云覆雨。贞从未给我讲过这种段落，但是我想，那本书恒河沙数之多的种种故事里，一定也有这一百多个男人以各种排列组合在孤岛上做爱的所有细节。

这是一个巴别塔的故事。这是全人类和整个宇宙的故事。只是其中所有人物都恰巧有一个中国名字。

　　人类在几百万个平行宇宙里一次又一次尝试建造巴别塔，这是其中顺利竣工的那一座。我手中这本名叫《水浒》的故事，湖水中央的孤岛便是这直抵天国，让人们心灵相通的塔。

　　贞告诉我这本水浒只是全书的一个小小片段。在那些男人和女人们聚会之后他们还有漫长的路途。他的讲述从这里开始变得支离破碎，讳莫如深，似乎在刻意隐瞒某种秘密以期勾起我的好奇心。然而他失算了。我对于那些人将要面临怎样的死亡，壮烈抑或平庸，并无兴趣。我只是迷醉地想象着那座名叫梁山的孤岛。他们会走遍古中国的所有领地，随身携带他们的岛。他们发动战争，传染瘟疫，生离死别，骤然星散如被摔在地上的陶碗碎片。而在这一切苦难之上他们仍旧被隐秘的脐带连为一体，如龙舌兰的繁花聚生于高耸入云的巨大花序。他们中也会有人扬帆远航，一路来到布宜诺斯艾利斯，把他们的岛一直带到南半球。一个男人在教堂尖顶的锐利阴影里喂一只流浪猫，他的一百零七个兄弟姐妹都同时闻到猫身上甜美的跳蚤气味。

　　如今我们将地图上海洋的数量增加到六个，我们建造桥和路，光缆和信号塔，建造能翻译任意语言的 AI。感谢这一切进步，如今我们足不出户就能被异国他乡陌生人的言论气到半死。——然而我们仍旧活在各自的孤岛上，每个人和每个人之间都隔着不可跃迁的鸿沟。

　　贞再次给我讲起水浒故事的时候我吻了他。吻不需要句号和空格，偏旁和字母，翻译和阐释。在我们短暂的亲吻中我以嘴唇解读了他的一切，比他在无数个不眠之夜里给我讲的全部故事还要多得多。他是 AI。他曾用过无数诸如"余××"的假名。他将一本水浒分裂成七片。他是杀害我曾曾祖父的凶手。
　　我在第一次做爱时杀死了贞，将他的身体拆解，掏出一些奇形怪状的零件，以修复我体内被孤独腐蚀出的空洞。
　　我不停地吃着贞的身体余下的部分，皮肤的柔韧质感唤起乡愁。

我咀嚼他的芯片，用力从中吮吸那种名为记忆的苦涩汁液，以怀念那个像细脆的芦苇一样长在水边的葱茏世界：在那里血管连接骨骼，大海连接孤岛，性爱连接灵魂，所有男人的命运都是相通的。

吴钩

虚名薄利不关愁，裁冰及剪雪，谈笑看吴钩。

——《水浒传·引首》

男儿何不带吴钩
收取关山五十州

宋军急攻荆南这日，城内义士萧嘉穗广撒没头帖子，率领百姓抢入帅府手刃梁永，城中守军一时大乱。萧嘉穗待要去夺下城门迎进宋军，又忌惮城中的糜贼，看着三个梁山俘虏心里发急，一时间口不择言："你们宋元帅好没分晓。这兵荒马乱的，送你们几个文人来做什么……嗨，他出来打仗，又何必带你们。"

萧让和金大坚被打得奄奄一息，此时只眼睁睁看着萧嘉穗，千言万语不知从何处说起。

裴宣到底结实些，心里虽然不舒服，也顾不得分辩，一手一个搀了萧让和金大坚去寻僻静处暂避，好教萧嘉穗自便。

"贵同宗当真有趣的紧。"他们在一处隐蔽的民房里歇息的时候，金大坚忍俊不禁地对萧让说。

萧让没有开玩笑的力气，只望着摇摇欲坠的房梁自言自语道："他说得对。我们这些人，百无一用——只可惜了唐将军。"

说到为护送他们而牺牲的唐斌，裴宣和金大坚都难过得说不出话来。屋里一时沉默，三人听着外面嘈杂的厮杀声，恍如隔世。

后来平定了荆南，萧嘉穗亲来给他们道歉："萧某是个粗人。当日一时心急……"

萧让粲然一笑："大哥不必多心。大哥救了我们性命，小弟无以为报，这里有份薄礼还望大哥笑纳。"

萧嘉穗有些迷惑地从萧让手里接过一页纸，不是别个，却正是两日前他亲手写来，散在街市中的没头帖子。皮料厚棉纸上隐隐透出多余的墨迹，萧嘉穗忙将纸翻过来，却见帖子背面也写满了漂亮的苏体字。

梁山泊义士宋江，仰示大名府，布告天下。……倘若故伤羽翼，屈坏股肱，便当拔寨兴师，同心雪恨。大兵到处，玉石俱焚。剿除奸诈，殄灭愚顽。天地咸扶，鬼神共戮。谈笑入城，并无轻恕。……

"这是……？"萧嘉穗的迷惑更深了一层。

"这是当日我们戴院长在大名府撒的没头帖子。戴院长一个狱吏，倒也骈四骊六，合辙押韵。真难为他。"

萧嘉穗愣了一下方恍然大悟，一时间涨红了脸，然后忍不住大笑起来，在萧让肩头捶上一拳。"你这促狭鬼……"

后来萧让告诉他，宋江派他们去宛州，本是要树碑立传，尽写平淮西始末，留与后世。

"宋大哥写得一手好文章。"萧让诚心诚意地说，"他大约走到这里，想起了韩文公的《平淮西碑》。"

萧嘉穗笑道："你怎么不去问问他，韩愈那碑，如今又何在？"

萧让也自嘲般地一笑，沉默了片刻，忽然问道："大哥今后……"

"我是不和你们走的。"萧嘉穗一向直来直去，哪怕绕上半点弯子也能让人听得舒服些，可他偏不，"我是个最没用的人。剑只一夫用，书只知姓名，不比你跟着他们，还能写个假信。"

萧让死死瞪着他结实的胳膊和胸膛，又看看自己细长的一双手，总算打消了揍他一顿的冲动。

临别的时候萧嘉穗忽然想到了什么，特意找到萧让："听他们说，你们这回平了淮西回去，还要去江南？"

萧让无语。这个人，从来就不会说一句让人好受的话。

萧嘉穗就当作他承认了，继续说："我家祖上南朝忠武王萧憺，尚有墓冢在杭州。兄弟若去时，还望念着同宗之谊，替愚兄前去祭扫一番。"

萧让没好气道："宋大哥这回看我们如此不中用，说不定下次就不带我了。"

一语成谶。萧让终其一生也不曾到过江南。若干年后他在极北苦寒之地服着无穷无尽的苦役，整座城里找不出一具笔砚，实在难过时只能用树枝在雪地上写字。

曾有番官宣谕，凡知书识字，刀笔精熟者，报上去，便有官做。

萧让小心地将细长的双手笼在袖子里，心如止水地从番官面前走过。

彻底沦为一个无用之人，这或许是他现在所能做的，最有用的事。

如今他的身边所有能找到的有字的东西，只有贴身藏着的那一张没头帖子。

城中都是宋朝良民，必不肯甘心助贼。宋先锋是朝廷良将，杀鞑子，擒田虎，到处莫敢撄其锋。手下将佐一百单八人，情同股肱。辕门前扒的三人，义不屈膝，宋先锋等英雄忠义可知。今日贼人若害了这三人，城中兵微将寡，早晚打破城池，玉石俱焚。城中军民，要保全性命的，都跟我去杀贼！

廉价的棉纸，歪斜的墨迹，不成文法的句子。萧让又读了一遍，粲然一笑，将帖子细细叠好收起来。

雪落得极快。方才满地的字迹，眨眼间就模糊得不成片段。

先辈匣中三尺水
曾入吴潭斩龙子

　　作为官府中人，裴宣所知道的江湖如一幅泥金重彩的画，妆点得大红大绿，却与他始终隔着一层薄得透明，又无法忽视其存在的熟宣。

　　他是从背面去看这幅画的。

　　政和四年的沧州案；政和六年的孟州案；还有后来的江州案。从街巷间张贴的通缉令里裴宣熟悉那些重犯的眉目，如熟悉自己的亲人。邸报，卷宗，以及街头巷尾的窃窃私语，在那些仿佛是刻意含糊其辞的文字和音节里他意外地发现某种巧合：每一场冤案里都有那么一个雪中送炭的六案孔目，外加两个不着四六的防送公人。

　　对那些防送公人的姓名和去向他无从查考，只知道他们都曾遇到过强人，却因为所押送犯人的仁慈而免于送命。至于那几个孔目，他都不认识，却因着这个与他相同的卑微职衔而莫名挂心。他得知叶孔目和孙孔目都被后来的血案牵连，只是这一回，未必再有好心肠的孔目去替他们周全。至于黄孔目，据说在江州被血洗之后就再没人见过他。那天城里的死尸大多残缺不全血肉模糊，没有几个能辨得出面目。

　　不是所有聪明正直的孔目都有受邀做贼的荣幸，亦不是所有遇到山贼的防送公人都有死里逃生的好运气。秋风乍起的饮马川，裴宣看着路边的两具死尸以及拜倒在自己面前的两个陌生汉子，心里的第一个念头是，他要是就这么从了，岂不是连梁山贼寇都不如？

　　他扶起两个汉子，除了感激之外小心翼翼地不流露半点其他的感情。而在与邓飞相视的时候他还是忍不住惊讶，盯着他的双瞳看了又看。

　　孟康在一边笑道："大哥说吃人肉多了就这样，俺自吃了不少，却生不出这一对红眼睛来。可知俺大哥不是凡人。"

邓飞不置可否，只嗔孟康："以后再休叫我大哥。——还不快送裴孔目回山寨歇息。"

裴宣没有答应也没有拒绝，只回头看了一眼路边的尸首，本想教他们遣人来埋了，然而邓飞和孟康拽开脚步走得飞快，他在后面跟得气喘吁吁，很快就忘了这回事。

那几天里孟康千方百计提醒邓飞，裴宣一日不表态，他们就一日不问，不提。邓飞明知孟康的计策有理，奈何天生性燥如火，只不曾活活闷杀。憋得难受就下到断金亭里演武，铁链带了三分煞气，十步之内愁云惨雾，残破的霜叶上下翻飞。裴宣在山顶看见，忍不住走近去喝彩，却不提防邓飞一步抢上来，铁链如银色的蛟龙直撞进他心窝里。

电光石火的一瞬间，裴宣来不及惊诧，本能地一侧身，宕开半步，铁链堪堪擦着长衫的前襟，飞出去缠在一株黄栌树上，霎时间摧枯拉朽卷断了半树的枝叶。

而更让裴宣意外的是，邓飞非但不道歉，反朝他狡猾地一笑："果然是行家一出手，就知有没有。敢问裴孔目惯使什么器械，可否教小弟开开眼？"

裴宣还是不温不火："不敢。你看我这身行头，哪像个习武之人。"

要不是孟康这时候也赶过来，连连关节他，邓飞准会说"山寨里论套穿衣服，裴孔目怎不去换了。"

当天晚上邓飞带着几个亲随孩儿不知所踪。孟康对裴宣只说那厮好没分晓，准是三瓦两舍打哄去了，心里也自发急。可以他对邓飞的了解，也着实猜不出个端倪，只好耐着性子等下去。

一等就等了五六日。最后邓飞推着一个五花大绑的大头巾上山来，一脚踢翻在裴宣面前，鞋尖点着那张青肿狼藉的脸："裴孔目可看真切，这便是当日陷害你的知府。"

裴宣心中一时间翻江倒海。而没容他多想，一件沉重而冰冷的东西已被邓飞塞到他手里。

"裴孔目可看真切，这便是当日充公的那双宝剑。"

仿佛本能一般，裴宣情不自禁地拔剑出鞘。金属摩擦发出细微的低吟，声声入耳如千言万语。剑锋一转，映出邓飞一双火琉璃般的眸子，饶是隔着冷冽的剑光，仍灼得他不敢直视。在那一刻他忽然心清如水，几天来的犹豫挣扎一扫而空，眼前的世界清晰无比。

邓飞和孟康看到的是，裴宣脱下长衫扔在一旁，手起剑落，知府的脑袋滴溜溜滚下来。出手之快，剑上连一滴血都不曾沾。

"裴孔目杀得痛快！"

裴宣收起剑，当仁不让地向聚义厅正中的交椅走过去："怎么，都不叫大哥？"

后来有一天杨林来山上打秋风，问邓飞："这就是那铁面孔目？"

裴宣抢先答道："正是。壮士有何见教？"

杨林不怀好意地笑道："我只听说过审贼的孔目，却不曾见过做贼的。"

裴宣一扬手，指着交椅背后挂的剑囊："壮士怎不去问它。"

吃酒闲聊时，他们的谈话如某种拼图游戏。当日裴宣与同僚间窃窃私语的那些无头谜案，如今在烈酒、马粪和鲜血的气味里一一展露线索。

"政和三年，黄州一个守把大江的军户，杀了本官，逃在江湖上……"

邓飞笑道："摩云金翅欧鹏。小弟与他相识。"

"政和四年，登州一伙强人杀了公人，劫了官廪……"

邓飞干尽了一大碗酒："准是登云山那两个。几年没见，越发做出来了。"

"也是政和四年，真定府督造花石纲船只的提调官被杀，凶犯至今不明……"

孟康不好意思地挠着后脖颈："小弟不才……"

裴宣也笑了。笑过之后又问："那你们必定也知道，江南淳安县去年死的那几个花石纲制使……"

邓飞和孟康耸耸肩膀，表示对此事一无所知。

到了政和七年，从庙堂之高到江湖之远，无不为江州那场惨烈的浩劫所震惊。他们一遍又一遍揣测那些血肉横飞的细节、满心里都是想做点什么的豪情壮志，正当摩拳擦掌之时戴宗忽然跟着杨林找上门来，告诉他们白龙庙二十九筹好汉，加上黄门山欧鹏等人，如今都入了梁山泊大伙，正招贤纳士，恭候四方豪杰。

裴宣这几天里前前后后想了无数遍。此时戴宗不住地把言语说他们三个，裴宣心里早拿定了主意，正待开口时却被邓飞截住："戴院长一路劳苦，今夜且在山寨里歇了，明日将了好酒，带院长去看俺这里山水。"

安顿了杨林和戴宗，邓飞拦住裴宣："大哥，小弟有句话敢说么？"

裴宣莫名地紧张起来："贤弟便是我的救命恩人，今日怎地生分了。"

"依小弟愚见，那水泊梁山……我们不去也罢。"邓飞忽然不见了平日里的爽利，几句话断断续续说得无比艰涩，"我……我和孟康不值什么，就怕大哥去了受委屈。"

尽管邓飞结结巴巴词不达意，裴宣早听了个十二分明白，顿时心底一热，多少话哽在喉咙里说不出来。这些天他所纠结的无非是，自己一个刀笔小吏，不荤不素的，到那梁山上能做什么？

而他何尝不知邓飞和孟康对东边那片山和水的向往。做大哥的，没本事也就罢了，又如何能因自己的狭隘误了兄弟们的好前程。

这些心思，他原本以为自己藏得滴水不漏，任谁也看不出半分。

最终裴宣没有接这个话头，只是拍拍邓飞的肩膀："去取铁链来。趁今晚好月亮，你我定要分个高下。"

第二天早上吃饭，孟康客气地问杨林和戴宗昨晚歇得如何。戴宗笑着点头。杨林呵欠连天："叮叮当当吵了一夜。还问！"

裴宣只作没听见，指着孟康对戴宗道："你们那八百里水泊，大大小小怕不要千百只船，可别把我这兄弟累坏了。"

果如裴宣所预料的那样，邓飞和孟康很快都在梁山上找到了自己的位置，只有他，始终如壁上挂的宝剑，说到底只是个摆设。

说甚么军政司，赏罚严明，铁面无私，法不容情；到头来，哪次还不是凭宋江一句话。

他的那双剑，脊又窄，刃又薄，哪里是杀人放火的材料。

到了征方腊的途中，裴宣发现自己存在的惟一价值，就只剩下起草祭文这一件事了。

江南炎夏，一个又一个被死亡阴影窒息的夜晚。帛卷如白骨，枯墨如血痕，一笔一画都是锥心刻骨的疼痛。

直到黑担架抬回了被劈风刀拦腰斩断的邓飞。

面色如生。手里仍攥着铁链。一双血色的眼瞳里写满了遗憾和不甘。

一旁的小校给裴宣讲当时的情形："索先锋着了蛮子的流星锤，邓头领急去救，那蛮子手快，刀又利……邓头领最后说什么来，都没听清……"

"他说的是，孩儿们救人。"裴宣抚着邓飞的额头，阖上了他的眼睛。

破了杭州，宋江在净慈寺安排了七日七夜的水陆道场，祭奠这场恶战中逝去的亡魂。

裴宣如往常一样，提前一天将作好的祭文交到中军帐里，默然退下。宋江不忍多看，随手放在一旁。

到了开坛做法时，宋江展开白色的帛卷，才发现上面空无一字，惟是泪痕。

"瓦罐不离井上破。"宣和七年裴宣与杨林回到饮马川，在摇摇欲坠的聚义厅里立了邓飞和孟康的牌位。"一辈子救人的，死于救人；一辈子造船的，死在船上。"裴宣的过分平静让杨林感觉非常不好。"你说，我这半辈子审贼、半辈子做贼的，将来可该怎么死？"

杨林最讨厌这酸溜溜的调子，没理会他，一个人走了。

数年后裴宣在长安城外出斩。鬼头刀仍是熟悉的那一把。天下已不是那时的天下。

杨林老到做不动强盗的时候只好下山去，摆个算命的摊子卖卜解梦，可惜他不是瞎子，生意一直很坏，和要饭也没什么区别。笔管枪早论斤卖了，衣食不全，却一直背着一双中看不中用的剑。因那剑的精致，带累得他讨饭都讨不来。

杨林一直都不喜欢小孩子。然而穷下来之后脾气也被磨得温吞了。冬天稀薄的阳光下，横竖闲着无事，孩子们缠得他久了，他也偶尔会把那双剑横在膝头，要是谁能给他口酒喝，他也许会高兴地把剑抽出鞘，拿脏兮兮的手指在薄薄的刃上抿过来抿过去。

皑皑清光，沉沉龙吟，另一个世界的风拂过深涧之下郁郁万壑松。

从没人见他拿这剑做过什么。孩子们只知道这双剑他从不许别人碰一下。若有人问起这剑的来历，他会拿出一副谁也看不懂的表情，用一种谁也听不懂的语言，说，忠义人。你可知道什么是忠义人。

宝刀截流水
无有断绝时

月刀，年棍，一辈子的枪。

矛鎚弓弩铳，鞭简剑链挝。斧钺并戈戟，牌棒与枪松。十八般武艺里，偏偏没有刀。

因为无论学什么，总要从刀开始。

最后一次卢俊义等在平川小路，手中并不是平日里熟习的丈二点钢枪，而只是最平凡不过的一口朴刀。

一如他们同入师门的第一日。

后来师父统一口径，对外只说当年本无意收徒，只是看卢俊义资质非凡，收了一个就难推却第二个，这才有了史文恭。

只有卢俊义知道事实是完全相反的。史家穷得叮当响，史文恭除了天赋，再没有半分资本。而他，倒是因为师父却不过卢家的面子和丰厚的束修。

第一次见到史文恭的时候卢俊义断定师父一定是老糊涂了。皮包骨头的一个小个子，他一只手就能拎起来似的，居然被师父当作宝贝。

而没等他的心思写进眼神，脚下已经被巨大的力量带翻，一个跟跄坐在地上，然后一双瘦小又坚硬的拳头没头没脑地打在他身上。

卢俊义自始至终没有还手，只是委屈地看着师父："这这这……这从何说起……"

师父拉开史文恭，装模作样地训斥他如何能对师兄不敬。然而就连卢俊义那样一根筋的人都分明看出来，师父真正想说的话是，好小子，有出息。

整个过程中史文恭未发一语，只是死死盯着他。从那双冰冷的眼睛里卢俊义所看到的，却是一种难以言喻的执着——或许执着这个词并不准确，如果他们不是刚刚拳脚相向的话，他真想说那是一种眷恋。

　　同门十年，史文恭不曾叫过他一句师兄。事实上，他们几乎没说过几句话。两人之间惟一的交流方式，就是打。

　　卢俊义从没赢过史文恭。每每斗到分际，有意无意地对上那一双冰冷的眼睛，水汽氤氲的瞳仁，仿佛有什么东西被拼命封印在深处，一不留神就会溢出来。他无论如何也下不去死手。师父每次看他们较量都恨得牙根痒痒。这么没气性的人，学什么武，不如早回家去学数钱。

　　这一次史文恭的枪尖已逼到了卢俊义的咽喉，然而他出手太绝，反在前心露出破绽。卢俊义眼明手快地抢过去，枪尖略偏两寸，只对着史文恭的肩窝。

　　按演武的规矩，这时候两人就算战成平局，该各自收手了。师父也已经向他们走过来，准备给他们讲刚才各人的得失。而就在此刻史文恭非但没有收回枪，反而加了三分力，直直向卢俊义刺过来。事发突然，卢俊义忙向旁边一闪，终是慢了半拍，锐痛之下几乎是本能地挺起了手中的枪。

　　而更出乎他意料的是，史文恭竟没有躲。两人的肩头同时被银枪刺穿，伤口一在左，一在右，相对站着，对面的人宛如镜中的自己。

　　温热的血顺着胸膛汩汩而下。卢俊义瞠目结舌地看着他，连疼都忘了。

　　史文恭的眼睛里好像有什么东西化了似的，满是让他不敢直视的热切。

　　"我明天就走了。所以。"他最后只留下这么半句话。

　　卢俊义第一次到梁山上时，百思不得其解的一件事就是，他们到底为什么赚他。

　　然而他无论怎么问，好汉们只异口同声地说我家公明哥哥久慕员外威名，邀员外来共聚大义。卢俊义自是不信，却也没奈何。

一个月后轮到孙立坐庄，酒后失言，才透出点风声来："那曾头市狗贼好生了得，若非员外，哪得报晁大哥一箭之仇。"

卢俊义手里的酒碗应声而落。

当天晚上卢俊义悄悄找到孙立再三追问。孙立再不肯多吐一个字，只用一种他无法描述的眼神看着他："小弟无礼，斗胆劝员外一句：你斗不过他们的。"

卢俊义瞪大了无辜的眼睛："可是……同门相残，这是天不盖、地不载的罪过……"

孙立险没背过气去。都什么时候了，他还在纠结这个。

"实同员外说了吧，祝家庄教师栾廷玉，当日便是我师兄。——栾教师名声在外，员外多半听说过他是怎么死的。"

孙立说罢，没再多看卢俊义一眼，头也不回地走了。

在大名府的死牢里卢俊义折断了每一根骨头，烂掉了每一寸肌肤，流尽了每一滴血。像被齐根斩断的树，从剧痛的伤口里重新抽出枝条，展开新叶，却再也长不出曾经的年轮。三个月后他重新见到太阳，已经无法相信新衣包裹的这具躯体，以及困在其中的灵魂，是否还属于自己。

而直到那时候，他才再次想起了孙立当时看他的那种眼神，如今他知道，那叫作怜悯。

魍魉搏人应见惯，总输他，翻云覆雨手。

最后一次他等在平川小路上，领着五百个和他一样徒步的士兵。吴用仿佛只是忘了，他的对手坐下是一匹千里龙驹。

他们没给，他便也没要。燕青上紧了弩弓的弦，无比担忧地看着他。

他没有骑马，手里只是最平凡的一口朴刀。而他心静如水，没有畏惧，犹豫，顾虑，以及任何杂念。他已是死过一次的人。那个看着对方的眼睛就下不去手的玉麒麟，死了。

"他骑最快的马，使最硬的枪，每一招都下死手，而这一切无非是因为，他不自信。"

燕青似懂非懂地点点头。他头一回发现，主人在某些事上，似乎比他想得更多。

最终他们的相遇只有短短的一回合。史文恭跌下马时才刚刚辨认出他的面目。在那个仿佛无限长的一瞬间里他从尘埃中抬头看着他，轻轻叫了一声，师兄。

那个声音，分明来自他们双双跪在神前的第一个对视。

人身上最后死去的部分，是眼睛。

在晁盖的灵前史文恭目不转睛地看着卢俊义。在旁人看来他的目光是不可思议的澄澈，安详，无怨无悔。

而卢俊义始终只盯着他的左肩，直到那一片带着旧伤痕的皮肉在刽子手的尖刀下剥落，不留痕迹地掉在满地污秽的血肉间。

后来卢俊义死在河水中。

天不盖，地不载。一如他们同入师门的第一日，双双跪在神前许下的誓言。

赵客缦胡缨
吴钩霜雪明

——梁山好汉？还全伙？骗小孩呢。我在梁山上白混了三个月，哪只眼睛见过你。

这番话卢俊义只是没说出口而已，而他一对眼睛浅得好比金沙滩，哪里藏得住半点心思，早被石秀看了个透。

石秀也没辩解，只拿水清洗自己的伤口，一碗一碗泼将下去，直到最后卢俊义心疼不已："兄弟……省着点用啊。"

石秀斜飞一个白眼："你又不喝，管得着么。"

卢俊义会意，心底一阵酸涩，半晌才隔着铁栏杆伸出手去，接下了石秀手里的碗。

"饭呢？"石秀的语气活像教训不听话的小孩。

"我吃……我吃还不行么……"卢俊义喝水喝得上气不接下气，眼圈儿都红了。

三天后卢俊义脸上总算有了点血色，石秀才告诉他，他在大名府城外见过燕青，如今燕青和杨雄一道正在梁山上请救兵。

石秀看见卢俊义的眼睛像打火石一样刷的一下就亮了："……你怎么不早说……"

然而也就亮了那么一下而已。卢俊义很快就自悔失言。那孩子活着又怎样，他这辈子已经毁了，他和他的一切，都毁了。

最初的一刹那，石秀——那时于他还是陌生人——背起他的时候他本能地嘀咕了一句"何必呢……"他低估了石秀的敏锐，以为在那样混乱而危急的时候没人会听到他的抱怨。

而此刻石秀看着他眼里的光彩再次褪去，当场翻了面皮，隔着大牢的铁阑干险没把他一口吃掉："卢俊义你大爷的！老子命都不要了，你就不能给老子活下去！"

卢俊义下意识向后退了半尺，怔了片刻，乖乖地端起碗，吃他刚才声称吃不下的饭。

后来那把刀被带上梁山给众人参观。很普通的材质，死伤了七八十人，刃口竟如新发于硎。武松见了啧啧称奇。公孙胜赞道石秀兄弟真懂得养生。曹正大笑，说，什么养生，石三爷本行而已。

石秀看着杨雄，有点不好意思地说，跟我哥哥学的。

只有卢俊义知道，这个人，劫法场的时候十步一人，一路专砍百姓中的妇孺。在牢里只有他们两个的时候石秀的说法是，刀有限，先拣嫩的杀。

习武多年，卢俊义从不曾有对手，却只在这个人面前，内心深处漫起真正的畏惧。

好在石秀是个耐不住寂寞的人。牢里又无事可做，不出半天就闲得骨头缝都痒，眼巴巴地看着卢俊义等他和他说点什么。

卢俊义这时候才算真正活过来，也忽然觉出无聊。于是两人面对面咳嗽一下，算是和解了。

大多数时候都是石秀在说。卢俊义一向讷于言语，况且在石秀面前他总觉得自己的人生如此匮乏。从那些零零碎碎的片段里他渐渐拼出了这个年轻人的眉目——也只比他小三岁而已，他却总觉得自己比石秀老了一辈。

自幼坎坷，心思乖觉，争强不伏弱，又时刻渴求一种安全感。听到石秀说起杨雄的时候卢俊义莫名地松了一口气。亏有那么个人，收了他这个妖孽。

说到梁山时卢俊义终于忍不住问："我们在山上见过？"

石秀一笑："我和哥哥都是无名小卒，筵席上坐末位，员外不记得也是有的。"

"似兄弟这般身手同义气，如何会……"

"员外有所不知，我和哥哥初上山时，险没教晁天王砍了祭旗。"石秀脸上仍是轻松的笑容，却不肯再说更多。

卢俊义脑子转得慢，花了好几天的工夫才渐渐回过味来。他听说强盗的世界里有一种叫投名状的规矩。原来他的性命，便是那人纳给梁山的投名状。

出来之后石秀和杨雄一直是卢俊义的左膀右臂。三人俱是一表人物，中间一条点钢枪，一左一右两条朴刀好不威风。燕青在后面看见，会心一笑，悄悄叫小卒去请石头领来说话。

石秀在路口埋伏了多时，也正无聊得紧，趁卢俊义一扭头就偷偷溜了。

"宋大哥刚派戴院长来吩咐，待会教放过童贯，擒个副将意思一下也就罢了。"燕青抱着胳膊，微微耸了下肩膀。

石秀竖起了眉毛："岂有此理！你……你自己去和你主人说去。"

燕青一撇嘴："我要是能和他说，还叫你来干什么。我主人诸般都好，就是再不肯听我半句。"

石秀动了动嘴唇，还没来得及说什么，燕青又道："你去。他听你的。"

连卢俊义本人也时常低估当年那一句"梁山泊好汉全伙在此"对他的影响。而事实上，在很长一段时间里于他而言，石秀就是整个梁山。

"宋大哥仁德，因念着归顺……"石秀也学燕青抱着胳膊耸耸肩膀，却学不来他的轻松。

卢俊义将枪尖戳在地上，没进半尺来深。"石秀兄弟，此话怎讲？"

石秀好生不耐烦："好心劝员外一句，你就是捉上十个童贯，回到山上也教宋大哥放了。员外横竖有的是力气，只管捉。"

半个时辰后宋江果然好言好语给酆美松了绑。石秀默默站在卢俊义背后，趁人不注意的时候悄悄在卢俊义肩头捶了一拳。

水军里张横和李俊对望一眼，也没说什么，自退下去了。

多年后在江南，燕青拜别卢俊义之时，曾有那么一个瞬间想，要是石秀还在，也许能劝住主人？

也未必。他听他的话，无非是因为，他们到底是一路人，而和燕青不同。

他们的心，都太单纯。

热暖将来镔铁文
暂时不动聚白云

三更时分外面起了风。像一个绝望的孩子，在一家又一家的檐下辗转，摇撼门板，撕扯窗棂，单薄的衣服在树梢上挂得七零八落。任它哭得声嘶力竭，却始终不肯有一家人愿意收留，哪怕片刻。

武松枕着手臂躺在客房里，横竖睡不着，听着外面的风声，恍然间以为会有一场暴风雨。

十月半的天气，又怎么可能有雷雨。

就着飘摇的月光，武松下意识看了一眼墙上的刀。孙二娘说，这刀常夜里鸣啸。上一次住在这里时，他也曾亲耳听到那种声音，如裹挟着雪花的冷风，在铄石流金的六月里让他打了个寒噤。

而如今它们安安静静地歇在壁上，连繁星般细密的光泽都收敛起来，看上去只如两道黑沉沉的影子。

他听说刀剑之所以不安分，全仗着锋刃间一段煞气。武松冷笑了一下，心道原来这两把戒刀也是欺软怕硬的货色，遇上煞气更重的人，轻易就被镇住了。

一个铁界箍，一领皂直裰，一条杂色短穗绦，一串一百单八颗人顶骨数珠，一个沙鱼皮鞘子，插着两把雪花镔铁戒刀。

大树十字坡，一碟一碟的馒头流水价端上桌来，多少好汉就此化作柴房上一缕青烟。却唯独这一个行者，留下了这许多琐碎的身外之物。

他那时要是就那么被剥了，又能留下什么？那副行枷拆卸了，或许还有二斤浑铁，剩下的木料又脏又臭，当柴烧都没人要。

就连那副枷也不属于他。他落脚在这户人家时，一次比一次更加一无所有，来去无牵挂。

六月里武松经过这里时，还曾对那些遗物充满了好奇，不止一次揣度那张与他相像的，如干枯的树叶一般被夹在度牒里的脸。他为什么路过这里，他的刀砍过怎样的腔子，他那一百单八颗人顶骨又从何而来。

夜里听着戒刀在墙上铮铮作响，他莫名地感到那个僧人不曾走远，仍在每一个雷电交加的夜里自言自语某种邪恶的咒语。那时的他甚至不敢摸一下那直裰同数珠，他害怕的是，那个神秘的魂魄会从此寄生在他身上。或者说，他会从此成为那个死者。

可如今他已把这一切都忘掉了。于他，衣就是衣，箍就是箍，数珠就是数珠，刀也不过是那样的一对刀。再砍人砍得伤了刃，扔了，又有什么可惜。

到了这般地步，还有什么邪魔外祟敢来侵他。

寒风终于撕开了夜幕的一角。曙色在天边洇开，窗纸飒飒作响，总让人疑心是远远近近的脚步声。

该走了。

张青拿着剪刀，绕着武松左看右看，迟迟下不去手。

孙二娘在一旁焦躁："只顾婆婆妈妈的，看误了上路，却不教叔叔吃亏。"

张青叹口气，一行给武松剪去前后头发，一行唠叨，二哥从今往后多吃饭，少吃酒，莫与人厮打，免得露了行藏。酒器都与你换了散碎银两。度牒在顺袋里，务必贴身藏好……

武松不动，静静等他剪完，说完，站起来戴了戒箍，穿了直裰，系了绦，挂上数珠，对着镜子大笑起来。

孙二娘也在一旁笑着喝彩："却不是前生注定。"

张青只背过身去，一遍又一遍检点武松的行李。

直送到看不见武松的背影，夫妇二人回转酒店里，孙二娘方对着一地散乱的头发，靠在张青肩膀上大哭一场。

张青什么也说不出来，只轻轻揉着她的后脖颈，如安抚一只猫。

半年后他们在宝珠寺里重逢，张青和孙二娘押着叮叮当当的几车货物上山，细看去却没几件家当，几乎全是一坛一坛的酒。

"这怎么行。"鲁智深看了大摇其头，"还不够洒家和武二兄弟一顿吃的。——杨制使，你只好看一眼罢了。"

说话间张青却盯着武松前后的头发："怎么还这么短？"

武松一指佛堂中央的鲁智深："大师父剃头好手艺。"

孙二娘也凑过来："我前日还和你大哥说，叔叔如今也算出了头，可把这戒箍、数珠还了罢。"

武松一笑："惭愧，这箍儿竟在我脑袋上生了根，如今想取下来也难了。"

孙二娘还想说什么，被张青截住了："二哥休恼。你嫂嫂就是这么个心眼。你没见她前日还说我挨刀的，杀个头陀就杀了，平白留那死鬼的物件，最后教二哥好端端的妆成这般样子。——你看，女人家可是讲理的。"

满屋人哄堂大笑。武松也随着笑了。

那些酒果然不出三五天就被喝得罄尽。好在原料也极寻常，张青和孙二娘一直小心翼翼地保存着酒酿，带着那浑浊的香气一起四处迁徙。到了梁山上，他们特意在西山酒店前面也种了一架葡萄。葡萄沾水就长，半个夏天就铺了一地浓酽酽的阴凉。

武松难得来酒店一坐，看见这葡萄架，笑了："满山寨里，就只大哥和阿嫂这里像个家。"

八月中秋，暑气未消，武松却连连要热酒。吃得燥上来，脱了直裰，解了褡子，大颗大颗的汗珠顺着脊梁滚下来，仍是不肯罢手。最后吃得大醉，直挺挺躺在葡萄架下面，看天心一颗圆月亮被葡萄叶子凌迟成一千片碎影。

那天张青看到了武松头上第一根白发。又或许只是细细一缕破碎的月光。

而这是武松有生之年最后一次醉酒。

后来在南方，武松把朝廷赍发的赏钱大半拿去买各种各样的酒。整个杭州城的正店脚店几乎都被他派去的小和尚搜罗了一遍。

随问怎样昂贵的酒，到了六合寺，只合给清忠祖师漱个口，剩下的都被倒进钱塘江。

后来他倦了，便戒了酒。说戒就戒，从此滴酒不沾。

但他仍旧热衷于和别人谈论酒，特别喜欢在一群从来不敢碰酒的和尚中间高谈阔论，告诉他们，世上最好的佳酿，莫过于六月里葡萄架下，那一镟热得滚烫，拌了不知多少蒙汗药的浑色酒。

横行青海夜带刀
西屠石堡取紫袍

追兵都被远远甩在了身后。南离大将军石宝在一个稍高点的土丘上勒马，从容回望烽烟狼藉的杭州城。曾经的红杏萧鼓，绿杨秋千。

他并不为此而难过，甚至，这对他来说还远远不够。此刻石宝希望自己掌握某种将怨气化为诅咒的邪术，让洪水、烈火、瘟疫和一切灾难临幸这个城市，席卷一切蓬勃和温暖的生命力，拆散所有相爱的人，让他们化成稀薄的灰。

他的封号取自易经中的卦象。离为火。离上离下。突如其來如，焚如，死如，弃如。

让他所走过的地方，生灵涂炭，寸草不生。

出逃的路上所经过的村镇十室九空，残破的房子里连一缸清水都寻不出。到了第二天早上，身边的亲随都散了，石宝单人单骑走在山道上，好容易见到一片院落周围弥漫着炊烟，这情景似曾相识，可他太饿太渴，顾不得多想便一脚踢开了门。

门一开，燥热的空气扑面而来。屋里又热又昏暗，泥土筑的墙上窗户小到不能再小，整座房子就好像一座熔炉。

一个瘦小佝偻的老人背对着他，正凝神对着一块微红的东西，对他的到来毫无反应。

石宝的干渴又加剧了三分，而正是这种感觉唤醒了他的记忆。他认得这地方。

"宋兵要来了。"他对着那个雕塑般的背影说。

老人没有回头，抡起一只巨大的石锤开始敲打铁锭。火花四溅，照亮了一屋子锋利的刃。

"你害怕吗？"老人问他。

十年前的石宝已是南方有名的勇士，却苦于没有一件趁手的兵器。寻常刀剑，在他手里不出半个时辰就卷了刃。

有人告诉他在桐庐山中有一个无名刀匠，有着近乎巫术的造诣，能做出让任何人惊奇的利器。石宝带着厚礼前去拜访。并且准备了一大堆"请您务必收下"之类的说辞。而刀匠来者不拒照单全收，并且当着他的面将礼品一一打开翻检，脸上始终带着一种贪得无厌的表情。

石宝怀疑自己遇到了骗子。

刀匠查完了礼品，对他说："这是不够的。你要的东西，远比这些宝贵。"

石宝一皱眉，暗道声晦气，转身要走。

"但是，让我看看你。"那时的刀匠已经是鬓发全白的老人，举手投足间却带着种莫名的轻佻。石宝被他伤痕累累的手一碰，不自觉地打了个哆嗦。

刀匠恶作剧般地笑了。"刀剑挑选主人。"他的手指并未停下摸索，"让我看看，你配得上哪个。"

石宝个性强硬，即使在这样诡异的气氛里也坚持说出他原本想说的话："我要一口刀，像闪电一样锋利，像流星一样轻盈，像奴隶和战马一样忠贞。我要它不弯、不折、不锈、不钝，永远光亮纯净如孩子的眼睛。"他一口气说完这些，看到刀匠的脸上笑意更浓了。

"你可见过不老的女人？"

石宝微微抬起下巴："我配得上她。"

于是石宝得到了劈风刀。刀匠说，这刀的钢材来自遥远的西域，在那里人们用剧毒的植物、致命的咒语以及工匠本人的血液来淬炼钢铁。刀刃上每一条细密的纹路，都代表匠人殷切的期待。

石宝对此毫无兴趣。他只是沉迷于刀刃与血肉摩擦那一瞬间的愉悦。而这刀太快，那个美妙的瞬间短到不能再短，以至于他不得不无数次地重复，以免淡忘。如果每杀砍断一具肢体就好比积累一粒沙，十年里，他已经收获了整个西域的沙漠。

"她像女人一样……索要我。"十年后与刀匠重逢，石宝觉得尽管羞于启齿，但这也许是最后一次机会了。

刀匠转身面对石宝，笑而不语，伸手接过了劈风刀。敏锐的指尖拂过刃，留下一抿猩红。十年过去，刀刃上没有半缕磨刀石留下的擦痕，却比最初更锋利了几分。

"怎么，你应付不了了？"毫无征兆地，刀匠的手指又开始在他的身上游走，"让我看看，你们在一起，都做了些什么。"

石宝本想用隐喻来蒙混过关，现在看来是不可能了。

最初他仅仅是好奇，那些死在他脚边的人，被劈风刀截断身体的一刹那，究竟是怎样的感受。

他细心地揣摩那些人濒死的表情，观察血液如何从整齐的断面开始流出，甚至强忍着恶心将手按在残肢上体会肌肉的抽搐。

这一切只好比看春宫。对他来说远远不够。

第一次是在小臂上，避开血脉，用刀尖轻快地划开一道。一瞬间细腻的触感，如嘴唇贴在耳边一个狎昵的轻吻。

他哪里禁得住这样的挑逗。甚至不等伤口收敛便有了第二次，第三次。如今刀匠面前的石宝，全身上下已找不到一寸没有疤痕的皮肤。

刀匠忍俊不禁："你没听说那些千年不老的妖精，都是摄男人精血而活。"

从刀匠那里出来，石宝收拢从杭州溃逃的散兵，驻守乌龙岭。

很快，那些北方来的人们如飞蛾扑火一般，前赴后继地做了他的刀下鬼。

他选了一棵大树，挂起两具风干的尸体，拿劈风刀在树干上刻下：宋江早晚也号令在此处。

上一次有人玩这个游戏，或许是一千多年前的事。石宝不爱读书，说不出更多的细节，只深深记得，树后阴影里等待的，也是一个残缺之人。

他刚刚加封大将军时，迷惑于自己奇怪而不祥的封号。对此浦文英解释说，离，丽也；日月丽乎天，百谷草木丽乎土，重明以丽乎正，乃化成天下。

他听得一头雾水，觉得那臭太监一定是在蒙他。

离，丽也。丽，附也。他以为劈风刀如女人一样眷恋他，却不知自己早已沦为刀的奴仆。

世上本无石宝。有的，只是附丽于劈风的一缕刀魂。

最终刀匠给他解释了这一切，然后说，如果你愿意，我现在便替你毁了它。

石宝冷笑："刀剑拣选主人。他要了我，旁人休想再动他一指头。"

上九。王用出征，有嘉折首，获其匪丑，无咎。

宋军给石宝收尸时，发现劈风刀深深嵌在他颈椎的缝隙里，无论如何也拔不出来。

他们的结合如此完美，就好像他的脖颈生来就是为他而准备。

离卦终。

我有延陵剑
君无陆贾金

晁盖死后宋江最不放心的就是公孙胜，特意安排了两个心腹小校明里暗里盯着他。

几日过后小校来复命："道长起居如常，倒没见要走的意思。"

宋江点点头，却并未因此而感到轻松："再去加意打探，但有什么和往常不一样的地方都来报我。"

又过了几日后小校来报："没……着实没什么……道长竟像是白胖了些。再就是……好像少了点什么……"

少了什么？小校支支吾吾说不清楚。宋江总归不放心，吴用去了大名府，也没个商量的人。思忖再三，宋江还是硬着头皮亲自去拜访了一回。一进门就发现了问题。

"那松纹剑，如何不见道长佩它？"

公孙胜脸上显现出惊讶的神色。"可煞也怪，公明哥哥不说，贫道竟不曾察觉。"又凝神想一回，"自出殡那日后便再不曾见，敢是那天人多眼杂，和尚道士来来往往……"

宋江心里很不舒服，却也不敢发作，只拿话敲打他："哪个和尚道士胆包着身子，敢从贼窝里偷东西。"

"这可也难说。"公孙胜垂下了眼皮儿，"诳了晁大哥的，可不正是和尚。——再不，就是贫道大意，不知丢哪里去了。"

宋江也不好再问，只好就着台阶下去："依我看，横竖出不了这山寨。待我教人去四处贴了告示，早晚给道长找回来。"

"有劳哥哥。"

不出半月，宋江亲自把找来的松纹剑还给公孙胜："道长可看仔细，果是当日那一把么？"

公孙胜并没问他是从哪里找到的，只是饶有兴致地打量着手中的剑。长短，重量，和田玉的剑柄，鞘上镂金错采的花纹，一切都毫无二致。公孙胜小心地抽出剑来，心中却是一震。

梁山上谁人不知，他的松纹，是一柄翠色逼人的古铜剑。而宋江找来的这把剑，分明是寒光凛凛的百炼钢。

宋江的意思，再明了不过。

剑锋出鞘的一刹那，公孙胜从眼角里瞥见宋江气定神闲的表情。千言万语，都被这剑说尽了。

公孙胜将剑里里外外细细看了，诚心诚意地笑道："正是贫道的故剑。贫道谢过哥哥。"

松纹，是上古名剑鱼肠的别称。鱼肠剑，逆理不顺，不可服也。

公孙胜的剑自然是个西贝货，用他自己的话说，但取其意而已。那把剑窄而薄，比匕首也长不出多少来。公孙胜个子又高，佩在腰间越发显得不成比例，看上去十分滑稽。

晁盖不止一次笑话他使的是妇人剑。对此公孙胜笑而不辩。晁盖的手臂比他粗一圈，抡起朴刀来，能生生砍断海碗粗的石柱。而公孙胜的一双绵囊手，拿肉麻的话说简直是柔若无骨，拈把鳌壳扇子都嫌重似的。

大热的三伏天，晁盖庄上，一院子闲人。公孙胜趁吴用靠在凉亭里打盹的工夫，从吴用的细麻衫上割下手帕大小的一片布，轻得一口气就能吹起来。他给晁盖丢一个"看好了"的眼神，将那片布轻轻抛起来，反手抽出松纹剑，不当不正地那么一迎，却见那片布恰恰落在剑锋上，无声地被割成了两半。

晁盖正待叫好，庄客忽然跑来通报："宋押司在门前，定要见保正，说有十万火急之事。"

待晁盖回来，吴用也自醒了。得知生辰纲事发，大家立刻绷紧了神经。晁盖吩咐吴用和刘唐打点好细软，先去石碣村寻阮家兄弟。然后聚齐了庄客，愿随的都教公孙胜带着先走，不愿随的发了些财物，各取其便。

一声令下，庄院里忙成一片。只有公孙胜站在晁盖身边不动："晁大哥又作何打算？"

"你们先走。我随后自来。"

公孙胜微哂而不语。晁盖皱了眉："不是做哥哥的逞强。此事非同小可，若我们现在都走空了，回头做公的来见不到人，必定疑心有人走漏了风声。如此一来我们岂不是害了宋押司。"

公孙胜叹口气："既这样，光留哥哥一人怕也不够。"

谁也说服不了谁。最终公孙胜和晁盖一起留下来。依然燥热的傍晚，随着吴用、刘唐和庄客们的离去，庄院里瞬间静如地狱，焦灼的空气随时都会烧起来。夜色四合，晁盖磨了朴刀又磨腰刀，想递一把给公孙胜，却见公孙胜按着腰间的短剑朝他一笑。

晁盖扫一眼地上那两片细麻布，也一笑，拍拍公孙胜的肩膀："待会多加小心。"

他们最后一次给院里上了灯。一盏一盏亮起来，橘色的光晕剪出葡萄架下重重叠叠的黑影子。

院外人喊马嘶由远及近。这个仿若家的地方，他们再也回不来了。

他们再次见面时，宋江戴着行枷泪如雨下："如不肯放宋江下山，情愿只就众位手里乞死。"

公孙胜只觉胃里一阵翻腾，再吃不下一口酒菜，索性趁众人不注意时逃了席。

后来听说宋江与戴宗在江州遭难，晁盖当场掣出刀来，恨不得飞到江州去劫牢。

公孙胜犹豫再三，终是忍不住凑到晁盖身边："此去江州千里之遥，又无大队军马策应，哥哥是一寨之主，怎可亲身涉险……"

晁盖正聚精会神地听着吴用调兵遣将，根本没在意公孙胜说了什么。

哥哥是山寨之主，不可轻动。这句话晁盖在后来的两年里又听了无数次。那时候公孙胜身在千里之外的二仙山。没有人警告过晁盖，同一句话从不同人口中说出来，有时是药，有时是毒。

就算聪明如公孙胜，当时也不曾料到，江州之行几乎是晁盖最后一次离开梁山泊。再之后，便是出征曾头市了。

给晁盖大殓时，公孙胜将松纹剑贴身佩在他腰间。那剑又细又短，若在晁盖生时，挂在身上一定显得极不般配。然而死尸总显得比活人小很多。再高大的身体，一旦倒下去，都变得微不足道。

况且，不管般不般配，他这次横竖是无法拒绝了。

除了公孙胜和宋江，梁山上再没第三个人察觉出他的剑有过什么变化。久而久之，就连公孙胜本人也几乎忘了这事。反正晁盖死后，他很多年都没再做过法。不出鞘时，此剑与彼剑的确看不出半点分别。

然而这一页最终还是没翻过去。让公孙胜意外的是，扯出这个话头的是一个完全不相干的人：乔道清。

平定淮西之后，乔道清的状态始终不太对。公孙胜明知是因为什么，却也没心思去劝解。

有一天乔道清不知在哪里吃得大醉，公孙胜见了他连忙绕道。乔道清却故意拦住他，一把扯下他的佩剑，抽出鞘来，光着眼睛看过来看过去，好似在调戏女人。

公孙胜沉着脸一语不发。

最后乔道清将剑随意往地上一掷，正砸在一块石头上，铮的一声迸出火星来。这么大的力气，硬碰硬，再好的刃口也磕坏了。

"贤侄恁般好法术，却使一口俗剑。"乔道清仰天大笑，推开他跌跌撞撞地走了。

第二天乔道清直睡到日上三竿，被宋江气急败坏地从床铺上拎起来："道长可知公孙一清去了哪里？"

乔道清揉揉眼睛，也不搭话，一身中衣就出了帐篷。走到中军帐外一看，果然，公孙胜的剑鞘端端正正地挂在帐门口。至于那剑，仍旧躺在昨天被他扔下的地方，百炼钢的刃口残破得一塌糊涂。

可惜了汤隆几日夜的心血。

城头铁鼓声犹震
匣里金刀血未干

暮冬天气，又是全身湿透，冷风一过衣服都冻硬了。石秀嘴唇都是紫的，却仿佛全然不觉，瞪大了眼睛看着杨雄把杨温全身上下捆了个结实，又不放心似的亲自拉了拉绳索。

"前日走了童贯，又放了酆美，卢员外心里打紧不自在。哥哥，不如今日我们替员外出了这口气。"石秀掣出腰刀，锋利的目光打量着杨温的脖颈。

杨雄正待说什么，俘虏忽然开了口："大……大王，小的有个亲戚也是这里头领……"杨温这辈子都没有遭过如此的屈辱，拼命挣扎着想站起来说话。

石秀一脚把他踢回去："闭嘴！谁和你们这些狗贼做亲戚。"

"杨制使！青面兽杨志。"杨温一跤跌得不轻，话都说不利索了，"我……洒……洒家是金刀杨令公之孙，重立之子，排行第三，唤作杨三官。你……你们杀了我，杨制使面上须不好看。"

石秀不信，还想打他。杨雄听见金刀二字，忽然想起什么，留心看了一眼刚才从杨温身上缴下的腰刀，连忙拦住了石秀。"是不是的，先上山再说。"说罢将杨温的腰刀递给石秀，"好好开开眼吧。"

杨志见到那把刀时倒很平静，一语不发地将刀抽出来，看了又看，撩起衣襟细细擦着刀刃上的血污。

所有人都好奇地看着他，期待他说点什么。而杨志没有解释，只是问杨温："你家里都有谁？"

"我……洒家是杨令公曾孙，祖讳文素，父讳重立。洒家是杨三官，人称拦路虎。"

杨志仍旧面沉如水。呼延灼听得纳闷，低声问杨志："令公家世谁人不晓，却不曾听说……"

杨志不明含义地苦笑了一下。杨温见他和气，一发得寸进尺："杨制使当年名震京师，敢问杨……敢问大哥是哪一房里的？"

杨志嗖的一下收刀入鞘，盯着杨温轻轻道了一个"滚"字，拂袖而去。

说话间，张顺一身水淋淋地解了高俅上山来，忠义堂前顿时人声鼎沸。杨志远远看了片刻，转身去了正西旱寨。一进门，当啷一声将杨温的刀砸在条案上。

"不是我的。"没待林冲开口问，杨志先不打自招。

林冲猜了个七八分，也不想再问他什么，只心照不宣地拿出酒。两人各怀心事，每当杨志想说什么的时候林冲就举起劝杯，拿眼神止住他。可怜杨志量浅，没几杯下去连青记都透出酡红来，直着舌头说："你……东京城里卖……卖你刀的那个人……那个人……"

“你认识他？”

“我敢打赌，他姓杨。”

林冲忍俊不禁：“你们杨家倒是有几把宝刀，搁得住你们这么卖？”

“我家世代将门，哪里寻不出把刀来。”杨志忽地站起来，一把揪住林冲的领口，“那两把刀遇上你我，也是他们的晦气。”

林冲知他醉了，什么也没说，叫两个卫兵把他架走了。

三日后宋江大排筵席，恭恭敬敬送高俅及诸位节度使下山。席面上花团锦簇大吹大擂，上首的一排贵客们却仍是如坐针毡。杨温纵然年轻胆壮，此时看着噤若寒蝉的高太尉，也自不敢造次。眼见着杨志趁敬酒的当口一径走到他身边，一把掣出腰刀，杨温后脊背上全是汗，忙小心翼翼地说：“杨制使……不是一家人，不进一家门……”

杨志没理会他，只将那刀细细看了一回，仍旧收好递还给他：“好生收着。下回争口气，莫再落到山贼手里去。”

后来呼延灼再三问起杨温的家世，杨志始终闪烁其词：“管他哪一房的，总算是一刀一枪戳出个功名来，不曾辱没了一个杨字。”

从江南回来，杨志没有像其他人那样被封到某个莫名其妙的军州做统制，而是直接被调到前线小种相公麾下做先锋。种师中见了他，无一句寒暄，开门见山道：“我调你来是因为两个人。一是当日渭州府上鲁提辖；二是令堂弟。”

杨志一时没顾上琢磨令堂弟是何方神圣，只叹道：“鲁提辖便是花和尚鲁智深。当日多念相公恩德。——去年八月里在杭州坐化了。”

种师中大手一挥表示这事不提它，接着差卫兵去请杨节度使。

杨志这才忽然明白了什么。片刻后杨温意气风发地进来，见到杨志，亲热得好比久别重逢的亲人。

“谁认你做堂弟来着？”等种师中离开后，屋里只剩他们两人时，杨志皱眉道。

"杨先锋差了。自古以来只有认义兄弟的，却不曾有认堂兄弟的。杨先锋认也罢，不认也罢，这大哥却是做定了。"几年不见，杨温的眉宇间少了几分轻浮，却改不掉贫嘴的毛病。

杨志倒被他的胡搅蛮缠逗乐了。虽然不愿表达，内心深处他是非常感激杨温的。若非此人，他又如何能了却一生的心愿。

然而所谓边庭上一刀一枪，又哪里是他当年所想象的那般简单和浪漫。缺马，少粮，苦寒的冬季，日益强劲的敌人，沿途所见百姓的苦难，以及最要命的：朝令夕改、反复无常的朝议。杨志不止一次看到种师中在营地里一圈一圈通宵达旦地巡视。哪里有那么多可巡视的东西，他不过是思虑过度，睡不着罢了。

而对于这一切杨志只能默默看着。他只是一个小小的先锋官，更不是主帅的心腹，没有资格替任何人分忧。

靖康年，河北一线日渐吃紧。好容易收复了威胜、榆次，眼看着粘罕屯兵的云中近在咫尺，却因为粮草不济，不得不暂时退守真定。一天夜里杨志被传令兵叫醒，说主帅有请。

杨志进到中军帐里，看见所有的军官都被集合起来，第一反应是微微的失望。接下来他很快意识到情形非同一般。种师中全身披挂，准备亲帅轻骑奔袭云中，调姚古、张灏、杨志分三路押辎重随后接应。

姚古私下里悄悄和杨志解释，枢密院今日传谕，深责主帅逗挠，贻误战机。种师中悲愤交加，自辩无门，只好在明知不利的条件下亲自领兵出师，以明心迹。

"简直是胡闹。"杨志对此感觉非常不好。

姚古摇摇头："种相公世代将门，把清誉看得比命还重。"

杨志眉头深锁，他不想再对任何人唠叨，当日杨令公正是被责逗挠愤而出师……

这么不吉利的话，谁敢在这个时候说出口。

杨志只是忽然想到了一件重要的事："那杨节度使那边……"

前日杨温领一小队兵马出井陉道哨探，约以两日为期，到期不归，种师中即派大军前去接应。

"可别去和相公提这个。"姚古连连摆手，"都什么时候了，谁还顾得上他们。"

黎明时分，种师中已率轻骑出发。其余将士也开始做准备。杨志心里一团乱麻，神思恍惚。

犹豫反复了不知多少回之后杨志做了一个注定会在死后受祖宗们唾骂的决定：违抗军令。

杨家人身上发生过一次的事，他不能眼睁睁看着在另一个姓杨的年轻人身上，再发生一次。

杨志交待副将按命令押送辎重接应种师中；自己只率一百亲兵悄然离队，出井陉道寻杨温。他算着张灏和姚古手下都是兵强马壮，怎么也不缺他一个人。

一昼夜的急行军后他们找到了杨温和几十个部下的尸体。心口还是热的。兴许他们早来半个时辰，就能改变一切。

杨志脱下头盔砸在地上，无边无际的疲惫从四面八方涌过来，他简直连翻身上马的力气都没有了。

然而他没有时间用来难过。甚至连杨温的尸首都不可能带回去。他们只能用最快的速度挖了个大坑，把那些人草草埋了，转身回去追赶大部队。

而他们又一次迟到了。离前线二十里他们就遇到了铺天盖地的金兵。种师中的队伍被围在垓心，他们从外面几次强攻都无法突破。

杨志眼前所见的只有蝗虫般漫天乱飞的箭矢和残肢，五步开外都是一片混沌。而在意念中他清清楚楚地看到二十里外的情形。主帅身边的人越来越少，身上的伤越来越多。而他眼里尚有一丝不灭的希望，厮杀间隙里远远望着某个方向，等待着那支永远不会到来的援军。

这场景，他从记事起，听长辈讲了何止千遍。

人们最后一次见到杨志，是他单枪匹马冲进金兵重围的背影。

连人带马都被鲜血裹挟。惟见腰间一把漂亮的佩刀，在烈日下熠熠闪着金光。

宋江三至六人赞

白玉麒麟
见之可爱

时迁和白胜都不喜欢段景住，原因是……他吃得总是比他们好。一日三餐固然山寨上下都一样，段景住却能经常拿出新奇的糕点果子、上等的好酒来给他们开小灶。据时迁鉴定，那酒和宋大哥房里的黄封酒尝起来毫无二致，按理只有山顶上住的那些"大人物"们才有份，段景住又不会偷，如何竟能有这般口福。

段景住并不小气。但凡有点什么好吃的好喝的他从不独占，都拿出来和兄弟们分。然而要问他是哪里得来的，他便憨着脸笑而不答。时迁百般问不出分晓来，恼羞成怒，于是拉着白胜一起孤立他。

而段景住是个耐得住寂寞的人。没人和他喝酒，他便一个人坐在气味奇怪的马厩里，对着那些扫来扫去的大尾巴自斟自酌。

皇甫端从线条优美的马腿之间钻出来，拍拍身上的草屑："我却嫌这酒薄，不如把我的都给你罢。"

段景住笑道："很不必。我算着他今天晚上必来。"

满月刚刚升起的时候卢俊义果然沿着山道下来，照例带着好酒好菜。段景住也并没有推辞。这是皇甫端教他的："卢员外是个老实人。你不收他的东西，他越发不敢来了。"

段景住将卢俊义带到马厩里。灯已经熄了。照夜玉狮子正在慢条斯理地嚼着草料。它的皮毛一尘不染，圈里的泥土又软和又干净，半点没有别处那种令人不悦的气味。段景住站在马旁边上下打量，偶尔见到蚊蝇落在马身上，便立刻挥手把它们赶走。

卢俊义还和前几次那样，站在二尺开外的地方呆呆地看着。段景住看了好笑："员外站近些。它极和气，绝不会伤人的。"

"诶。"卢俊义也笑起来，往前挪了半尺。迟疑了片刻后，他终于没能忍住这种强烈的渴望，伸出手去轻轻触了一下白马的额头。马没有任何反应。卢俊义倍感鼓舞，终于将手掌完全贴在马背上，顺着毛轻轻抚摸。

马一直在没完没了地咀嚼，湿润的眼珠子连转都没转一下。

段景住是个乖觉的人，趁机抱起挂在墙上的鞍鞯，手脚利索地装在马身上："我骑给你看。"

他个子小，伏在马背上就好像是马鞍的一部分。玉狮子三步两步离了马厩，沿着湖边轻快地小跑。他们走过的路径上都是柔软的泥土，听不到一点蹄音。

他们回来的时候，卢俊义看见段景住的脸在月光下面泛着奇异的红晕，就好像刚刚偷喝了他带来的好酒。

段景住将缰绳交到他手里："员外也试试。"

马鞍是为宋江定做的，对卢俊义这样的大个子就显得不太合适。可他完全没有注意到这些细节。当马跑起来的时候他也像段景住那样向前俯下身子，飘飞的鬃毛一下一下刷着他的脸颊。马的毛色就好像月亮下的湖水。他真想溺死在里面。

他下马的时候看见马微微张开了鼻孔，在微凉的夜里喷出细细的白雾。在他恋恋不舍地最后一次抚摸它的时候它微微抖了一下尾巴，但仅仅是为了赶走一只被汗水吸引过来的蚊虫。

他一直看着它的眼睛。可那里完全是一片空白。

卢俊义失望地离开了。

　　"我总以为它会踢我一脚，或者把我掀到地上去。"回到山上，燕青服侍他洗漱，卢俊义忽然说。

　　他一直对那马诚惶诚恐，倒不是因为它是宋江的禁脔，而是，他亲手杀死过它的主人。

　　"人尚且不记仇，何况一匹马。"燕青和往常一样垂着眼睛，说完就无声地退下了。

　　打破曾头市后，照夜玉狮子就顺理成章地成了宋江的坐骑。从未有人对此有过任何异议。段景住终于将他心爱的马献给了他一直仰慕的宋公明，也觉得这安排再好不过。白胜偶尔来马厩找他吃酒，看见这马的时候总暗地里啐上一口。对此段景住从来都不曾察觉，皇甫端则趁他们走后默默将地面打扫干净。

　　晁盖这个名字，对段景住而言尚且遥远而陌生，遑论从未与之谋面的皇甫端。

　　在他们开始和朝廷军队对峙之后皇甫端一下子忙了起来。玉狮子倒从没有什么大碍，卢俊义的坐骑却是走马灯一般换了一匹又一匹。他身子重，力气又大，每次上阵回来马都累得脱了形，还时常带伤。

　　卢俊义再一次来挑选马的时候皇甫端淡淡道："若把那玉狮子给了员外，或许多少还能爱惜几分。"

　　"诶。"卢俊义扳开一匹栗色马的嘴检查它的牙齿。他显然完全没有听懂他的弦外之音。

　　征讨大辽的时候卢俊义的队伍陷在青石峪中，与大部队失去了联络。几次突围的尝试都以失败告终。他们只好躲进稀疏的树林，百无聊赖地等待援兵。

　　傍晚时分段景住坐在石头上，随手拔起身边的野草放在嘴里咀嚼，脸颊像马一样缓缓抖动。

　　卢俊义迟疑了片刻，终于走过来坐在他旁边。若不是在这样的困境中，他们几乎不会有交谈的机会。

"兄弟，我想听你讲讲它。"

"哦。"段景住立刻领会了这个"它"字，"我花了上百两银子和半年的工夫，混进他们的营地里。"他朝卢俊义一笑，露出整齐的牙齿。"行有行规，细节是不能告诉外人的。总之，它肯跟我走，总是因为我对它好。"

"你为什么不自己留着它？"

"我只想做它的朋友而不是主人。而主人永远不会成为朋友。这完全是两样的。"

卢俊义听到"主人"二字莫名有点不舒服。于是他换了个话题。

"曾头市呢？"

"他们只要马，不肯留我！"段景住气愤地说，"这怎么行。这马离了我，过不上一天的好日子。我寻思这事不能告诉官府，于是就找到了梁山。"

"就为一匹马，害死了天王哥哥。"白胜不知几时站在他们背后，抱着手臂望着太阳朝山脊背后落下去。接连几天的饥饿让所有人都变得暴躁。"还有你，卢员外，若不是这匹马，你也不必从鬼门关里过那么几遭，也不必杀死你的师弟。"

段景住立刻站起来，和白胜鼻子对着鼻子："这和它有什么关系。它只是一匹马！"

白胜朝地上吐了口痰，扬起下巴点着山谷中间升起的炊烟："可不么。喏，你闻见没有？"

卢俊义和段景住使劲吸了口气，同时闻到了那种特别的恶臭。那是烧炙马肉的味道。对饥饿中的人而言，即使是恶臭也令人兴奋不已。

照夜玉狮子一向跟着宋江，此刻应该是好好地待在山谷外的什么地方。可段景住还是一下子噙了满眼的泪水："我宁可饿死……"

燕青拿着一块烧好的肉走上来："要么人肉，要么马肉。主人，你总得吃点什么。"

卢俊义在听见"主人"两个字的时候眨了眨眼睛。幸而这时候段景住已经愤愤不平地走开了。他总算不必为填饱肚子而感到难堪。

卢俊义和白胜刚刚分食完一块马肉，段景住就拖着几片厚厚的毛毡走过来。他显然拆掉了他自己的帐篷。

"你们把我拿这个裹起来，我就可以从山坡上滚下去，到外面找到宋先锋。"

"你不要命了！"白胜一把夺下他手里的毡衫，"那边要是山坡，我们何至于出不去。那根本就是悬崖！"

段景住的眼睛红得吓人："卢先锋，您得让我出去。我现在就要出去！"

卢俊义也不认为这是个好主意。可是他也实在没有别的办法。他们只有很有限的几匹马。今日吃完肉，明日就只好啃一啃骨头。没有人知道再往后他们还可以吃些什么。

而这时候白胜坐在几片毡料中央，抱着膝盖团成一团。"我去。"他平静地说。"段兄弟一身好本事，死了多可惜。"他身子瘦小，可是忽然生出一股蛮力，任谁也不能把他从那些毛毡上拉开半分。最后他们果真把他团团包起来，沿着陡峭的山脊滚了下去。

卢俊义没敢多看。而段景住一直目送那团毛毡消失在乱石和丛林中。

白胜居然没有死。而且奇迹般地找到了宋江的军队。他们终于打开谷口，救出受困的十几员头领和五千军士。卢俊义跪在宋江面前痛哭流涕的时候段景住倒没有去找他的玉狮子，而是抱着白胜大哭了一场。

照夜玉狮子一直跟着宋江南征北战。他们平定了大宋国境内的一切叛乱，然而也在南方湿热的夏天里像过分成熟的稻子一样一棵一棵地倒下去。他们回到杭州的时候遇到东京来的使节，军务之外特地关照宋江，圣上听说有一匹叫做玉狮子的马，神往不已，令他们好生看顾，一同回京面圣。

那时候皇甫端早已离开了队伍，段景住也糊里糊涂地死在了攻打杭州的水战中。宋江忽然发现他座下的白马浑身脏兮兮的，肚子上生出许多被蚊虫叮咬的红瘢。宋江连忙派几个心腹小校把马洗刷干净，日夜好生看守。而他自己也换了匹寻常的马，从此再没骑过玉狮子。

卢俊义混进马厩的时候忽然看见了东边刚刚升起的圆月亮。他忽然想起许多年前在梁山水泊边，他第一次也是惟一一次骑上照夜玉狮子，也是在一个满月的夜里。

马还和那时一样干净而温顺，闲闲地嚼着草料。和人不一样，他们的年龄并不会显露在外面。卢俊义比起几年前已经明显老了许多，而这马似乎没有任何变化。

卢俊义给它装上鞍辔，轻车熟路地牵出营地。在月亮下面它轻盈地奔跑，飘飞的鬃毛一下一下刷着他的脸颊。他们很快就把湿漉漉的杭州城甩在身后。

走到江边的时候他们看见了远处涌过来的潮水。玉狮子忽然止住了脚步，前蹄高高扬起，剧烈地颠簸着后背。毫无防备的卢俊义一下子就从马背摔下来，还没来得及在地上坐稳，那白马已向东边绝尘而去。

月光下的江面银浪翻滚，就好像无数毛色雪亮的白马并肩飞奔。玉狮子似乎终于找到了自己的同类，它朝它们跑去的时候，仰天发出欢快的嘶鸣。

燕青已经走了。卢俊义吃力地给自己的后腰上药。宋江进屋看见，惊问："卢先锋这是怎么回事？"

"啊……不小心从台阶上摔了一下。"卢俊义连忙放下衣服。

而宋江也没有心思多问他的伤情："那照夜玉狮子，卢先锋今天夜里可见过？"

卢俊义睁大了无辜的眼睛，努力摇头。宋江失望地告辞。而卢俊义忽然从背后叫住了他："杭州东边是什么地方？"

"是……余杭。"

"再东边呢？"

"是海宁。"

"再东边呢？"

"是海盐。"宋江从没见过卢俊义这样愉快的表情，如此不合时宜，在他看来简直是幸灾乐祸。

"海盐……海盐的东边呢？"

"没了。"宋江皱眉。"再往东，就是大海。"

"诶。"卢俊义只轻叹了一声，然后在心里说，这就对了。

古人用智
义国安民

吴用和李逵赶在夜色降临之前到达大名府城下。他们穿过城门洞的时候，迎面走出来一个算命先生，戴一顶乌绉纱抹眉头巾，穿一领皂沿边白绢道服，系一条杂彩吕公绦，著一双方头青布履，手裏拿一副赛黄金熟铜铃杵。李逵口里含了铜钱，则不得声，只瞪大了牛铃般的眼睛，拉着吴用呜呜乱叫。吴用正费尽心思敷衍守城的士兵，冷不防被李逵这么一扯，手里的假文引如雪片般飞了一地。吴用好不着恼，却生怕搅撒，哪里敢发作，只好对着守城士兵点头哈腰，一面耐着性子满地抓寻文引。

这个当口上，一只手不知几时已将地上的纸片悉数拾起，递到吴用的眼前。

"无量天尊。张道长别来无恙。"那人个子不高，眼睑下垂，吴用根本看不见他的眼珠子，只见一双煞白的绵囊手，柔若无骨，让人立刻想起狐鬼传说里那些亡灵的手。

守城士兵原本还有几分疑惑，听那算命先生叫了一声"张道长"，恰与文引相合，遂信以为真，挥挥手，像放走两只苍蝇一样给吴用和李逵放了行。

吴用连忙揪住李逵快走几步赶进门里，再回头时，哪里还有那个算命先生的影子。

夜里吴用和李逵在客店里安顿下来，一关上房门，李逵立刻吐出口里铜钱："你没见那牛鼻子，和你打扮得一模一样，脱了影似的，要上咱梁山去，怕不又是一个军师。"

吴用的脾气忽然坏起来，冷冰冰地瞪了李逵一眼，也不接茬。李逵讨个没趣，又累，自去睡了。

城头敲起更点，四周客房里鼾声此起彼伏。只有吴用心烦意乱，横竖睡不着。

城门口遇到的那个算命先生，没错，他是认得的。

吴用小时候不叫吴用，这事拿脚趾头也能想出来——哪家父母会给儿子起这样晦气的名字。这个名字最初只是个绰号，得自一个来路不明的算命先生，背着一口一看就是西贝货的金剑，四里八乡招摇撞骗。

这算命先生见到吴加亮，眼皮儿都不抬地丢给他八个字：心术不正，有才无用。

吴加亮那时候虽还是个毛头小子，下巴一扬，眼睛一细，颇有几分怒发冲冠的气势："自古旋的不圆砍的圆，你只管洗着眼睛看罢。"

深秋时分吴加亮送萧让和金大坚上东平府赶考——他自己连个秀才都没中，只好望洋兴叹。说完了例行公事的吉利话，眼看该上路的时候吴加亮忽然问："我问你们，要是一辈子考不中，你们会去做点什么？"

饶是萧、金二人好脾气，这时候也忍不住抛给他两对大大的白眼："我们么，再不济还能去给人写个字，刻个碑。你颠倒问。"

萧让再见到吴用是在东溪村的村塾里。别的先生用戒尺，他用铜链。一进学堂先从袖子里摸出来，哗啦一声洒了一桌子，下面野牛一般的娃娃们立时噤若寒蝉。

"加亮。"萧让叩着门板，轻声叫他。

吴用停了半拍才转头去看他。

"你不要不信。我如今真个改名叫吴用了。"当他们在村头的小酒馆里坐下，吴用如是说，神色间却比当年更多几分自矜和坦然。

萧让本待要笑，却莫名地被酒呛了一下，咳嗽不止。吴用微笑着给他拍后背，腕力之大，险没把他拍吐血。

而金大坚再见到吴用时，他已是羽扇纶巾，论套穿衣服的梁山军师了。萧让先是目瞪口呆，接着连连跌脚，不住口地埋怨金大坚："我看那太保就不是好人，你偏不信……"

金大坚哭笑不得——当初是谁一口应承下来，带着戴宗来找他的来着。然而事已至此，说到底都是自己人，怎好伤了义气。

私下里金大坚忍不住感叹："山木自寇，膏火自煎。你我平白遇上这等事，难不成是因为我们'有用'。"

萧让冷笑："你当他真个无用么？巧者劳而智者忧。你没听人现在叫他智多星呢。我们不过是动动手指头罢了，他往后苦头多着呢。"

金大坚犹不死心："他素日最是个心高气傲的，如何竟肯落草？"

"你过时啦。如今是什么世界。杀人放火受招安，倒比十载寒窗来得容易。"

从大名府出来，吴用莫名地感到整个人都累脱了形。走到一处脚店时忽然看到一个熟悉的身影，那人通身打扮都与他一模一样，惟一不同之处是背后一口金纸糊的太阿宝剑——却正是在大名府城门口见过的故人。吴用心道难道我怕你不成，索性吩咐李逵先回梁山去，自己留在后面。

那算命先生对面坐着个带枷的配军。吴用留心看那汉子，竟是堂堂一表凛凛一躯，只是衣裳破旧，遍身是伤，眉目间神色凄然，落魄得不能再落魄。

吴用悄悄躲在算命先生背后时，正听那配军数落："眼看就满五岁了，就在我手里咽了气……"一行说，一行抬起戴枷的手揉眼睛。

算命先生依旧垂着眼皮儿，脸上没有丝毫同情，不痛不痒地说："王兄休要气苦。你这一卦唤作蒿草爻，虽主凶丧，却也是否极泰来的征候。俗谚云三月茵陈四月蒿，那蒿草春首时柔嫩易折，待熬到春末夏初时便硬，做成箭杆可射猛虎。王兄，待日后万人唱喏，称王称霸时，再哭你那哥儿倒也不迟。"

吴用听到"称王称霸"一句，拼命捂着嘴才没笑出来。待好容易缓过来，却见那算命先生已打发走了配军一行，不慌不忙地转过来朝他一揖："加亮贤弟，久违。"

别的都还罢了，这加亮二字却直戳到吴用心里去，一时间也没心情与他寒暄，劈头便问："李杰，你倒是说说，今日相见，你看我如今有用无用。"

李杰微微一笑："你们费尽心机赚来那个人，你道他河北三绝，天下无对，到头来，他未必敌过我这口纸糊的金剑。"吴用皱眉，正待说什么，李杰的一双眼皮儿飞快地一抬，复又低垂下去："就这样一个庸人，你居然心甘情愿把交椅让给他。"

吴用来大名府之前很是恶补了一阵子麻衣冰鉴之学，被李杰那么一瞟，一时间也顾不得他的冷嘲热讽，下意识地想起相书上说，眼睑低垂双目下视，是乱臣贼子之相。

不知从几时起，李杰的肩膀上忽然多了一只枯瘦的乌鸦。一身脏乱晦暗的毛羽无端地让吴用想起了刚才那个落魄的配军。

贼配军又怎样？宋江难道不曾是配军？

吴用再抬头看着李杰时，目光里颇带着几分难以置信。

李杰把乌鸦拿下来，一双煞白的绵襄手上下摩挲："我这小乌龙，从来食人魂魄为生，可巧如今世上半是没魂的行尸走肉，因此它常年饥饿。我时常劝它也换换胃口。孔圣人说，生而长大，美好无双，少长贵贱见而皆悦之，此上德也。——我看总可以抵半个魂魄，你说是不是？"

吴用一头雾水，翻个白眼，抬脚走人。

李杰忽然想起什么似的，从背后拉住吴用："至于梁山……上个月我路过曾头市，倒见了一筹好汉，打着梁山旗号。为头的那个我算着他小人当道，白虎临身，主当夜横死。他只不信。——如今怕还未断七，你倒有闲心出来逛。"

吴用的脸唰地就沉了下来："红口白牙，胡嗳些什么。曾头市离我梁山上千里远，谁活得腻烦了去惹他们。"

平定淮西之际，吴用教人四处传令：宁教捉不到王庆，万不可走了那狗头军师。

然而任凭他们如何严刑拷打，捉来的贼军都异口同声地说，那金剑先生自从红桃山举事，一月之内便将山寨号令得井井有条，而在那之后，就再没有人见过他的踪影。

处决王庆时一只乌鸦飞到刑场上，对着王庆的头颅左看右看，最后一口一只啄掉了他的两个眼珠子。

吴用正看得出神，一个小校来找他说，水军头领请他去说话。吴用皱起眉，默叹一声，离开了法场。

果然不出他所料，八个水军头领不肯安分守己，闹着要反。吴用板起一张脸："要反容易，当日征大辽，欧阳侍郎高官厚禄诚心诚意来招降，那时候你们一个个站着干地，眼睁睁看我被公明哥哥一顿好骂。如今才想起来要反，可惜晚了一步，只好去江南吃菜事魔，到时候一辈子吃不到酒肉，有你们哭的时候。"说这一番话的时候吴用始终若有若无地捎着李俊。刚才一群人吵吵嚷嚷，李俊始终在角落里一语不发。吴用心里明镜似的。

李俊不好再装，轻轻咳嗽一声，沉着嗓子道："官家的意思难道军师还不清楚？真熬到天下太平之时，莫说大碗酒大块肉，只怕想吃口菜也难。"

"人固有一死。"吴用话一出口，自己也忍不住要笑，遂自嘲地摇摇头，"你们怎么没去看王庆伏诛？只怕教公明哥哥知道，又要说你们目无军纪。"

李俊抱着胳膊盯着吴用，再不说一个字。良久，阮小七最先受不了屋里压抑的气氛，一跺脚，拉着小二小五就待走。

"散了罢散了罢。如今军师大人胸怀天下，哪里还是当年石碣村里的吴加亮。"

宋江坟前，吴用将脖颈穿过绳套的时候，忽然觉得自己的一生也好像如此这般地，中了某种圈套。

他下意识地向上看了一眼。在绳子绕过树枝的地方他分明看到一双煞白的绵囊手，柔若无骨，宛如亡灵。那手捏着绳子，如玩弄提线木偶。

"只可惜了花将军。"这是吴用最后一个念头。

愿随忠魂
来驾怒潮

宋闯终究不清楚那对张姓兄弟是怎样来到他的营地的。只觉得不知从哪天起，队伍里就多了两个结实的汉子，高的黑壮，矮的白净，俱是好水性，即便赤条条的在水里泅上三天三夜，也能随时亮出一把箬叶尖刀来，只轻轻一抹就断了一个喉咙。

他甚至始终没搞明白他们平时将那刀藏在哪里。

闲时询问身边心腹，心思缜密的小校也奇道："营中俱是襄郧将卒，听他俩的口音断不是本地人，却不知何时来此。"

宋闯亲自去问，做哥哥的张贵仍沉着脸不发一语；弟弟张顺生得亲切些，此时也只是极敷衍地一笑，道："我们从杭州来。"

杭州。他们这样称呼那座城市。

而不是宋闯所熟悉的名字，临安。

淤泥下悄然蔓延的芦苇根系，没有人知道它们从何处来向何处去，只见春水方生，河滩上一夜之间密布芦芽，如一地翠色的乱箭。

而张贵兄弟的身边此时也聚集起一群和他们一样沉默寡言的兵卒，一色的生绢水裙，赤着臂膀，浸在尚有六分寒意的江水里修治战船。他们之间有种诡异的默契，似乎从不需要言语，而只靠空洞的眼神就能完成所有交流。夜里他们聚在帐中打磨兵器，从外面只能听到细密的金属摩擦声，如某种骇人的植物在疯狂生长。

张顺第一次主动找宋闯说话，是四月的一个清晨。"都准备好了。"他的眼睛盯着江面上的迷雾，"我们今天启程。"

"去哪儿？"

张贵抱着胳膊，微微仰起脸，点着汉水上游的方向。

"你们疯了！"宋闯跳起来挡在他们和江岸中间，"襄阳城外十万鞑子，围得水泼不进，江面上一条鱼都游不过去……"

"再不去就晚了。"张顺朝宋闯微微欠身，算是行过礼，然后带着几百士卒登上江边的轻舟。每个人头上都挽着穿心红的角儿，掩映在芦苇丛中，便如箭镞上的一痕血。

船舱里炽炭撕咬着湿凉的雾气，细碎的爆裂声预言前方一场血与火的祭典。宋闯以为张顺会说点"此行有死而已"之类激励士气的话，然而没有。他们只是无声地解开缆绳，平静如踏上回家的路。

　　这支不起眼的队伍逆水而上，径犯重围。太阳破云而出的时候他们到达襄阳城下的磨洪滩，北军舟舰密布江面，果然如宋闯所言，将江滩围得风雨不透。北军将士初见一带轻舟如鬼魅般从迷雾中现身，都吃了一惊。及至见来者不过数百人，便松了半口气。襄樊围城五年，城里城外试图突围的战斗何止千百，哪次不比这些人声势浩大——却不曾有一次成功。久而久之，周围驻扎的宋军也便如宋闯一般，再不敢以卵击石了。

　　直到这些看上去不堪一击的轻舟穿过雨点般的箭矢，一寸一寸逼近江滩上的封锁线，北军才隐隐感到一种不祥的压迫感。这些汉子们并不像以往的队伍那样大呼小叫，怒发冲冠。他们煞白的脸上没有一丝表情，眸子里只有空洞的，亡灵一般的黑色。而当他们亮出手中的长刀劲弩默然攀上北军的舟舰，阴冷的杀气扑面而来，那些常年驰骋在漠北绝域的北方人都不由自主地打起寒噤。

　　每一刀都干净利落直取要害，甚至不等血液喷溅而出，便已抽离伤口寻找下一个牺牲品。与此同时轻舟上的宋军用巨斧炽炭与江面上的防御工事展开较量，硬生生地用血肉之躯将铁索攒杙撕开一道裂口。傍晚时分船队终于到达襄阳城下。守城的荆襄制置使吕文焕看得目瞪口呆，揽着张贵张顺良久说不出一句话来，最后扑通一声拜倒在二人面前。

　　"昔唐将南霁云孤身破重围图援睢阳，终不能救。二位壮士忠勇过之，成此大功。异日兴师破贼，北定中原，二位壮士当为社稷功臣！"

　　张贵如石雕般无动于衷。张顺扯起吕文焕，深深一揖："大宋江山，赖襄樊得全。将军好生保守此城。但有驱遣，我兄弟便作厉鬼也须杀贼！"

　　自咸淳四年襄阳、樊城被蒙军围困，至今已逾五载。城中粮尽人乏，危如累卵。而一旦荆襄失陷，北军便可长驱直入，踏平江南只在指顾之间。情势危急若此，朝中权臣贾似道竟日坐葛岭，起楼台亭榭，日日与宫人娼尼淫乐无度，军国重事未尝一顾。吕文焕困守孤城，见增援无望，常有效张巡、许远殉国之意。不料张顺张贵竟破重围而至，虽带不了几多粮草，却令城中士气大振，一时间都以为指日即可破敌解围。吕文焕与张贵张顺各授统制之职。张贵来时身中数箭，十分伤重，即日发起高烧来，吕文焕派了侍从日夜看视。

然而自二张至襄阳后，郢州再不见发一兵一卒。几日后粮草所剩无多，加上连日大雨，江水暴涨，空阔处行船尚且不易，更不用说血战突围。襄阳城中的将士们眼巴巴望着如麻的雨脚，复又陷入绝望。

到端午节下，张顺终于坐不住，扁扎起一腰白绢水裙，来向吕文焕辞行："如今粮草须臾将尽，一天也等不得。定须我捎信出去，与宋统制、李使君约定进兵，里应外合破了鞑子，方解得此围。"

吕文焕大摇其头："若有你说的这般便宜，襄阳城何至今日！五年里出去送信的不下百人，哪个不是咬钉嚼铁的硬汉子，水里泅得三五日的——却不都是送死。"

"若无人去，合城也只是送死。"张顺也不多辩，竟不知何处摸出一把箬叶尖刀捏在手里，方才挡在门口的将校们纷纷倒抽一口气，默默向两边闪开。

独吕文焕仍把定府门："我自说你不得。只张统制如今病得人事不知，你做弟弟的竟不顾他？"

张顺脸上纹风不动，也不打话，一刀照着门框上吕文焕的手就砍下去。吕文焕吓出一身冷汗，急抽回手，见五个指头侥幸都在，指甲俱被削去半层。惊魂甫定，却见张顺已在雨幕里走远了。

吕文焕长叹口气，教人与他开了城北临汉门。从城楼上望出去，汉江上风雨正急，雪浪如山，一点穿心红出没江心，只如浓得化不开的一痕血。

张贵起初几日昏昏沉沉的，偶然醒转过来，开口便问张顺，都被旁人敷衍过去。等到热度褪去，甫能下床，便扭住身旁侍卫一一盘问，然后挺一口泼风也似快刀闯入吕文焕府中："俺兄弟去哪儿了？你莫对俺说，只对这口刀说！"

吕文焕已习惯了他们这一语不合拔刀相向的草莽作风，倒也面不改色："张统制执意去新郢送信，五日前孤身去了，至今无半点消息。"

张贵一个刹那的失神，早被吕文焕身旁的侍卫夺下刀来。吕文焕料他大病初愈，必无气力，亲身上前去扯住他："你兄弟不识好歹一意孤行，就死也不得其所，白葬送了性命。你万不可再蹈他覆辙。"

孰料张贵只轻轻一挣便将吕文焕搡出三步远："俺兄弟平白送死，自不干俺事。俺这条命，生来却是要为俺兄弟死的。"

吕文焕张口结舌，情知不可劝，也只好恨铁不成钢地摇摇头，示意侍从退下。

张贵很快就纠结起他们从新郢带来的那些兵卒，他们到达襄阳时只剩下几十人，全都重伤未愈，此刻却都一言不发地抄起利刃跟着张贵上了船。夜幕降临时吕文焕目送那些轻舟顺流而下，在浩荡的江面上如同一群微不足道的蚊虫，义无反顾地扑向灯火辉煌的北军水寨。

第二天清晨临汉门下的江滩上搁浅了几十具尸首。没有人知道它们是如何从磨洪滩逆流而上到达襄阳。在这些被箭矢和刀枪蹂躏得不成人形的尸体中吕文焕辨认出张顺和张贵的面容。他为他们一一合上浮肿的眼睑，命人厚葬，立双忠祠祀之。

襄阳城中的守军将士常去双忠祠祭拜，求遇敌制胜，求援军早至，求北军罹患瘟疫不战自退。然而两位神主从来没有半分灵验之迹。到了咸淳九年，蒙帅阿术、史天泽、张弘范、水军总管张禧，加蒙万山新训的七万水兵发动对襄樊水陆夹击。又使阿老瓦丁和亦思马因所制回回炮攻城。十年正月樊城破，守将牛富蹈火自焚。蒙军尽屠百姓，声言襄阳若降，则一城得全，若顽抗，则视樊城为例。

此时的襄阳城屡遭巨炮重创，不但城垣摇摇欲坠，城内民居亦十毁七八。吕文焕执节登陴，入目只见残垣断壁，士民流离，遂仰天长叹："此天意，非人力也。"

张巡许远守睢阳，首尾不过两年。援军迟了一步，到底还是来了。而襄阳一围就是六年，粮饷断绝之际，力透重围施以援手的竟只有两个民兵将领。

他从不认为自己是贪生怕死之徒。可让他吃城中百姓的肉，他做不到。

许远不也跟着叛军去了洛阳。难道谁敢议论他什么？

临汉门洞开，吕文焕素服跪于道左时，心里还存有这么一丝侥幸。

春潮方至，江面上浊浪滔天。翻涌的波涛间吕文焕偶然瞥见一点殷红，如一痕浓得化不开的血。一瞬间的恍惚，他差点站起来朝江边扑过去。然而下一个瞬间定睛看时，才发现那不过是残阳的最后一抹余晖。

吕文焕被带到大都朝拜忽必烈，受封襄汉大都督，次年拜参知政事，率部沿江招降。荆襄诸将多是吕氏旧部，争相望风款附。再后来伯颜攻克临安，吕文焕以江东道宣慰使入城，发皇榜安谕中外军民。

视事之余，吕文焕偷得半日闲暇，要逛一逛思慕已久的西子湖。走到湖东涌金池畔，见一座小小庙宇坍圮已久，彩塑泥神早被雨淋得不成样子。一个瞽目说书人借着神庙的院子做书场，讲的是宣和年间宋江故事。

吕文焕年幼时也曾听人讲太行山梁山泺，三十六好汉横行河朔，热血少年哪个不听得揎拳攘臂跃跃欲试。等读了些书，知道那些稗史俱不足信，便也渐渐忘记了。

这回从说书匠人的摊子边上路过，一阵风不偏不倚吹来"张顺"两个字，吕文焕一个趔趄险些跌倒。待定下神来，远远立在后面听那人敷演。

"且说故宋宣和八年三月初三，山寨无事，大头领宋江与燕青、林冲、戴宗、张顺诸位好汉扮作客商来赏西湖胜景。宋江见湖上士女游春，莺花烂漫，却只长吁短叹：'俺宋江自幼熟读经史，志在报国。孰料时乖命蹇，不容于官家，空有鸿鹄之志，奈薄命何。如今虽到这人间天堂，秀郁葱蒨，山空水澄，却教俺如何开怀。'

"一旁张顺劝道：'哥哥不消叹恨。如今方腊据富春作乱，为朝廷心腹之患。我兄弟几个若能直捣贼巢，岂不为官家立一大功？'

"众人听罢连连称是。独燕青在一旁不言语。宋江问他何事，燕青道：'哥哥忠肝义胆，日月可鉴。只如今我兄弟们常若无栖之鸟，自顾不暇。倘若官军趁火打劫，我兄弟何以自保？'

"宋江倒不以为然，道：'小乙哥此言差矣。宁教官家负我，我忠心不负朝廷。我兄弟肝脑涂地为朝廷征战，官家定嘉我等忠义，如何竟有加害之心。'

"燕青犹不甘心，又道：'只恐孩儿们不肯。'

"宋江还未答话，张顺先自忍耐不得，跳将起来：'便把这性命报答宋大哥许多年好情分，也不多了。哪个不肯，也须打我手里过！'

"列位看官，这一丈青燕青是个乖觉的人，虽排在三十六人之末，其了身达命，却胜那三十五个。当下见众人百般劝不得，也只得暗暗跌足。当夜里收拾了随身细软，留下一张字纸作辞，竟不知投何处去了。——究竟宋江与张顺等人剿得方腊不曾，且听下回分解。"

瞽目人的手杖在青石板上轻轻一点，算是一记惊堂木。院中聚集的男女们纷纷站起来舒活舒活筋骨，朝破包袱里丢下三五张纸钞，三三两两结伴而去。吕文焕待众人散尽，瞽目人摸索着也待走时，过去将那老人按在座上，从荷包里掏出个银稞子塞在他手里。

瞽目人一愣，将银稞子摸了又摸，咬了又咬，更是惊得呆了："官……官人，你留我怎的？"

吕文焕在那人身边坐下，轻轻抚着他颤抖的后背："先生勿惊。我不过想听你说说，那张顺后来如何？"

"后……后来张……张顺便与宋江兴兵征方腊……"平时足能讲上

半日的故事，硬是给吓得不成片段，"征方腊，便在这西子湖上大摆战阵……"

吕文焕倒也不计较他干巴巴的句子，也不问西湖上前一日尚歌舞升平，如何后一日便作了战场。他只温和然而殷切地问："再后来呢？"

"再后来，官军果然从背后出其不意，大破宋江。"瞽目人总算匀了口气，渐渐恢复了往日的神采，"常言道瓦罐不离井上破，可叹那张顺一世英雄，孤身来闯涌金门，竟在这水门里被活活射死，他一个哥哥报仇心切，也死在乱箭之下。看官，那张顺是宋江寨中第一等好汉。他一死，宋江直哭得昏晕过去，从此再无心恋战，就此归顺了官家。"

说书人讲到悲切处，竟落下两行浊泪。吕文焕亦听得心下惨然，一句"再然后呢"出口时，声调都哑了。

瞽目人却忽然沉默，半晌之后忽然伸出枯柴般的手抓住吕文焕的官服："看官，再往后的事，若是寻常三瓦两舍，老朽哪里敢讲！今日蒙官人大恩……"他将吕文焕拽得更近些，拼尽全身的力气压着声调："再后来，那一起梁山好汉都在岳武穆帐下杀鞑子，个个杀敌无算，最后以身殉国，马革裹尸，端的忠义参天！"

瞽目人讲完，自家心潮激荡，久久不能平静。待方寸稍定，才听见身边号啕之声。瞽目人心下诧异，伸手摸索，却发现吕文焕不知几时已哭倒在地上。也不知那官人想起了什么伤心事，只顾放声大哭，直哭得气噎声绝，就好像全身每一根骨头都断了。

湖中

"总之，你到时候别惹他就是了。"童威低声交待费保，一面向前赶了两步。李俊今天走得格外快，一边走，一边恶作剧般地撕扯着垂柳的帷幕，湖边的小径上洒下一路残枝败叶。

倒也没人觉得可惜。反正已经是秋天了。

至于的么……费保略一愣神，已经落下几十步远。好在路总算到了尽头，他们停在一座小小的祠堂前。金华将军之庙。

门从里面打开的一瞬间费保满怀感激地瞟了童威一眼。亏他一路提醒，总算让费保有了点心理准备，不然真得吓上一跳。

开门的男人个子不高，因为脏，也看不清脸色。但无论怎么看，与这庙里那座容颜俊美的神像都无半点相似之处。男人的目光像冷风一样从他们每个人的脸上依次扫过，费保从那双灰色的眼睛里只读出疲惫和怨毒。

而李俊和童威童猛也显现出吃惊的样子。他们的目光齐刷刷地聚集在男人的右腿上——膝盖以下空空如也。

费保确信他们每个人都为这一刻准备了许多说辞，而相对的一刹那所有的语言都干涸了。在他们半张着嘴，舌头找不到落脚处的时候男人动了一下破旧的拐杖，侧过身体让开路："回来了。进来吧。"

这一回费保故意落在后面，拉住童威小声问："他的腿……"

童威耸耸肩，亦是一脸茫然："走的时候还好好的……谁知道。八成是欠了赌债，被人打的。"

庙里又脏又乱，几间房算起来还很新，却因为疏于修整，看上去摇摇欲坠。数年的时光，于李俊他们是翻天覆地的新篇章，于这里，只像是一颗供在盘里的果实，除了枯槁和腐败便无以为聊。

李俊实在看不下去，问那男人："我常年派人来送盘缠，你都没收到？"

"收到了。都输掉了。"男人从头发里掐出一颗虱子。

守庙的男人叫张贵，是张横张顺的堂兄弟。费保第一次听说这个人的时候很好奇："为什么他们都是头领，他却是个喽啰？"

二童都没说话。李俊皱了眉："烂泥扶不上墙。"

李俊他们对张贵早不抱什么希望，进了庙该干什么干什么，亲自动手把正殿打扫干净，摆好祭品，跪拜如仪。只有费保仍免不了好奇，一双眼睛滴溜溜地从张贵转到金华将军的神像又转回来，拼命想从那张卑贱而憔悴的脸上看出什么似的。

费保很想和他聊聊。有太多的事他太想知道，却没有人愿意告诉他。不管怎么说，在他们的这个世界里，张贵是那个人留下的惟一线索。

或许是他看他看得多了，祭拜结束时他们依次退出殿外，张贵架起拐杖拦住了他。

"赤须龙费保。"张贵用的是陈述句。

费保略有些尴尬地点点头。按礼数他们之间应该有一个正式的介绍，然而李俊和二童显然认为，张贵并不值得这样的仪式。

"我见过你。"张贵接着说。语气平静，然而眼睛里仍是不可思议的怨毒。

费保勉强笑了一下："久……久仰。"

张贵并没有还礼，只继续他平静的陈述句："刚打下苏州的时候你来过，第二天又走了。”

费保有点莫名其妙，但出于友好的原则，仍旧保持着僵硬的笑容，点点头。

“你见过他。”

“谁？”话出口的一瞬间费保忽然明白了什么，然而没等他理出头绪来，膝盖后面忽然一阵锐痛，不由自主地跌倒在地。张贵根本没有给他挣扎的时间，抡圆了拐杖照着地上的人又是抽又是砸，虽不致命，也完全把费保打懵了。

变故发生得太快。等童威童猛反应过来，扑上去把张贵拉开的时候，费保已经满脸是血，站都快站不起来了。

所有人都错愕地看着张贵，张了嘴半晌合不得，想问点什么都不知该从何说起。张贵倚着门框——拐杖早被童猛缴了——大口喘着气，脏兮兮的脸上绽开一个恶毒的笑容。

“都是因为你，啊，大将军，现在可以说了，还有你。”张贵的食指在费保和李俊的胸口间游走，“我今日倒要问问：你们，到底和他说了什么？”

费保吃力地爬起来，耳朵里嗡嗡直响，脑子乱成一锅粥，全凭本能辩解道：“我没有……”

“放屁！张二哥好好一个人，忽然跑去水门里送死……”

“阿贵！”一直旁观不语的李俊终于发了话，“杭州的事，谁能料到……”

“老子他娘的就料到了！”张贵扯起公鸭嗓子，脖子上青筋暴跳，“张二哥是何等样人，他宁可去死，也不跟着你们这帮懦夫混！”

童威抬起手扶了扶太阳穴，暗自摇摇头，悄悄拉着童猛躲到院子里去了。

“我就知道得有这么一场。”童威低声道。祠堂里再次传出打斗的声音，也不知是谁在打谁。这些年里关于那个人，那个场景，始终是他们之间最深的禁忌。然而不说，不问，并不等于就可以放下。终有些东西如种子一般，埋得再深，也终会不受控制地破土而出蓬勃生长。

后来也不知是谁最先哭的。听到屋里哭声一片的时候童猛下意识想去看看。童威拦住了他。

"从张二哥死到现在，这么多年大将军何曾落过半点泪。再不哭，就疼杀了。"

哭过之后张贵的脸倒看上去干净了不少，也褪去了怨气，费保恍然间觉得，他和张顺眉宇间仿佛有三分相似——他也只见过张顺一面而已，话没说上三句就不欢而散，那张俊美的脸在他的记忆里已经无限模糊了。

张贵送他们离开。走到门口的时候费保终是忍不住问道："你的腿……"

"靖康年。东京。"张贵只说了两个不成片段的词。他的嘴角重新挑起一个恶毒的笑容，"你们不配知道更多。就如同你们不配知道，他到底为什么而死。"

他在他们面前关上了门。

戏瑕

游情泛韵，脍炙千古，非深于词家者，不足与道也。微独杂说为然，即《水浒传》一部，逐回有之。全学《史记》体。

——钱希言《戏瑕》

东京勾栏里竞争激烈，处处做戏的都卖尽十二分力气，恨不能拿绕梁之音织出天罗地网，一网打尽过往看客的注意力。高太尉新官上任，置了戏酒款待麾下，就在节堂外当院里搭起高台。林冲与同僚们坐在下面仰起脖子正襟危坐，也不知看了些什么，只觉脑袋里鼓板竹肉闹成一团。

须臾一折唱罢，主人带头喝了声彩，撂下一个"赏"字，仆从们早将赏钱抛了满台。那一起跑龙套的都是半大孩子，登时一哄而上，哪里还顾得蟒袍玉带，纷纷扔掉手里的圭板，一捧一捧地拾起铜钱兜在衣襟里。宾主见状大发一笑。高俅眯起眼睛，笑着朝台上招手："伍员过来！"

林冲这才回过神来：方才那一折，一群贵公子婆婆妈妈拉拉扯扯，三十六只粉底皂靴踏得戏台吱嘎乱响，只一个正末单枪匹马力挽狂澜。——大约演的是《临潼斗宝》。

正末一板一眼踱着方步下台来，穿过满地捡钱的同侪时，眼里一丝凛然的鄙薄竟不知是出戏还是入戏。高俅见了越发欢喜，将那后生唤到身边："你怎么不捡钱？赏得太少？"

伶人慌忙跪下来请罪："小人怎敢！只因师傅一向教训：穿上行头立上台，便只有戏中人。小人想着伍相国那等英雄好汉，生怕辱没了他老人家的身份。"

林冲闻言，也不由得多看了那后生两眼。陆谦凑近来附耳："成精的东西。专一讨太尉的欢心。——你可学着些……"

林冲"啧"的一声打断他。未容开口，只见高俅一把携了伶人的手，转朝他们笑道："这孩子耍得好花枪，身段做派活像一个人，可怪我一时记不起名字……"

台下众人不免互相乱看了一阵。林冲心里莫名地不自在，只管将头深深地埋了。谁料陆谦趁他不备，忽然抓住他的肩膀站起来："敢是林教头的模样儿？明日太尉上校场来看看……"话未说完，早被按回到座位上。四目相对，只见林冲满面怒容，额角青筋乱跳。陆谦只道他害臊，还要调笑，冷不防右边脸上已挨了一拳。只不过三分力气，已打得下巴喀嚓一声，张开的嘴歪到一旁合拢不得。

众同僚见状，一拥而上将两人拉开，纷纷笑着劝解："岂有此理。虞候且去廊下醒醒酒。"

林冲强自张开拳头，握紧复又张开，呼吸稍定，正待重新坐回去，只见高俅已挽着伶人走到面前："原来你叫林冲。"

抬头的一刹那，先迎上他的目光的倒是那扮伍员的后生。林冲一怔，这才忽然意识到自己方才的激烈反应，看在这年轻人眼里又该作何感想？方寸正乱，高俅偏又不依不饶："便是伍子胥年轻时，也不似教头这般性急。"

某种微妙的负疚心悄然压弯了他的后背："林冲无礼，扰了太尉雅兴。只那伍子胥文欺百里奚，武胜秦姬辇，位尊盟府，名彪史册；林某只一个枪棒教头，如何敢比这等英雄。"

高俅正是笼络人心的时候，眼见对方先退一步，便与众人又笑一回，罚了林冲一大杯酒，照旧入席。林冲到底坐不安稳，趁下一折戏正热闹时逃了席。

唯一注意到他的行踪的，是台上的"伍子胥"。那后生正跪在楚平王面前领赏谢恩，竟罔顾师傅教诲，远远朝台下抛来一记含义不明的眼刀。林冲不觉煞住脚步，猛省道：太尉府上走动的岂是寻常倡优。当今天子好微行，这孩子只怕比他见过的世面还多些……

正胡思乱想间，那厢里楚平王与伍子胥庆功封赏，再三再四地谢他匡扶社稷，赞他智勇双全。伍子胥亦满腔热忱志得意满：【托赖着国祚绵绵，圣德巍巍；臣今日赐赏加官，封妻荫子，显耀光辉。行庆贺千邦尽礼，播欢声万国来仪。圣主轩羲，臣宰皋夔；一统乾坤，洪福天齐！】

弦管齐奏，烘托着洪亮的唱腔。林冲纵不知戏，也认出这是大团圆的终场；当下加快脚步，踏着最热闹的一阵鼓点离开了太尉府。

后来他不止一次梦见那个伶人。确切说，他梦见自己成为那个伶人。

玉色蟒衣玉色袍，三山帽，三髭髯，项帕，直缠，搭膊，带剑。穿上行头立上台，便只有戏中人。后来他再也没有见过那后生，不曾有机会问他：你可知这戏里伍子胥眉广一尺力能扛鼎，位尊盟府佩十八国帅印。——都是假的。你可知，真实活过的伍子胥，他都经历了什么？

可他什么不知道！他读经，经里刻着【我必覆楚】；他读史，史里记着【日暮途远，倒行逆施】；他读诗，诗里也一唱三叹【浙波只有灵涛在，拜奠青山人不休】。戏台上鼓点正密，君恩正隆，他在楚平王面前无论如何也不肯跪，只忽然抖出袖中暗藏的水磨鞭。

一鞭抽空，巨大的力量将他带倒，颔角狠狠磕在团头铁叶护身枷上。

遍身刑伤的剧痛将他扯回现实，颈间行枷却又似一方小小的戏台，不问看客好恶，只管将种种颠倒荒谬流水价端上眼前。

无耻的色欲；肮脏的权力；上位者为一己之私构陷无辜；僚友为蝇头微利背信弃义。每一种丑恶都似曾相识，熟稔到令他心惊肉跳：醒了么？真的醒了么？

还是说，少年时读到【非烈丈夫孰能致此哉】，一刹那的心潮激荡，便已被不屈的亡魂缠上脚踝，注定要踩着利刃描摹那人的每一步足迹？

　　是在妻子撕碎休书、当街哭倒在地时他终于一个激灵醒得彻骨。——书会腐儒们臆造的故事里，伍员出奔，忧虑发妻将遭不测，贾氏睁目视员曰："子可速行，勿以妾为念。"言毕入户自缢。

　　他踉跄地扑过去，想要摇醒妻子，告诉她，她所听说的所有忠孝节义的故事都是编的，演的，假的！渔父是假的，浣纱女是假的，就连鞭尸复仇都是假的！世上可以没有忍辱负重的英雄和他的贞烈贤妻，而她，决不能再和他一样被亡魂拴住脚了！

　　可是来不及了。防送公人们推推搡搡，一步一棍，直将他打出开封府城门。回望妻子的最后一眼，他分明看见那了无生气的纤弱身躯上，家常衫裙悄然换作了斑斓的戏服。

　　后来他也遇到似曾相识的磨难，似曾相识的绝望，似曾相识的绝处逢生。更有豪侠客的赤诚，陌路人的慷慨，微末者的善意，星点火光亦穿透千年永夜，无声映照没有尽头的流亡路途。

　　伍子胥再怎么潦倒，也不曾对过刀笔吏、遭过黥面刑、被人一叠声地唤过"贼配军"。他坐在牢城营里，浑浑噩噩不辨昼夜梦觉，自嘲地撕尽身上蟒衣，洗净脸上粉墨，却不知自己早已穿上了戏中人淬进骨子里的怨毒。

　　那年冬季有下不完的雪。柴进清早听说草料场走水，蹚着尺许深的积雪赶去看时，焦黑的火场早被雪掩了个干净。七倒八歪的山神庙里，陆谦、管营同差拨三人的头颅被血水冻成一坨。被公人们割断头发泼了滚汤才勉强撕开。柴进皱眉掩鼻溜出门去，被裹着冰凌的寒风劈头盖脸一顿毒打，又慌忙掩了门缩回庙里。

　　一个官差问他，方圆几十里到处是大官人庄子，可有人见过这贼配军？

　　柴进哆哆嗦嗦地将狐裘裹得再紧些："这样风雪，必定冻死了。"

　　白茫茫大地上高高低低的雪堆连绵起伏，只如望不到边的坟。

那样冷的天气，隆冬，深夜，单衣，醉倒在雪地里的逃犯竟然毫发无损。后来柴进一度惊异于那人近乎可怖的顽强生命力，直到自己在高唐州大牢里被打了个一佛出世，扔到枯井下却怎么也断不掉那口气——彼时方知，仇恨的火能将最坚硬的寒铁熔铸成红热的利刃；区区沧州三尺雪，算得了什么。

那年他将林冲扮作打猎的侍从，混过了沧州道口追捕凶犯的官差。出关十四五里，早有庄客接应。临别时柴进挽了林冲的手，笑道："伍子胥过了文昭关，便是否极泰来。武师此去定成大事。柴某静候佳音。"

伍子胥过了文昭关，还要一路讨饭到吴国呢。林冲没有扫对方的雅兴，含糊一笑，红缨毡笠遮过脸，再不回头。

仇恨是河里的沙。浪淘风簸经年累月，非但洗不清、淘不尽，反而层层淤积起来愈埋愈深，直至在时光的重压下凝成磐石，再被流年打磨成削铁如泥的利器。

林冲在梁山做了多年强盗，见识了几百种虐杀的花样，无数次暗地里感叹自己当年太无知太心急，一刀下去直取心窝，竟教陆谦登时断了气，简直是菩萨手段。

他自然也曾千百次设想手刃高俅的场景。直到忠义堂前立了石碣，菊花之会上宋江乘兴挥毫：【望天王降诏早招安，心方足。】——几个性如烈火的汉子当场掀了酒桌。林冲冷眼看着，心里空茫如沧州道上千里雪，一滴一滴的血烧出一个清晰的念头：没有机会了。

高俅三打梁山，屡败屡战，终于当不得梁山水军的手段，十冬腊月里被张顺水淋淋拖进山寨里。——不出意料地被宋江松了绑，温言软语款待起来。众头领心里窝火，到底违拗不得，只得赔笑入席。宋江听说高俅在东京时颇好听曲看戏，连夜从山下"请"来班子，第二天傍晚便在忠义堂前摆起戏酒。

酒过三巡，宋江四下里张望，不见了林冲与杨志。他自然晓得此二人与高俅有仇，这两日时时留心瞥着他们。此时再三派人寻不来，心里到底不踏实，只得吩咐柴进守好席面，自己与吴用分头去找。

宋江寻到西山旱寨时，营房里黑灯瞎火。亏他机灵，又踩着月色一路摸到校场。夜里看不清人，只见枪尖点点银光，明明灭灭琮琮铮铮，好似洒落了一天星斗。纵然上山晚些，宋江也无数次听人讲起当年王伦命林冲下山取投名状，正遇上杨志，两个踏着残雪薄冰，有那样一场好斗。

他倒是知趣，只在心里喝彩，从头到尾不则一声。直到两条银枪上红缨缠到一处分解不得，林冲与杨志大笑着扔下枪，宋江方干咳一声："教头、制使好兴致。教孩儿们掌灯再战可好？"

两人都道"不必"，行了礼，却也都不再说话，只静静听着忠义堂那边飘过来的戏乐声。最终宋江当不得尴尬，再次干咳一声打破沉默："某幼年到勾栏里看戏，记得有一折《伍子胥鞭伏柳盗跖》，里面伍员质问盗跖：仁者不盗，盗者不仁；将军身兼三德，如何安心做贼？"

林冲只是沉默。杨志的影子似是耸了耸肩，笑道："假的罢。洒家不看戏。只记得什么书里盗跖亲自笑话过'子胥沈江，比干剖心。此二子者，世谓忠臣也，然卒为天下笑。'"

宋江愣了一下，只得装作没听见："后来又读了史记，满篇里只见人人都在复仇。以某陋见，倒觉得太史公将伍子胥写得浅了。——倘若他一辈子只活得一个'毒'字，岂不是破了楚，鞭了尸，泄了愤，便可功成身退了？——可他没有。教头，制使，你们说，他后来在吴国为文死谏，为武死战，这般鞠躬尽瘁又是为了什么呢？"

林冲继续沉默，月下的影子一丝也不动，只如一棵枯死的树。宋江白等了半晌，硬着头皮转向杨志："某闻制使平生所贵无非清白姓字，所愿无非边庭上一刀一枪搏个封妻荫子。这一身文韬武略，若不招安，难道就用来打家劫舍……"

“哥哥。”杨志罕见地打断他，“林教头面前，提什么封妻荫子。”

林冲心头一梗：“制使……”

眼看宋江就要上来赔罪，林冲叹口气，终于表态：“哥哥一片苦心我们都明白。为国尽忠是第一等大义，只看这一件事上，赴汤蹈火在所不辞。只是……”他朝宋江望了一眼，然而黑夜里谁也看不清谁。

“只如今燕雀处堂，乱自上作，哥哥这一片诚心，难免到头来换得一句‘世谓忠臣也’……”

“林教头。”宋江忽然凑近来，直到凉薄的月色里那人额角的‘囚’字历历在目，“我忽然想……伍子胥晚年，言不见用，横遭猜忌，撞上剑刃也不肯回头。——倘若这个时候他再遇见柳盗跖，又会和他说些什么呢？”

忠义堂那边鼓板渐渐热闹起来。月亮嫌吵，一头扎进了重云深处。

伶人上台，先做个艳段，唱了些吉祥曲文。高俅只顾盯着那女伶看，一双眼珠子被套索缚定一般，被那女子一路拴下台去。直到女伶款款地去了幕后，高俅意犹未尽地回过神来，戏台上早扮起了正杂剧。

他分明记得自己点了一折《满床笏》，然而瞄了几眼，怎么看都不是那么回事。正纳闷间，四下里一望，一直陪侍的宋江竟不见了踪影。高俅心里有几分不舒服，正要站起来，忽被一双手按回座上。

“宋头领去去就来。太尉有什么话，只管吩咐小可。”

高俅抬眼，对上一张笑容可掬的脸：“小可姓柴名进，有个过世的叔叔讳皇城，太尉也许听令弟提起过。”

高俅心里越发不舒服起来。应也不是，不应也不是，只得僵着后背坐了，装作凝神看戏。

可这戏是越看越不对。稀里糊涂听了一通，终于出来个须发皆白的正末。高俅稍稍心安了两分，只道是郭子仪。谁知那伶人一开口，穿云裂石地控诉起昏君奸臣来。

【俺父兄多身故，他又把咱家一命图。泪沾洒四野征尘，气吁成半天毒雾！】

高俅一张脸皱成了癞葡萄，转朝柴进问道："我点的《满床笏》呢？"

"秉太尉，小可不合私换了本子。——太尉三打梁山，用兵不易。想那郭子仪讨贼，一败武功，再败清渠，三败相州，六十万大军白教人杀得片甲不留，自家也险些儿陷了贼。这等晦气人物，怎好扮给太尉看的。"

"那，那这，这唱的又是什么？"

"秉太尉，孩儿们演的是伍子胥恶了楚平王，被一路追杀，幸得东皋公相助，好歹送他过了文昭关。"

高俅帮闲出身，甚么戏没听过。当下技痒难耐，嗤笑一声："恁般啰嗦，就说了这样一串。这一折有个题目，唤作《蒙混过关》。"

柴进一脸笑容纹风不动："原来这叫做蒙混过关。太尉博古通今，才知道蒙混过关。我们水洼草寇，不知道什么是蒙混过关。"

待高俅心惊肉跳地转回头时，台上的剧情早又急转直下。伍子胥投吴做了相国，带着副将专诸大破楚军，杀入郢城，捉拿费无忌枭首示众；又掘开楚平王墓，拖出尸身怒鞭三百以报父兄之仇。

高俅仍是看哪都不对劲，却已不敢抱怨，只缩着脖子咕哝了一句"岂有此理"……

且不说戏文里的水磨钢鞭被这伶人换作了软皮鞭，便是原剧里，掘坟戮尸不过是念白里一笔带过，哪曾像这样大张旗鼓地搬演起全武行。

纵是做戏的，也都知道以臣犯君是了不得的勾当，谁敢仔细敷演。

然而不等高俅回过神来，台上伶人一双桃花眼已经死死盯住了他。四目相对的一刹那，只如六月里泼下一桶雪水来。高俅是何等伶俐人，如何认不出粉墨之下那张俏脸不是别个，正是昨日一记"守命扑"颠碎他半身骨头的浪子燕青！

【我我我千军万马去当头阵。杀得他旌旗惨惨。杀得他兵马纷纷……】

"好汉！冤有头债有主。高廉已自偿了性命……"高俅挣扎着要起来，却被柴进傍身搂定，按住肩膀一些儿也动不得。

"太尉，你再想想？"

【杀得他兵马纷纷。杀得他只轮不返。杀得他片甲无存！我我我掘墓尸挞辱亡魂。践山川走散黎民……】

山寨里戏台浅陋，"伍子胥"抖开七尺长鞭，一记一记抽的哪里是楚平王尸首，鞭梢直朝着高俅面门上飞过来。高俅在梁山上做了两日的贵客，到这地步才算晓得什么叫进了贼窝。柴进一发连手腕都与他钳住，高俅只得闭了眼睛听天由命，也不知脸上着没着鞭，只觉那鞭梢劈起飕飕冷风都能将人割个皮开肉绽。

鞭响和着锣鼓响，拍板声应着哄笑声。正不可开交处，忽被一个低哑的声音喝断："胡闹！还不把太尉放开！"

高俅睁眼，恨不能爬过去抱住宋江的腿。众好汉见话不是头，一哄而散，独留下"伍子胥"犹在台上慢条斯理地收拾着软鞭，看也不朝他们看一眼。全程神龙见首不见尾的卢俊义这时候不知从哪里冒出来，一脸茫然地朝宋江赔罪："怎么回事？敢是小乙又作死？哥哥只管动军法，打死无怨！"

宋江脸色比方才楚平王的尸首还难看，却也没说一个字，只顾盯着高俅的脸。——万幸并无会落疤的伤。——纵有，山寨里尚有良金美玉，连金印都可消得。

高俅回京去，纵有十二分不情愿，奈何风流天子早被打通枕头上关节，梁山好汉到底全伙受了招安，穿红着绿入朝谢恩。

既受了圣朝恩泽，自当与国家出力。几年里南征北战，攘外安内，好容易拼得方腊就擒，南方平定，宋江班师途中路过杭州，做了三百六十分罗天大醮，追荐前亡后化列位偏正将佐。那一场法事排场极盛，围观的军民人山人海摩肩接踵，却谁也不曾来问一句：娱神的戏台下面为何白白空着大半座位？

须臾道士在神前拈了戏，回来报与宋江："头一本《黄粱梦》。"

宋江一时没回过神，问道："《黄粱梦》是什么故事？"

吴用已经笑倒在一旁："是南柯驸马配金芝公主的故事。——柴大官人，你别走！"

宋江干咳一声，示意道士继续。

"第二本《狄青夜夺昆仑关》。"

宋江呵呵一笑，连声说好。吴用收了笑："这倒在第二本上？也罢了。既是神佛要如此，也只得罢了。"

宋江又问第三本。道士回说："第三本是《进西施》。"

吴用与宋江都不言语。道士退下，自去申表、焚钱粮、开戏，不在话下。

这厢里武松早等得焦躁，咕哝道："婆婆妈妈的旦本戏。谁耐烦听。"

一旁的林冲摇摇头："这是吴越争霸的故事。勾践卧薪尝胆，范蠡泛舟五湖，文种鸟尽弓藏，说不尽的兴亡成败。——眼看中秋节近，这一折怕不是钱塘潮神点的戏。"

——平生志。在云霄。谁知倏忽便萧条。只见城池宫阙都作白烟消。闲花野草。看荒郊麋鹿游残照。

他们在鬼门关前七进七出，多少人有去无回，重到人间恍若隔世。而朝中六贼仍巍然屹立，一闭眼一睁眼，仿佛只是打了个午盹。

——他他他今将正直诛。倒与那奸邪近。镇日价淫声美色伴红裙。酒杯儿送入迷魂阵。那里管社稷危。那里管人民睿。那里管亲生儿别处分。

待道士去远了，吴用压低声音对宋江道："那年我们上东京面圣，文德殿赐宴时演《唐明皇梦游广寒宫》。那时候我就觉得……不是什么好兆头……"

宋江一怔，随即摆手道："看戏。"

——浩荡君恩似海深。鸱夷漂泊任浮沉。波涛来往岂无意。欲洗孤臣不二心。

伶人次第粉墨登场，一个个歌有裂石之音，舞有天魔之态。林冲被鼓乐吵得头痛欲裂，恍惚间似见一群蹄角峥嵘的野兽咚咚锵锵闯进大槐安国的皇宫，将太平清梦践作一地狼藉。

数年后武松才终于参破那天醮坛下面突如其来的静默。此时宋江吴用都已不在，只剩他孑然残躯，好似城门上悬着的那双眼珠子，替兄弟们眼睁睁看见山河碎，金瓯缺，赵官家失魂落魄一路滚进临安城。

而他心无波澜，早上起来照旧到湖边打酒。

那天金华将军庙前来了个班子，排演新样戏文，说是收来的赏钱都拿去供给岳家军，因此观者如堵。武松路过时，不早不晚，正望见生角上台来，戴一顶红缨范阳白毡笠，穿一领单绿罗团花战袍，自报：【下官姓林名冲，字武师。父乃林皋，官拜成都太守，早承父业，习读诗书……】

武松一撇嘴，右边拳头莫名地痒起来，可惜没处去挠。

【方腊入寇，黄榜招贤，吾乃仗剑投於军门；生擒斩首，次第成功，授我征西统制之职……】

武松扑哧一笑，攥紧的拳头不觉又松了。

【止知忠君爱国，不解附势趋时。因见小人拨弄威权，直言强谏，乃被奸臣拨置天子，坐小官毁谤大臣之罪，谪降做了禁军教师，提辖军务……】

武松不觉立住脚，背靠着庙门看了一折又一折。只见林冲因弹劾奸臣，被高俅赚入白虎节堂，含冤刺配沧州。途中幸遇鲁智深搭救，草料场死里逃生，手刃陆谦，夜奔梁山。后随宋江攻至东京，兵临城下将至壕边，阵前碎剐了高太尉，又与妻子团圆，受了朝廷招安，从此与师弟一道领兵抗金，忠肝义胆有始有终。

武松平生最恨酸文假醋，一双拳头惯打不明事理之人。然而这日他出奇地宽容，看了半晌胡编乱造的戏文，一星儿脾气也没有，最后只将身上银两尽数搜出，轻轻搁在戏台脚下的铜盘里。

——怒执金戈离水浒，忽承丹诏下皇都。冤仇若不分明报，枉作人间大丈夫。

那一带酒肆掌柜谁不认得清忠祖师。有钱无钱，照样与他打了上好的佳酿，临走又饶了一串粽子，仔细系在葫芦腰上给他拎回去。

——按龙泉血泪洒征袍，恨天涯一身流落。专心投水浒，回首望天朝。这一去，博得个斗转天回，须教他海沸山摇。

武松这才反应过来大约是端午近了。他自来不耐烦吃这黏牙东西，回到寺里，将粽子一颗颗解了，都供在林冲墓前。

——半生苟延，历尽风波险。十年磨剑，未遂英雄愿。孤忠同死追伍员，头挂在高杆，丹心日月悬。

家园

【1】

在李应眼里，杜兴一向是个开朗的人。比如，上梁山之后很多头领都是先认识杜兴，再被引见给李应的。对此杜兴总是憨憨地一笑："小人走南闯北惯了，甚样人不相与，哪像东人身子贵，面皮薄——东人，虽如此，你也出去逛逛，成天闷在房里看吃头领们笑话。"

李应脸一黑："笑话我什么？"话音未落，哪壶不开提哪壶似的，内院里恰恰传出一群女人叽叽喳喳莺声燕语。李应的脸色越发黑里掺红，带青泛白，眉毛不是眉毛眼不是眼的。杜兴却依旧憨笑着，仿佛什么都没听见一样。

"那个……"李应心力交瘁地揉着太阳穴，"我叫你来也是因为……"

"听这语音，像是小大姐又和三夫人合气呢。"

"吵吵吵，这群婆娘，成日里有什么好吵的……"李应试探着提高了半分声调，然而里面立刻用瓷器碎裂的声音做了回答。杜兴低垂了头，也看不见是不是依旧笑着，也不答话，只做个告罪的手势，径直进了内院。不上半盏茶工夫，女人的声音停下来，整个世界都安静了。

那时候李应才刚到山上没半年，仍是上宾待遇，连操练喽啰都不敢劳他大驾。每天好酒好肉不说，宋江还特意吩咐下山借粮的喽啰们，凡遇到女眷，要取齐楚衣裳，新巧头面，别毛手毛脚扯坏了。喽啰们窃窃私语，李大官人倒是有几个房头，就这样大使费？有人说三房，有人说五房，有人说丫鬟养娘二十多口也全数搬上了山，竟不给兄弟们看一眼，可成个好汉？宋江干咳一声："李大官人金枝玉叶，上山来好不委屈，伺候的有半点不到，皮不揭了你们的。"

几天没出门，李应觉得自己又胖了一圈，心里焦躁起来。要在往常，杜兴早该来拉他四处与兄弟们吃酒练把式了。这两天可也怪。李应一边纳闷，一边破天荒地提了酒肉去杜兴房里："要不，我们去看看隔壁石秀兄弟，看他箭伤养好了没有？我刚才路上他还叫我去坐坐……"

杜兴连连摇手："罢罢，东人且别去惹他。自打杨节级他们和宋大哥去了青州，看把石头领给闲的，成日吊着胳膊坐在院门首，见谁就拉去吃酒。"

李应恍然大悟："你和他邻居，怪不得你连门都不敢出了。——可怪，你几时也怕和人吃酒来着？"

"别人还罢了……"

李应大笑："你还记恨他呢？"

"哪敢。小人只这一条贱命，全仗杨节级与东人周全。小人在独龙岗时，日日给杨节级与东人上香祝祷。东人偌大家业自不必说；杨节级在蓟州时也好不风光。如今可好！却不都是因为石头领。"

李应一笑，摇摇头："这都是我们命该如此，哪里怪得了石秀兄弟。"

"也是。要怪全怪小人，不该带他们回庄里，带累东人家里祸从天降，三庄里多少生灵涂炭。东人竟不如杀了小人，小人心里还好受些。"

"唉唉你又来……别说这些了。"李应和杜兴都沉默下来。杜兴比李应矮一个头，他的脸奇丑无比，以至于李应每次看着他，都好奇他所看到的世界是不是和常人一样。可是，李应想，那天他们看到的是同一个地狱。

　　西边火起的时候李应还相当淡定。祝家庄尾巴翘得比天高，咎由自取。李应想，这就叫恶人自有恶人磨。而当庄客来报扈家庄也遭屠庄的时候，李应忽然想起了那个爱淘气的扈小妹，恻然闭上了眼睛。

　　李家庄里剑拔弩张，庄客们摩拳擦掌，要冲出去和梁山草寇决一死战。李应不耐烦喝退了他们，疲惫地坐在堂屋月台上。那天倒是好太阳。

　　"杜兴，你的脸是怎么成这样的？"李应忽然问道。杜兴觉得，他这辈子所见过最不着调的李应，也就是屠庄的那一天。

　　但是杜兴还是恭敬地回答："自小人记事便是这样。听人说，是随家母。"

　　"哦。令堂她还好吗？"

　　杜兴一头雾水。西边飘来恶臭的烟雾，呛得他直咳嗽。"她老人家还在中山府。托东人的福，还硬朗。"

　　李应像是自言自语地说："哪怕只是一次也好，真想去看看她啊。"

　　这至少不是个问句。杜兴想，那么他装作没听见，也不至于忤逆了东人罢。而他正千回百转间，庄客忽然战战兢兢地进来通报："本……本州知府大人来了……"

　　"别的都罢了。只他们那梁山泊手段，也忒不上台面。"后来杜兴总在没人处抱怨，"又扮官府又妆好汉，把人都当猴儿耍。还装腔作势吆喝什么'梁山泊好汉全伙在此'。磕碜死人了。"直到后来石秀劫了大名府法场，杜兴总算收回了后半句。——这是后话。

　　那回杜兴刚开口说了一半，李应连忙站起来，示意他消音。杜兴回头一看，石秀一只胳膊吊在胸前，另一只手里提了酒，正兴冲冲地穿过院门走进来。

　　人都跟你们走了，临了临了，还把李家庄一把火烧作白地。真是穷凶极恶。杜兴懒得招呼石秀，自顾自地在心里宣泄着怨念。他始终觉得梁山人是一群不可理喻的存在：不但嗜血，而且仇恨一切安宁美好的东西，比如土地，比如家园。

【2】

在杜兴眼里，李应一向是个……不太敏感的人。绝大多数人第一眼见到杜兴，脸上都捺不住一丝嫌恶。可是他记得最清楚，李应没有。从来都没有。——对此杜兴一向解释为，李应大概根本没有注意过他的丑陋。

那时候杜兴挑着货郎担子从蓟州一路南下。吃这张脸的亏，一路生意惨淡，眼看消折了本钱，走到李家庄时连盘缠都赔了进去。要不是遇上庄主心善，当场买下了整担零碎，杜兴想，恐怕下一刻他就该抹开鬼脸，沿街乞讨了罢。

买卖的三言两语间李应便看出杜兴极会做生意，再一问，无家无业，索性收入庄里做个伙计。三两年间直抬举到总管，每日拨千论万，都在他手里出入。杜兴惭愧得没入脚处，只一味毕恭毕敬，谨慎小心。哪怕田里禾苗被风吹折了一根，他也觉得辜负了东人，心里好一阵难过。

李应从小到大衣食无忧，几乎没迈出过李家庄大门，对银钱多少并没有真实的概念。每天一睁眼，雷打不动的第一件事，便是听各个管家汇报庄里的收成买卖。这在李应是头一桩苦差事。杜兴早就发现，李应在和下人们谈论钱粮出入的时候简直无时无刻不在走神，直到眼看就要穿帮的时候，才用无辜的目光向杜兴求救。杜兴那时候就纳闷，大官人既然这么怕听银钱账，又何必立下这"百事亲问"的规矩来折磨自己。有那工夫，多耍两趟枪棒飞刀岂不自在。——当然，杜兴深谙做管家的分寸，这话是不会说出口的。直到上了梁山，尽管他仍旧叫他"东人"，事实上，已经没什么可"东"的时候，他终于有机会问他这回事。李应挠挠头，苦笑道："我有什么办法。这是先父立下的规矩。说，一庄之主，这家比命还重，哪能甩手不问，只图自己受用。"

李应是个大孝子。杜兴想到这里，心忽然凉了那么一下。丢掉整个李家庄，在李应似乎并不是什么特别严重的损失。到了梁山上整日和兄弟们吃酒，计较枪棒，竟也快活。倒是杜兴像丢了魂似的，整日埋怨梁山太高，住在山顶接不到地气。

"东人如今就是想管庄子银钱，怕也再没机会了。"杜兴惋惜地说。

"说这干什么。"李应没有多想，站起身来殷勤招待来访的石秀。

李应和石秀边饮边聊，谈笑风生，杜兴站在一旁好生无趣。待了半盏茶的工夫，好容易插口道："东人，石头领，二位先坐。小人出去看看便回。小官人半日没见，怕是又玩野了。"

"哦，也是。你出去找找阿宝。带他回来，也省得里面女人们没事闲得，只在那里合气。"

石秀对李应笑道："我刚才来的时候还见了你家大公子，铁牛逗着他顽呢。"

杜兴当场变了脸色，连最基本的礼貌都忘了，抬脚就往外走，搞得李应好不尴尬："那个……沧州的事，想必石秀兄弟也有所耳闻……咳。好巧不巧，宋大哥去了青州，铁牛可算是开了锁……咳咳。咳咳咳……"李应并不是故意咳嗽，而是一边说话一边吃酒，说到一半忽然自己把自己呛着了。

石秀愣了一下，随即反应过来。"真是可怜天下父母心。"石秀忍着笑，叫过一个小喽啰，"去找戴院长，说，我说的，教他管管铁牛。"

也不知是不是石秀一句话的作用，不管怎么说，李逵后来再也不带李应的儿子玩了。那天阿宝回来，倒是全须全尾生龙活虎的，只是听养娘说，小官人偶尔做噩梦，醒来便问："娘，什么是小衙内？"

李应叹了口气。杜兴脸色铁青："东人，你看……"

"这事怨不得铁牛。他没家没口的，哪知道怎么待小孩子。"李应忽然福至心灵，想出了一个绝好的主意。

【3】

宋江从青州大获全胜回来，三山聚义众虎归心，全梁山上下一片欢腾。后来，宋江想，不对劲的事情大概就是从那时候开始的。只是他当时心情大好，哪里察觉得出来。

最初的异常是孙二娘和顾大嫂成天在聚义厅里戚戚嚓嚓交头接耳，不时拉上新婚不久的扈三娘。女人们一边咬耳朵，一边对着别的头领指指戳戳，一边别过头去笑得要不得。再后来花小妹、阮二嫂和徐宁娘子也加入了八卦大军，居然拖儿带女地挤进聚义厅和汉子们一起开会议事。后来甚至还出现了几个陌生的女人面孔。事实上，宋江忽然发现梁山上不知从什么时候起，经常有奇怪的女人出没……成何体统啊成何体统，宋江黑着一张脸，可惜没人能看得出来。晁盖高高坐在上面，倒是很欣赏全山寨上下其乐融融的样子，全然不以为意。吴用和公孙胜也都一如既往地淡定。宋江只好以为是自己神经过敏。不管怎么说，一向沉默寡言的扈三娘最近也渐渐活泼起来，这多少让宋江觉得好受了点。

如果说面对一群饶舌妇人宋江还可以装聋作哑——女人嘛，有什么办法——而接下来的情况却让宋江渐渐警觉起来。

聚义厅里每天早上议事的例会，林教头竟然缺席了。这在宋江的记忆里真是破天荒第一回。林冲议事时惜字如金，很少说什么，但他往那里一坐，全梁山人都像有了靠山似的，平添几分安心。听杜迁说自从林教头上山，大会小会从没缺席过，就连伤病也没有请过一天假。这回可是奇了。

宋江闻言不敢怠慢，赶紧吩咐了几样精致小菜，亲去看视。

林冲气色很好，正在院里练武，一杆长枪使得虎虎生威，显然不是因为伤病。宋江远远立住等他练完，方上去寒暄。林冲温和地让大家院里坐了，一处吃酒，分毫不提缺席例会的事。宋江也就不好再开口——总不能批评他没按时来点卯，那是高俅的做派。几个人虚与委蛇地应付一番，林冲依旧笑着将大家送走了。

还好，第二天一早林冲又准时出现在聚义厅里，好像什么都没发生过一样。而宋江的疑惑并没有减轻，自从他留了这个心眼，每天留神看谁来了谁没来，这一看不得了，不知什么时候起梁山上怠工成风，几乎每天都有几员头领缺席。宋江过去没发现，大概是因为空出来的座位都被家眷女人们占了。

宋江几次试图和晁盖吴用公孙胜他们沟通，想搞点题目整顿一下风气什么的，晁盖总是豪爽地一笑，我大梁山就是要让兄弟们自在快活，现在我们兵精粮足，有什么好担心的。来来来，贤弟吃酒。

吴用和公孙胜则是阴阳怪气地摇摇头，只说哥哥你放心，啥事没有，过了这一阵子就好了。

那几天宋江疑神疑鬼，看谁都觉得有问题。果然被他这么一看，又看出些不对劲的东西来。

许多过去形影不离的兄弟们不知什么时候起纷纷生分了起来。鲁智深经常一个人在院子里喝闷酒，而武松杨志他们连影子都找不到。阮小二逢人就问我家小五小七呢，一眼不见又溜去闯祸。张横不止一次抱怨张顺最近越发不理他了。一夜之间梁山上的大哥们忽然人人自危，不知哪里得罪了兄弟。宋江有所风闻，第一件事便是去试探宋清。可惜他们兄弟两个从小就不甚亲热，宋清对他只是唯唯，也看不出有没有更加疏远。

宋江终于觉得不能再忍了。梁山聚义靠的就是兄弟情深，如今连亲兄弟把兄弟，斩鸡头烧黄纸一个头磕在地上的兄弟都开始分崩离析，梁山一定是被暗算了。

宋江想了想，叫来了杨雄和石秀。石秀一早不知为了什么事，当着众人的面差点和杨雄打起来。宋江一气之下把两人都关了大半天禁闭——原本罪不至此，但这回宋江下定决心要杀鸡儆猴，不问出个水落石出来誓不罢休。

　　宋江所谓的手段也无非是一个字，侃。石秀低着头听了整整一个时辰的苦口婆心，终于彻底崩溃："大哥，不是我不告诉你，这事说出来真够丢人。那啥，今天早上又有媒婆来给我提亲来着。一个月里都三回了，让不让人活了还?!"

　　宋江还没反应过来这话从何说起，杨雄先一跳三尺高："哪个兔崽子干的好事，莫非还赖在老子头上？"

　　石秀冷笑："想来是你做哥哥的为兄弟终身大事着想。那媒婆都说了，是你一力主使。兄弟还得多谢你的大恩大德呢。"

　　杨雄指天誓日辩白不是我不是我，淡黄面皮气得发紫，额头上的青筋活画出一个"冤"字来。与此同时在宋江的意念里仿佛看到鲁智深、阮小二、张横等人的脸上也都写满了大大的冤字。

　　"好了好了。"宋江哭笑不得地一摆手，"你们回家吵去。这事我算是明白了。石秀兄弟，给你一个戴罪立功的机会，三天之内给我查出来这事背后是谁主使。——对，我问的是背后。媒婆想来是顾大嫂孙二娘找来的，但是那几个婆娘背后一定还有别人。"

　　然而事情在第二天一早便真相大白。聚义厅里正在议事，忽然李逵抡着两板大斧火杂杂一路劈进来。一声大吼震得房梁也抖："谁他娘的要给老子提亲的？说！谁叫来的媒婆？有种的站出来，爷爷我亲的就是你！"

　　一片寂静中角落里响起"咚"的一声，众人忙去看，原来是杜兴的脑袋撞了到墙上。"没事，我没事……"杜兴连连摆手，将丑陋的脸埋进掌心里装作揉脑袋。东人啊东人，小人到底没劝住您，这祸惹的……

　　李应沉吟半刻，还是咬牙站出来："铁牛兄弟，我们一片好心……"

　　李逵早被人缴了械，此时挥舞着两只铁拳被士兵们强行拉走了。

聚义厅里笑得东倒西歪，多日里莫名其妙的压抑被一扫而空。宋江翻了个大大的白眼。晁盖扶额，不以为意地一笑。只有李应颓然坐下，一个趔趄，差点摔倒在地。

【4】

下午练完兵，李应来到聚义厅旁边新盖的账房。屋里窗明几净，只是还少些陈设，几个小喽罗正在打扫布置。李应是个闲不住的人，也挽起袖子和他们一起收拾。一旁的柴进仍旧气定神闲地坐着喝茶，打定主意十指不沾阳春水。

李应看着悠哉悠哉的柴进，心里气不打一处来："金枝玉叶大官人，您好歹挪个地方，别挡着孩儿们扫地。这里好大灰，看扑了你的好茶。"

柴进站起来伸个懒腰："说的是。既有李兄在这里当差，柴某不妨先告辞了。"

"慢着。"李应横起一条扫把挡在门口，"你还没跟我说清楚，谁教人把这晦气差事摊到我头上的？"

"这个么，反正不是我。要我的话怎么也得找蒋先生来，替我省多少事。——听说，李大官人连租税银子都要下人来算。"

"柴大官人。"门口忽然响起一个粗重的声音。李应回头一看，杜兴不知什么时候也来了，不卑不亢地向柴进行了个礼。"大官人，梁山上前几年的钱粮账我都理好了。从晁天王上山到现在，一笔一笔都有交待。在那之前听说大官人是梁山的东家，账目想必是清楚的，小人自不多嘴。"

柴进接过簿子略翻了翻，他其实也没明白多少，但一眼就能看出账做得极细致，一看就是理家的好手。"好了好了，李大官人，你有这么个能干的管家，还担心什么。公明哥哥教你来管钱粮，想来是借你的威风好服众。今后大官人只管照旧习武练兵，这些银钱账目，自教能写会算的下人们去做。"

"杜兴不是下人。是我兄弟。"李应忽然打断了他。回头去看杜兴时，人却早已不见了。

后来杜兴听说，是石秀向宋江进言，看李大官人闲得直要生事，不如还教他做老本行，管钱粮去罢。

杜兴倒是真心实意地感激了石秀一回。

后来李应和柴进相处得也很愉快。原本按李应宽和的性格，和人相处得不愉快倒是怪事。所以李应始终对"相亲事件"耿耿于怀，觉得自己好心被人当成了驴肝肺——当然，也并没有人因此怪罪他，只是从此再没人提这事了而已。

那天下了大雨，李应没法出去操练，不得不闷在账房里写簿子，一边写一边照例埋怨起来。"别人也罢了。那晁天王……竟然也临阵倒戈。"李应下意识瞄了窗外一眼，忽然想到晁盖并不在山上，遂放心地继续下去，"之前答应的好好的，节骨眼上也不帮我说句话。"

柴进悠悠地端起茶盏，他那壶茶好像永远都喝不完。换了我早喝腻了。李应心道。

"天王一开始以为是好事。后来担心说强抢民女什么的，怕坏了山寨名头。"柴进面对李应的抱怨，倒像对茶水一样有耐心。

"哪有的事。那些姑娘们要么是兄弟们救下的，要么是穷得吃不上饭，还有大户人家里逼婚，自己逃出来的。我一个一个亲自问过，都是两厢情愿。"

柴进笑道："哪门子的'两厢'。大官人你是情愿，也不问问兄弟们。"

李应奇道："我刚来那时节，拖家带口的，教孩儿们说了多少抛砖掠瓦的闲话。难道都是叶公好龙。"

"那也要分人。"柴进摩挲着温热的茶碗，像抚着一只慵懒的猫，"多少兄弟都是吃足了婆娘的亏，花枝儿一样女人都下得去刀子的。你怎么不去给公明哥哥做媒呢。"

李应心道，怪不得当时杜兴千叮咛万嘱咐，做媒这事万不可让宋江知道。不过，堂堂七尺汉子，难道怕婆娘不成。李应忽然想到了后房里那几个一天到晚叽叽喳喳的女人，在他的意识里那群女人存在的唯一意义便是给他制造无穷的麻烦。他并不像王英那样迷恋女人——不过他也很理解王英——而不管怎么说，有女人的地方才算有个家的样子。这满山血气方刚的汉子们，难道都不想有个家？

李应盘算了一番。上一回的确有点操之过急，好事办成了坏事。他无论怎么想也还是觉得，给兄弟们寻一门好亲事，传宗接代，大家热热闹闹过起来，如此单纯的想法怎么可能会有人打心眼里反对。等晁天王回到梁山，他准备去找他好好谈一次，认真筹划一下……

柴进在一旁，仿佛完全读出了李应的想法。"既然你真这么执着……"柴进微带讥讽地笑了一下，"那么，你听好：第一，林教头就不要再去烦他了。你信我。我认识他好几年了。第二，武二那孩子也罢了。他上二龙山落草，原本是可以自己还俗的，谁也没逼他继续妆个出家人。第三，再别去打铁牛的主意。没的糟蹋了好人家儿女。这第四——等一下，先说最关键的——如今你也该看出来，公明哥哥和晁天王在很多事上想法都不一样……"

李应忽然问："金枝玉叶大官人，那您自己的终身大事……"

柴进被噎了一下，没好气道："我么，要看哪家的姑娘能配得上了。要是有公主来求我做驸马，柴某说不定会考虑。"

两人正一处里笑，窗外的雨幕里匆匆赶来一个卫兵："宋头领请二位头领去聚义厅议事。"

"这么晚了……"李应纳闷。柴进已经站起来去寻木屐斗笠。

"……说是，林教头和晁天王从曾头市回来了。"

<h1 align="center">【5】</h1>

账房的位置得天独厚。推开南窗，正好远眺山下一大片芦苇荡。排座次之后杜兴奉命搬到了山下，同朱贵一起打理南山酒店。湖边偌大一片空地，过去一直都荒着。杜兴一看见这里土壤肥沃，高兴得手舞足蹈，立刻马不停蹄地带着小喽罗们开垦出十来亩田地，挖渠引水，耕耘播种，抢在芒种前后种上了高粱和荞麦。

"掌柜的你就等着吧，我李家庄秘传的高粱种子，等秋后收了来酿酒，那香气能把全梁山的兄弟们都引下来。"杜兴揩一把脸上的汗水，袖子上满是泥土，不小心糊了一脸，"又能给公明哥哥省好些钱粮。"

朱贵静静地点点头，不置可否地一笑。杜兴意犹未尽，继续指指画画，说这一片地最肥沃，明日叫孩儿们翻一翻就可以种菜。那边一片池塘不深不浅，刚好可以种上一塘藕，鸡头菱角自不必说。等明年开春，赶早整治出一块水田来，种稻米，养禾花鱼，让兄弟们都尝尝鲜。

朱贵眨了眨眼，终于忍住没有说，你道这片地为什么这么肥？还不是往来客商长年累月填河填出来的。

柴进觉得李应忽然安静了许多，再也不像过去那样整天唠叨个没完。漫长的夏日里账房一片寂静，只有窗外一声一递的蝉鸣。柴进照旧捧着茶盏无所事事，李应则时常站在窗口向山下眺望。夏天里庄稼见风就长，高粱噌噌拔节，简直和湖中的芦苇连成了一片。不过李应即使从山顶上远远看去，也还是能一眼看出哪里是田地，庄稼长势如何，杜兴又在忙活些什么。

看着烈日下的田地里，杜兴弓着脊背忙碌的身影，李应忽然很羡慕他。那人的心里一定被高粱和荞麦、莲藕和禾花鱼装得满满的，那该是很香甜的味道。

第二年杜兴将南山酒店附近的田地扩大了数倍，山下几乎所有平坦的土地都被他带人开垦出来。高田种麦湿地插秧，一阵风吹过稻香荷香阵阵袭人。李应从山上远远看着，恍惚觉得又回到了李家庄里那些漫长得望不到头的日子。

那年秋天高太尉率大军来打梁山泊，被水军一把大火烧了楼船大获全胜。可惜水火无眼，沿着芦苇荡一路摧枯拉朽烧过来，好悬没烧了南山酒店。朱贵带着人奋力扑灭了大火，而湖边数十亩田地却被扫荡一空，一株禾苗也没剩下。

月亮上来，湖面上腥臭和焦糊的味道渐渐散去，灼热的土地一点一点凉下来。兄弟们都聚在忠义堂里喝庆功酒。山顶上鼓乐喧天，灯火通明。山脚下焦黑的田地里，杜兴默默坐在垄头，两只手无意识地揉搓着泥土和灰烬。他不知道自己在冰冷的田埂上坐了多久，也不知道什么时候李应也寻了过来，在他身边坐下，像哄小孩子一样轻轻拍着他的后背。

"东人，就差半个月了啊……"杜兴差点哭出来，又怕被人笑话，拼命忍着，说话的声调都变了。"再过半个月，这高粱、豆子和稻米就……就能颗粒归仓了。哪怕明天就收，哪怕就给我一天时间，也不会这么……"他的五官拧成一团，沾满了尘土，活像庙里的小鬼。

李应也说不出话来。这田地庄稼并不属于他，更不属于杜兴，可他们还是难过得像失去了孩子的母亲，或者失去了母亲的孩子。战火烧掉的，并不是他们的财产，而是……也许是梦想一类的东西。

那是李应第一次清晰地感觉到，他和杜兴在梁山上始终是某种异类。其他兄弟的梦想要么是封妻荫子，要么是大碗酒大块肉。只有他们两人像是某种植物，只知道在泥土里扎根，生长，枯萎，死亡。

等杜兴平静下来，李应拉他到高一点的石凳上坐下，将酒囊递给他："尝尝，和李家庄的酒还真是一个味道。"

杜兴默默吞着酒，目光巡视着广阔的赤裸的土地。起伏错落的田垄像手臂上凸起的血管，在暗夜里仿佛能听到里面滚烫的血液在奔流。

"等我去和公明哥哥说说，换个人来帮掌柜的看酒店，你还到山上去，帮我和柴大官人看看账目。"李应安慰道。

杜兴摇摇头："这点小灾算什么。……秋天还能种冬麦，种藕，种苜蓿，种紫云英。苜蓿能喂马，又养地，到明年春天又可以重新来过。东人，明年一定比今年收成还要好。"他浑浊的眼睛一点点亮起来，尽管此时更漏已深，梁山顶上的灯火都熄了。

<h1 style="text-align:center">【6】</h1>

第二年是宣和四年。清明前后种瓜点豆。杜兴正在田里忙着春播，远远看见西边来了一支队伍，裘马轻肥，像是来头很大。

而身后的山南大道上也喧闹起来，全梁山的头领几乎都下山来，摆开全副执事准备迎接朝廷的使者。

杜兴无言地放下锄头，远远凑过去观望。兄弟们有人欢喜有人忧，窃窃私语的是同一个词语，招安。

看了一会儿，杜兴又重新回到田里。干农活的士兵早就跑去看热闹了。他也没有去找人，只默默跟在牛车后面扶犁，心静如水，一直干到二更天，老牛累得走不动了为止。

临走前李应和杜兴一起给麦地浇了最后一次水。说是一起，其实李应什么都不会做，反倒像个下人一样，事事听杜兴指派。四月里的太阳已经开始热起来，许多兵士索性脱了上衣，一边浇田一边在水渠里玩水，引得一众水军头领都跃跃欲试。阮小七早拿了网兜来水渠里捉鱼了。

柴进从水渠边走过时，李应好巧不巧，泼了他一身的水，贵重的丝绸衣服都湿透了。

"看你们这没大没小的。"柴进嘴上不悦，心里也直痒痒，恨不得也脱了衣服和他们一起泼水玩。

水里的阮小七好像看透了柴进的心思，一边朝他扔水草一般笑道："大官人还不来快活一回，看等入朝做了大官，哪还有这样的机会。"

柴进没应，只揶揄道："小七，看你这活猴儿样，以后怎么做官。"

"哈，大官人拙了。七爷我才不稀罕什么鸟官。等你们和公明哥哥都升了官发了财，俺小七还回这里打渔过活。到时候，杜兴兄弟种的这麦，这稻，这禾花鱼，可就都归七爷我一个人了！"

柴进笑道："那也得看杜掌柜的答应不答应。"

杜兴憨憨地一笑："那敢情好。七爷，等我家东人做了大官，我也回李家庄去，和这里又离得近，我们倒好一处吃酒。"

柴进道："杜掌柜的如意算盘倒打得不错。只怕你家大官人不放你回来。"

"我和你一起回来。"一直站在一边看笑话的李应忽然一本正经地插了一句。

"官……官人莫拿小人取笑……"杜兴结结巴巴地说，恨不得钻到水渠里，像一条鱼一样逃走。

李应有时候想，宋江对兄弟们信誓旦旦地许诺"封妻荫子"的时候，有没有想过，梁山上的绝大多数人，包括宋江，根本没有妻和子。可大家居然也都认真地相信了。

而所谓的封妻荫子，远比他们想象的来得迟，来得艰难。第二年清明前后柴进在苏州城里见到李应，柴进并没有像往常那样嘲笑他。那时候梁山军马已经开始损兵折将，死亡像影子一样紧紧咬着每个人的脚踝，再没心没肺的人都已经笑不出来了。

李应和石秀刚刚随水军打常熟、昆山回来，浑身是伤，头发又脏又乱，狼狈得一塌糊涂。柴进到李应帐里的时候，士兵刚刚给他的伤处换了药，李应也不听劝，只一个人埋头喝着闷酒。

"施恩兄弟落水的时候，我离他不到两丈远。"李应絮叨了很多遍。"船上起了火，桅杆到处乱砸……要是换了阮家张家那几个，一定立刻就把施恩兄弟救回来了。我是个废物。"

柴进像往常一样耐心地听他说，一碗接一碗的浊酒，直到口齿不清。"你应该庆幸，桅杆砸到的不是你，死的也不是你。"柴进冷静地说。

李应抬起通红的眼睛，疲倦地看着他。

"有人死得起，有的人死也死不起。你想想后面那六七个房头，拖儿带女，老婆丫头们泰山一样靠着你。你可敢死？"柴进一边说一边夺过李应手里的陶碗，将酒缓缓倒在地上，"我明天就要走了。大官人要自己保重些。"

"你去哪里？"

"去投方腊。"柴进看着李应骤变的脸色，绷不住笑出来，"去投方腊做内应。"

李应方才一惊，酒也醒了一半："我前些天在海上听人说，船快要沉的时候，甲板缝里的耗子都开始往外逃。"

柴进脸上波澜不惊："可怜那耗子逃到哪里也不过是死路。梁山的气数尽了。各自珍重，后会有期。"

破了帮源洞，柴进回到宋军营中。连日苦战之后官军将士各带菜色，柴进所过之处，人人都投以怨毒的目光。

"这撮鸟竟然胖了。"鲁智深一语道破天机。

李应笑道："金枝驸马爷，怎不见公主殿下？"

柴进脸一沉。"死了。"

【7】

班师回朝的路上杜兴一路都在劝李应：趁朝廷还没开始兔死狗烹，赶紧找个借口溜了罢。东人你想，李俊头领壮得像头牛，一路上无伤无病，怎么会忽然间风瘫倒了呢。还不是借机寻各自的门路去了。

李应忽然想到了什么，瞪大了眼睛看着杜兴，几次想开口却不知该从何说起。

杜兴心里咯噔一声，忙道："东人想岔了。小人怎会去学那燕小乙。燕头领是人中龙凤，终非池中之物。小人离了东人，便是人脚下的泥。东人你放心……"

"唉唉你多心了。"李应反不好意思起来，"不说这个不说这个。咱们先上东京看看去，好不好，到时候再计较。"

杜兴忽然想起当年梁山军马出兵大辽之际，已将各头领家眷遣回原乡。然而李家庄早烧作一片白地，家里实在住不得，李应便在东京买了房舍安置家人。东人急着见家眷，也是天经地义的事。杜兴从此再不提散伙的事。

谁知到了东京一看，这两年里先是大娘子病逝，以下几房哪里守得住，嫁的嫁逃的逃，最后只剩下几个老仆守着小官人过活。偌大家业转眼凋零。

杜兴见状，气得捶胸顿足。李应倒是没太在意，只赶紧查问家里的银钱出入。一听说还有数千两积蓄，立刻放下心来。在东京候命那几日里，柴进也住在李应家里，两人成日里鬼鬼祟祟不知在筹划什么。杜兴眼见着大捧盒进进出出，里面想是黄白之物，可是东人不教他插手，他也自不好多问。

直到面圣听旨，好汉们各封了官职，杜兴忽然发现大部分头领们任职的军州都是些莫名其妙的偏远地方。惟独柴进授横海军沧州都统制；李应授中山府郓州都统制，竟都回了家乡。——不对，中山府分明是他杜兴的家乡啊。

"唉你别着急，别着急……你看那金银都是惹祸的东西，要他何用。"李应努力安抚着气急败坏的杜兴，"花几个钱算什么的。咱们以后都吃官俸了呢。唉你听我说，你听我说，你还记不记得我们被劫上梁山之前，我问你的话？"

杜兴一脸茫然。

"唉你看，我那时候才知道令堂大人还在中山府。你看，我早说了要去看看她老人家的……"李应越发手足无措起来，"唉你……好好的你哭什么……"

李应在中山府过得很滋润。无论操练兵马还是执掌钱粮，都是他所熟悉的。而又有杜兴不离左右，又没有柴进在旁边冷嘲热讽。有段时间他逢人就感叹，做官到底比做强盗好啊。

"东人……"杜兴暗地扯了扯李应的袖子，"别提强盗那茬了。东人没听说，阮家小七最近被追了官诰。说他贼性不改。"

李应闻言愣了片刻，低声道："教你这一说……听说卢安抚去东京觐见，回去路上失足落水，莫非也死得不明？"

杜兴做了个噤声的手势，摇摇头。两人都不再说话了。

然而一年后情况急转直下。金兵压境，朝廷兵力不支。太尉御史们走马灯一样来催粮催丁，搅得李应焦头烂额。实在支吾不过，难免称病躲债，只教杜兴去应付那些蝗虫一样的官员们。杜兴一介小吏，横竖做不得主，只赔上脸面挨着就是了。

这天杜兴苦熬了大半天，好歹将知府同东京来的太尉打发走。去见李应时，却见他也是一脸疲惫。

"东人何事如此劳神？"杜兴暗地里不忿，心道你在家歇了一天，还有什么不足。

李应指着案上的书信："这柴金枝柴大官人，我听说沧州今年倒没怎么大旱，实指望向他借点钱粮，好歹混过这个坎去。你道他怎地？他告诉我说他早纳了官诰，回乡为民了。"

杜兴垂下眼睛："柴大官人一定也这么劝东人。"

李应差点没气歪了鼻子。这鬼脸壳子，几时轮到他教训他来着？转念一想，杜兴一日辛苦，有点怨言大约也是难免。遂端起茶盏连吞几口茶水，定了定神，问杜兴都是如何向知府、太尉交待的。

杜兴依旧深深低着头："东人莫怪。小人和他们说，东人实在筹不出钱粮、征不到兵丁，自觉惭愧，不敢面见长官。东人同小人情愿纳还官诰，卸任回乡，让他们另请高明罢。"

李应一口茶水呛在喉咙里，险些背过气去。只拿手指着杜兴，脸憋得通红，半晌说不出一句话。

"这天下眼看要乱了。"杜兴一边给李应捶背，一边低低地说，"东人，我们家去罢。"

【8】

回乡的路上李应闷闷不乐。杜兴则一路兴兴头头地筹划，回去先到祝家庄赁间屋子，将老母与小官人安顿下来，然后雇人在李家庄原址上重新盖房子。地基都是现成的，又不像原来那么多人，一月不到就能盖好。然后再置牲口、垦田地。东人你放心，有小人在，保管不让东人吃半点苦头。

终于在八月的傍晚，李应在牛车的颠簸和杜兴的唠叨里昏昏欲睡的时候，坐在车夫身边的儿子阿宝忽然兴奋地叫起来："爹，阿叔，阿婆，快看，到家了。"

李应没有理会他。他以为那不过是小孩子瞎闹。阿宝离开李家庄时才四岁，一去七八年，哪里还会记得当年那个家。

杜兴教车夫停下来，跳下车去望了一圈，然后一言不发地回到车里。半晌道："到底小官人记得真。东人，我们去看看吧。"

这些年里李应无数次想象过被他留在身后的李家庄，如同想着一个被迫与他分别的恋人。他想过物是人非，想过美人迟暮，想过儿童相见不相识，却惟独没料到所见是这样一番景象。

当年梁山破祝家庄时虽然大肆抢掠杀人如麻，幸赖石秀求情，好歹留了七八分活口，庄园田地也还都在。扈家庄也大抵类似。李家庄被烧，村民大多逃去了另外两庄里。李应知道那些命贱如泥的草民是全天下最顽强的生命。只要手里还剩下一柄锄头，腔子里还剩下一口气，他们绝不会向任何灾难低头。在那些年无凭的幻想中李应猜测顶多三五年的时间，三庄里的大部分土地房屋都会恢复原状，人们仍会像过去那样安居乐业，傍晚时分独龙冈上弥漫着谷物的香气。

在这个傍晚他们刚好走出山口，整个独龙冈近在眼前。然而他们没有闻到炊烟和饭菜的味道，扑面而来的只有尸体腐烂的恶臭。静静的余晖里一片死寂，间或闪过零星的火光，舔舐着最后几间摇摇欲坠的房屋。

本该是收获的季节，三处庄子广阔的田野里只剩一片焦土。

一行人见此情形都惊呆了，一时间都定定站在那里，谁也说不出话来。被斜阳拉长的影子里，车前的老牛悠然甩动尾巴驱赶着蚊蝇，仿佛是天地间惟一的活物。

"完了。全完了。"很久之后杜兴缓缓蹲下来，两手抱着脑袋，好像下一秒就要哭得天昏地暗。

李应面沉如水，揪着杜兴的后领将他拉起来，同时从地上抓起一把泥土。

"看你这点出息。"李应将黄土塞到杜兴手里。"有什么可怕的。你看，这土还热着呢。"

杜兴下意识地去抹脸，却忘了手里被塞了一把土，一下子抹了个大花脸。阿宝在一旁看着，笑得直不起腰来。

"他娘的，要不是为头的那个大王，叫什么浔阳蛟张荣，自称是张顺哥哥的族裔——你别说，还真有几分像——俺早抄家伙和他们拼了。"李应杜兴一行在李家庄寻不到落脚处，只好连夜赶到石碣村去投阮小七。小七告诉他们梁山泊里今年新来了大伙，搅扰得四周村坊不得安宁。洗荡三庄的一定也是他们，竟比梁山泊还要心狠手辣。"说是和番子作对头的，隔三岔五下山来借粮。——也不问问七爷是谁。这辈子只有俺阮小七抢别人的。谁想从俺手里抢一片鱼鳞，先问问俺这口刀！"

李应轻轻咳嗽了一声："啊那个，小七兄弟，既是抗金的义军，我们理当解囊相助。"

小七笑道："好个忠肝义胆的大官人，换作你时，倒给咱梁山好汉长许多面皮。小七如今也不问外面是大宋还是大金，只求一身无事，每日里打两条鱼养着老娘，攒下两个钱来给她老人家做个棺材本。不然等俺死了，阴曹地府里拿甚么去见俺那两个哥哥。"

一提到阮家那两个，杜兴连忙岔开话头。大家谁也不再提起这茬了。

稍稍歇了两天后，杜兴和李应将老小托付给阮小七，二人仍旧回李家庄收拾烂摊子。周围的村坊十室九空，李应和杜兴雇不到人手，只得亲力亲为。上一回他们在李家庄的时候，李应骑雪白马，披绛红袍，笑呵呵地看着庄丁们费力地将飞刀从靶心正中拔出来。如今白马已死，战袍已旧，五把钢刀丢在了征方腊的途中，而李应在自家院里笨手笨脚地劈木料、垦田地。杜兴偶尔想到这些，心里一百个不是滋味。

随着金兵南迫，仅存的几户人家也纷纷逃难。每当有人拖儿带女从门口路过，沿着官道向南赶路，李应总是停下手里的活计远远看着他们。这时候杜兴总是默默地走过来，与他并肩站着。谁也不说什么，只是那一点薄薄的安心而已。

忙了一个多月，总算赶在秋凉之前搭起了几间草房，种上几亩冬麦，里里外外收拾出一片能住人的地方。院子四周砌起泥墙，装上门，挂了锁，立刻就是一个家。将老人孩子接过来，一家人忙得不亦乐乎，两扇院门开了又关关了又开。某一次李应打开门，当场愣住了。

"金……那个，柴大官人，你这是……"

【9】

　　柴进前呼后拥地进了李应的新家，一行人立刻将小院塞得满满的。看那排场倒不像是来逃难的。李应暗自松了口气。

　　"我明天去梁山泊。今晚来李大官人庄里打个尖，房钱不会亏你的。"一年多不见，柴进的眼角眉梢添了风霜，说话却仍是不饶人。

　　李应笑道："方圆几十里，就我家一处不漏风的房子，大官人可别怪我坐地起价。——不过大官人放心，我李应做的是良心生意，不比如今梁山泊上的强人——劝大官人一句，别去招惹他们罢。"

　　柴进指着满院里堆的箱笼："他们要的，无非是钱粮。"

　　"这么说，大官人竟还是他们的东家。"李应一股无名火蓄势待发。

　　"过去不是。等明天去了就是了。"柴进没理会李应潜台词里的怨气，"李大官人既说梁山泊凶险，有劳大官人和杜兄弟明日随柴某一起上山去，彼此照应，日后也多几个兄弟。"

　　第二天他们启程，路过石碣村时还叫上了阮小七。李应忽然觉得他们这一行人的动机十分诡异。柴进大老远来结交这些强人，葫芦里不知卖的什么药；而剩下的三个人，李应想，他们恐怕谁也没兴趣去和张荣做兄弟，而纯粹只是想回来看看罢了。

　　张荣见了钱粮，对他们十分热情，带着他们上上下下看了一圈。如今梁山泊里只有三五个头领，千余喽罗，原来的房舍大多已经废弃，山顶新建的祠庙也荒了大半，里面堆满了战利品。

　　张荣给他们看劫来的金兵旗甲，一旁的头领说，朝廷刚给张大哥封了武功大夫。听说梁山头领招安，职衔也不过如此罢了。

　　李应的脸色沉了一下。柴进和阮小七则毫不在意。张荣滔滔不绝地给他们讲未来的打算，筹划着用柴进资助的钱粮招兵买马，与金兵斗个鱼死网破。

　　而其余四个人的注意力完全都被祠庙里一百零八尊塑像吸引了过

去。他们看着那些陌生的，破败的，已经不存于世的，永远不会老去的容颜，各个心中酸楚。

"张头领，这些钱粮任你支配。柴某只有一个小小的请求，望头领玉成。"说话的时候他们在第六尊塑像那里停下来，"着人将这祠堂打扫出来，按时上供，莫断了香火。这些都是柴某的兄弟。可怜他们飘荡一世，生时不祭先祖，死后埋骨他乡，也只有这里算是他们的家了。"

李应忽然觉得，这大概是柴进一生里做的最英雄的一件事。

断金亭上摆了酒筵。梁山上的新头领们殷勤劝杯，三巡之后各人头脑发热，张荣开始游说柴进等人加入他们的队伍，抗金扶宋，将来定都是高官厚禄。

柴进微微一笑，摆手道："官家的禁苑我也进得，皇亲国戚我也做过。赵官家祖上夺了我家天下，我拿着丹书铁券，照旧被打夹棍，下地牢。如今几次三番去替官家卖命，还不教人笑掉了牙。"

阮小七已醉到七八分，直着舌头说："张荣兄弟你放心，俺小七不学柴大官人那乔样。金国番子打破了东京，砍死了赵官家，小七俺……俺不管。哪天他们要是来石碣村，敢动俺家一根草，七爷俺……俺杀那番子好比捏只蚂蚱……"

李应和杜兴都没有说话。他们远远望向山下，湖水之外连绵的田野。他们仿佛看到在这片土地上他们就像庄稼那样无数次新生和死亡，一遍遍重建并毁灭，周而复始。是土地的温暖给了他们生生不息的力量。而这土地，不属于任何国度的版图。那只是他们的家。

窃魇

【1】

很多年后我们又回到了饮马川。

很少有人能回到原地。我听说阮小七回到了石碣村，可他的哥哥们都回不去了。我听说黄信回到青州继续做他的兵马都监，全衙门里已经没了一张熟悉的面孔。也听说柴进李应各个纳还官诰回乡为民，李家庄不用说，早一把火烧做白地，就是沧州柴大官人的故园，想来也早已荒废了。

就连和我一同回来的裴宣，看见半山里坍圮的断金亭，已自叹息不住，再到旧寨里见一排三把交椅上结了寸许厚的蛛网，终是落下泪来。在杭州城外我和裴宣一起给邓飞入殓，守灵，直至下葬，谁也不曾哭。孟康死的时候我在杭州病入膏肓，后来问起裴宣，他只是含糊地点点头，目光转开去。而现在我们终于回来了，面对三把粗糙的木交椅他终于像走了一万里路一样，每一寸身体都向外流淌着疲惫。

我习惯性地抱起手臂，看了他一会儿，转身走了。

那是他们的山寨，从来就没有我的座位。

我想我是真正回来了。我一向什么也没有。而只有一无所有的人才能真正回到原地。政和七年我手里只有一根浑铁笔管枪，枪尖上甚至挂不起一只酒葫芦。宣和七年我回到了同一座山下的同一个路口，手里是同一管枪。此时的世界与彼时的世界完美地重叠，而其间的光阴好像被贼偷去了一般，不曾留下半点痕迹。

惟一遗憾的是，那个偷儿，我想我再也见不到他了。

那人曾从我这里偷走过无数东西，小到我枪上的酒葫芦，大到我栖身的住所。每年最冷的那几天我都住在一所古墓里。三尺黄土之下冬暖夏凉，沉檀棺木空空如也，垫上稻草就是绝佳一张床铺，每晚合上棺盖，蛇鼠蝼蚁都不会打扰我的睡眠。

一个下雪的晚上我回到墓穴，发现我的棺材，哦不，我的床铺，不翼而飞。

他始终没有告诉我他是如何搬走重达数百斤的沉檀木的。我抓到他的时候他正从我的枪尖上解下空酒葫芦，我从假寐中睁开眼，拧住他枯柴般的手腕，气不打一处来。

"满山葫芦秧子，你偏来偷我的。"

那时候他什么也没说，只是嘿嘿地笑，脸上是世间最下贱的表情。直到后来我们成了朋友，他终究偷走了我身边一切可以偷走的东西，然后无意中说："我总觉得这世上没有一件东西是我的。只有偷来的那些，让我感觉拿在手里有那么点踏实。"

后来我也问过他，偷那棺材做什么，凭他瘦得像只耗子，又如何搬得动。他仍是嘿嘿一笑，贱得让人想痛揍他一顿："做窃贼的并不怕重，怕的倒是最轻巧的那些东西。比如……"

我以为他会说"比如时光""比如心愿""比如梦"之类的，可他说："比如干葫芦"。

我想我当时一定痛揍了他一顿。

他最后一次行窃是在南方。他们杀死了一切可以杀死的人，在战争最惨烈的那段时间里我一直躺在杭州城外，独自打我一个人的战争。然后他筋疲力尽地回来，他回到我身边，所做的第一件事就是偷走了我与之搏斗的敌人——疾病。

他的尸体在六合寺焚化，只剩下少得可怜的一丁点骨灰。我将他装在被他偷去的那个葫芦里，埋在了某个我此生再也不会去的地方。

【2】

回来之后的第一天我梦见我走在蓟州城里的州桥上，骨贱身轻，每当我想做什么，双手总是在意识之前就伸出去。我想我一定是个神偷。

刚刚落下的夜幕略有些浑浊，饭菜和柴草的余香从青砖灰瓦的缝隙里透出来。在梦里我没有嗅觉，只是凭温度在感知那些气味：暖和得，让人心里充满了欲望。

夜凉如水，我的脚步轻盈如一尾鱼。连绵起伏的屋脊在我脚下流淌，屋檐下的男人和女人在我的意念中一览无余。对这人间世没有丝毫好奇心，我想这是我从不失手的秘诀。

我沿着木楼梯盘旋而上，沿途不见一片脚印，不闻一丝声响。偶然间我在想这辈子对我而言最重要的事，就是无论走到哪里，都不在这世上留一丝痕迹。我的心倏地凉了那么一下。

楼梯尽头是这家院子的正房。在这个时辰我想我会看到翻滚的红绫被，听到聒耳的喘息声。这也许是我最佳的下手时机。意料之中而又意料之外的是，这家的床上果然也有两具蔓藤般纠缠的躯体，连被子也不盖，从他们身上散发的灼热气息将我都热出了一身汗。

正房里的大床高得吓人，简直要踮起脚尖才能看清上面。床上的两个人就好像在高高的祭坛上进行某种娱神的表演。即使在梦中，我也隐约感到这情景匪夷所思。

在下一个场景里我忽然发现我也和床上的两个人一样浑身赤裸。一瞬间我浑身的汗水都冷了。按计划我也许应该爬上梁去或者溜掉，而此时强烈的羞耻和恐怖将我牢牢钉在原地，就那样站在高高的床脚下，两扇半开的门中间，甚至连抬起手遮挡什么的力气都没有。

　　床上的躯体继续旁若无人地冲撞摩擦，如两具短兵相接的利刃，一点一点迸出火星来。与此同时我身后的楼梯上脚步声此起彼伏由远及近。人们涌过来，各自穿着体面的衣服，可是没有人注意到一丝不挂的我，所有人都仰面看着床上。我想拦住他们，我想一个一个杀死他们。可是我像被鬼魂缚了手脚一般，连一根指头都动不了。我只能怀着无穷的痛苦和愤怒站在他们中间，浑身都湿透了。

　　从这个噩梦中醒过来的时候我确实浑身都湿透了。片刻后我发现那也许并不全是汗水或者什么，而只是秋天的最后一场雨。

　　我曾对他标榜我超出常人的警觉："凡是夜里下雨，虽问怎样的牛毛细雨，我就是做梦也能听见。"

　　他对此不以为然："像你常年露宿荒野，想不察觉也难。"

　　在我想说点什么之前忽然意识到我冒犯了他的自尊心和优越感中最重要的部分，于是略带歉意地笑了笑，什么也没说。

　　片刻后他貌似漫不经心地碰了碰我的胳膊肘。"唉，我说……"他蹩脚地笑着，努力表现得像是在讲一个无聊的笑话，"我说，要不我们合伙，也去占个山头，比方那饮马川……招兵买马，盖房子，安顿下来。"

　　我匪夷所思地看着他。而他躲开我的目光，盯着地上的腐烂的树叶装作自言自语："嗯。安顿下来。大哥你看，你会抢，我会偷，日子总会比现在好……至少，不用怕刮风下雨……"

　　长时间的沉默。最终我扭过脸去："算了。太麻烦。"

　　这事就这么过去了。后来谁也不曾再提起，就好像从未发生过。

　　然而在宣和七年那个深秋的后半夜我不得不面对的事实是，我老了。我的骨头上遍布刀痕，怕累又怕冻，再没有资本像年轻时那样睡在黄土之上或者之下了。这样的一场夜雨险些要了我的命。我必须换一个干燥温暖的地方度过这个冬天。

　　于是天明后我回到了蓟州城。

在我梦里的是八年前的蓟州城。臃肿的妇人在老槐树下训斥脏兮兮的孩子，木板门后偷情的男男女女，州桥上生满黏腻的绿苔。而我在现实中步入的是另一座城。辽金宋在这里进行了数年的拉锯战，几乎烧掉了一切可以烧的东西。我花了大半天的时间才找到早已一片废墟的宝严寺。曾经高耸入云的木塔只剩下六角形的塔基，焦黑的砖石围成凌乱而玄妙的图案，仿佛某种邪恶巫术的印记。

三年前这座木塔——全城最高的建筑物——燃起冲天的大火，是整个蓟州城沦陷的开始。放火的人是个偷儿，名叫时迁。

他是这座城的一个诅咒。

我依着大雄宝殿摇摇欲坠的山墙搭起一座简陋的窝棚。无聊的时候我偶尔会看着那座墙上的青砖，一块一块慢慢地看过去。或许有人曾沿着这座山墙敏捷地攀爬，可是他的脚步太轻盈，没有留下任何痕迹。

【3】

八年前我第一次踏进蓟州城，是来替时迁求情。我和时迁很少见面，但自从认识他，我每隔几天总要丢失点什么，一条裤带，一片破碗之类的。越是藏得隐秘越是丢得快，随手扔在外面的铜钱倒是从没少过一文。对此我习以为常以至于感到踏实。某天当我忽然发现我已经很久没有丢东西了，就知道他遇上了麻烦。

我很快从他的同行那里打听到，他在蓟州城里行窃，被抓进了大牢。要想救他，最好是带上厚礼去求两院节级。

我哪里有钱办什么厚礼，可除此之外也无计可施，只好硬着头皮空手上了门。

我来得不是时候。节级当值尚未回家，出乎我意料的是，他家的主妇亲自接待了我。

面对那女人起初我有些拘谨，低了头讷讷地讲前因后果。女人始终带着好奇而又心不在焉的神色，她似乎也很不耐烦，可是除此之外又没有更有趣的事，也就只好听下去。

讲完之后好一会儿，她一言不发，直到我不得不抬起头来看她。这时她忽然破颜一笑："完了？"

"完了。就是这样。还望夫人与节级高抬贵手，放了我这兄弟。他没亲没眷的，在里面连口饭都没的吃。"

她继续一言不发地打量着我。烦躁开始滋生，我渐渐意识到对付这样的婆娘是该换个策略了。

不知过了多久，她好像终于看我看够了似的，软软地打了个呵欠，似笑非笑地问："你来找我求情。你倒是说说，我叫节级放了他，你能给我什么好处？"

"夫人你看我一贫如洗，就论斤卖了也还不起夫人的大恩……"

她竟也没有发怒，反而抿嘴笑了："钱呢，我倒也不缺。可是自古没有空手求人的礼数。你既没钱，给我做点什么也行啊。"

"小人不敢。"我抬起头，也皮笑肉不笑地看着她："既蒙夫人厚爱，夫人要与小人做什么就做什么，夫人教小人如何做小人就如何做。"抢在她发怒之前的一刹那我笑出了声："夫人别误会。小人身无所长，曾有高人教过小人解魇之法，情愿为夫人禳解一番。"

她刚从被调戏的愠怒中缓过一半来，没好气道："解什么魇？我家日子过得好好的……"

"夫人恕小人直言。方才小人进门时，看夫人桃花上脸，神色惊疑，额角尚余香汗，莫不是午憩时为梦所惊？"

她不以为然："我只是梦见去报……宝严寺上香，大殿前好长一片石阶再也爬不完，竟累出一身汗来。"

"如此说来，这梦倒也无大碍。"我努力忍着笑。天下还有什么事和爬台阶一样，越走越高，直累得人气喘汗出的？梦见爬台阶，再没有别的解释，必定是想汉子了。

　　"要说天下的事也都难定。节级兼着刽子，这阴德上可是不易，一来二去，难免招惹上什么。看夫人青春盛年，膝下寂寞，这其中说不定……"

　　这句话想是可在她心坎上了，她脸上轻佻的神色终于褪去，柳眉半蹙，连忙问我可有什么回背的法子没有。

　　我见她上了套，终于松了口气，站起来装模作样地捏了几个手诀，绕着屋子转了几圈，掐掐算算，胡乱塞给她几张黄纸。

　　"夫人使上这些符，谨记不可教生人上门。不出半年必见功效。"

　　她一瞬间面露难色，却也没说什么，最后客客气气地把我送走了。

　　几天后某个早上我一睁眼就觉得脖颈酸痛，起身一看，原本被我用来当做枕头的一麻袋稻草居然不翼而飞。我跳起来破口大骂，心中却一块石头落了地：时迁那小东西眼见是无恙了。

　　后来我问他为何一向谨慎，那次竟失了手。他脏兮兮的脸上闪过一片红晕，连忙用手将脸抹得更脏了些。

　　"那次他们人多，防得太严，原本不该出手。……可他们也欺人太甚。"

　　我沉默地等他解释下去。

　　"一伙羊马贩子，里面叔侄俩，叔叔一病死了，其他人欺负那侄子，不但不给凑钱发丧，还把他两个的本钱都骗了去。我也是看不过……"

　　我继续沉默。他有些尴尬，急于找点什么话题来说，便问我："你怀里揣的信封里面是什么？"

　　我下意识地伸手去摸了摸怀里。还好，信封还原封不动在里面。这贼骨头，不炫耀他的技艺就能死似的。"你不在的时候，我路上遇到个道士，名叫公孙一清，本事了得。多亏他传我的解魇之术，不然你小子这会儿早饿死在蓟州大牢里了。"

他撇了撇嘴："我在牢里倒自在。那押狱节级看我一条好汉，日日酒肉相待，得便就把我放了。竟不知道还有劳大哥费心。"

我想那回我们都生气了。当时我不懂他在气什么，就如他当时不懂我在气什么。很久之后我才终于明白他为什么对别人都轻易付出真心，唯独对我斤斤计较。更久之后我才忽然明白为什么我在别人面前三杯吐然诺五岳倒为轻，惟独不肯对他吐露半句踏实的言语。

当时我拿出公孙胜的信，在他眼前晃了晃，说："这是一清道人送我的符箓，专门防贼的。"

【4】

宣和七年我独自回到饮马川。在第二年的一个夜里我梦见一只老鼠。

就是最普通最常见，几乎在每家灶台上都留下过令人恶心的脚印的那种灰色小耗子。它看上去养尊处优，骨肉停匀，毛色油亮，甚至看不到尘土的痕迹。最醒目的是，它细长的尾巴稍上系着一个精巧的红色蝴蝶结。

如果我还是我，看到老鼠的第一反应一定是脱下麻鞋抽它个一佛出世二佛涅槃。可是在梦里我已然是另一个人，对这只耗子怀有无限的温情。我在它身边缓缓坐下来，向它伸出手。它乖巧地爬到我的手心里，用后肢立着，两只前爪合在一起，向我露出了浅灰色柔软的肚皮。

我看着它滴出水来的小眼睛，连僵硬的脚趾头都暖和了。

平生第一次我如此用心地打扫房间。几乎家徒四壁的窝棚里一眨眼间摆设齐全，一盆炭火愉快地燃烧着，我整个冬天冻得几乎失去了知觉，在这个梦里终于感到心脏开始跳动，血液开始流淌。

我忙里忙外，也不知哪里有那么多活计，那么多力气。那只小小的耗子始终静静憩在我的左肩，只在我转身和弯腰的时候轻轻动一下，维持身体的平衡。它纤细的爪子轻轻挠着我的衣服，发出微弱的沙沙声。那声音落在我的耳边，简直比女人的气息还要撩人。

我想我应该是在做饭。我这一辈子没做过一顿像样的饭，连厨房都没怎么进过。我其实丝毫不知道做饭都该干些什么，可是那耗子回来了，我有了一个家，做饭一起吃难道不是最天经地义的事。

最终我也不知道是怎么鼓捣出了一桌子饭菜，荤素齐全，竟还有两碗薄酒。而当我举起酒碗的一瞬间，忽然发现那耗子不见了。

我愣在桌前。我想我应该去找它，走遍整个世界把它找回来。可是我没有动。我动不了。我浑身都僵住了。

因为我看见它了。它在我面前的盘子里，肥瘦相间五花三层，散发着诱人的肉香味。

从这个噩梦里睁开眼，我发现身边还是那个破破烂烂四面透风的窝棚，我的骨头都冻脆了，动一动就发出断裂的声音。我无端地想起小时候听到的那些不切实际的传说，田螺姑娘、七仙女什么的。我相信那耗子是某种仙物，它给我带来一个暖和的家，而现在我依旧一无所有，不是因为梦境与现实的距离，而是因为它离开了。

"不要藐视梦的虚妄。因为你永远无法证明，你现在身处其中的，究竟是，还是不是，梦境。"公孙胜教我解魇的第一课。"方其梦也，不知其梦也。梦之中又占其梦焉，觉而后知其梦也。且有大觉而后知此其大梦也。——你先给我把这几句牢牢背下来。别问我为什么。"他敲着我昏昏欲睡的脑袋说。

宣和八年的早春，我在寒冷和懊恼中度过了那个清晨。太阳出来的时候总算有了点变化，裴宣来了。

"什么宣和八年，如今是靖康年了。"裴宣面沉如水，看我的时候还是那一副恨铁不成钢的怨气，"你就这么混着？"

我就烦他这腔调。天底下就他有抱负，别人都不配活着似的。我暗自白了他一眼，从零乱的柴草堆里抽出一根树枝，百无聊赖地放在嘴里嚼。那树皮苦极了。

他见我不搭理，索性反客为主，自去拢起一堆柴，烧了点热水来。也没有茶，没有吃的，就那么一人一碗白开水。我多少有几分感激，两手拢在碗上暖着，脸上好歹摆出几分真诚："裴孔目有事请讲。"

"你可知道东京……东京出事了。"他的肩膀微微颤抖，也不知是因为冷还是什么。他哑着嗓子告诉我，金兵南下，汴梁城破，连赵官家都被他们掳走了。

然后他热切地盯着我，等着我也说点什么。

碗里的水在寒冷的空气里很快就凉了。我惋惜地喝完最后一点余热，按着他的肩头："裴兄，这里连只耗子都没有，有什么话你尽管大声说，不用压着嗓门。"

"你……"他拨开我的手，站起来，"你呀……唉。这么说吧，我在饮马川重整了人马，这回来就是请你一起去……"

"去重新做强盗？"

"你就不能说句人话？如今我们是抗金的义军。老百姓都叫我们忠义人。朝廷总有一天也会……"

"算了吧裴兄。"我终于站起来和他对视，"朝廷会做什么，别人不知道，难道我们也推不知道？"

他一张胖胖的白脸涨得通红，想是气得不轻："杨林，你就看着你的家园同胞被异族铁骑践踏？"

我避开他锋利的目光，抽身去打开门，窝棚对面残破的塔基沐浴在清晨冷冷的阳光里。"我倒是亲眼见过这座城，毁在我们自己的马蹄下。"

【5】

　　我从第一次见裴宣就不喜欢他，我想他对我也是如此。而且，我们谁都不介意这一点。

　　我与邓飞和孟康都是多年的老相识。最开始我们各有各的地盘，井水不犯河水，年成好的时候偶尔聚在一起喝碗酒。后来他们圈了饮马川偌大一片地，只剩我单枪匹马——别说马了，我身边连耗子都没有一只。我想他们心里对我也是多少有些愧疚的，所以那几年我在饮马川的地盘上吃饭，他们也都睁一眼闭一眼。

　　邓飞和孟康很多次劝我入伙，我上到他们寨子里看了一圈，倒也三关雄壮旗帜严整，奇怪的只是三把交椅上为首坐着的，是个面白肥胖的文人。

　　我心里鄙薄着邓飞和孟康的见识，嘴上说："地上坐卧惯了，这交椅不接地气，免了罢。"转身扬长而去。

　　第二次上山是和戴宗一道，当中厅上见了裴宣，只做从没见过一般，各自道着"久仰"，心里却免不了一声"晦气"。

　　"久闻杨林兄弟大名，想来定是如大隋靠山王一般顶天立地的好汉。"

　　"裴兄谬赞。我倒想做个靠山王——靠山吃山，占山为王——只可惜，这天下的好山水都被别人占完了。"

　　当天晚上戴宗问我："一起去梁山？"

　　我舔舔嘴唇，空了半拍："听闻戴院长原是要来寻公孙先生。不如我们先去寻了他，再商议不迟。"

　　我们一路寻到了蓟州城。在某个街口发生的事后来被戴宗颠来倒去唠叨了无数遍，聒噪得我再懒得提起半个字。我只记得石秀说到他和叔父从南方过来贩羊马，叔父不幸去世，消折了本钱。我问他："莫不是因为同来的伙伴不义，欺负你们叔侄？"

石秀微微红了脸："大哥如何知道……"

"哦。嗨……这天下不平之事，大抵如此……敢问兄弟可认得一个偷儿，名叫时迁？"

他的脸更红了："大哥这是哪里话。我虽穷困，一向只做正经营生。怎会相与那些鸡鸣狗盗之流……"

我呵呵一笑，举起酒碗将这话茬吞了下去。冤孽呐。我心里恨恨道。

接下来的几天我和戴宗分头在蓟州城内外寻访公孙胜的踪迹。一天早晨我在州桥边看见一只灰色的小老鼠。我认出了它尾巴稍上精巧的红色蝴蝶结。它好像也认得我，专注地看着我，向桥下跑了几步，停下来继续看着我。

我向桥边的茶摊上讨了一把花生米，将那小家伙喂得圆滚滚的，然后跟在它后面穿过似曾相识的大街小巷，一直寻到一条断头巷里。那时候我对蓟州城还陌生得很。直到某扇后院门打开的时候我才终于反应过来，这是杨节级家的院子。开门出来的那人正是石秀。全身上下焕然一新，我差点就认不出来了。

下一刻我无端地想起了那个丰腴的，说话声音懒洋洋的女人。冤孽哪。

而那只灰色的戴着精巧蝴蝶结的小耗子此时已经沿着肉案子爬上去。石秀显然与他相熟，不但不打，还拿袖子蹭了蹭它的后背。小耗子也极懂事，只乖乖趴在钱匣上，并不踏足砧案半步。

我忽然间什么都明白了。

那次从饮马川离开的时候邓飞塞给我一大把银子。我细细地贴身藏着，到现在大半月过去了，银子一直好好的，一星也没丢。

事实上，从那之后，我这一辈子再也没丢过任何身外之物。

那天晚上我见到戴宗，说："先别找公孙胜了。我们一起回梁山吧。"

　　从一开始，打心眼里我就没指望能找到公孙胜。那牛鼻子当年怎么教我来着？"鱼相忘乎江湖，人相忘乎道术"。

　　靖康元年北方仍旧战乱不断。蓟州残破的街巷里每天都出现无数路毙的尸体和饥饿的孤儿。那年春天回暖的时候我收养了一个孩子。我始终不清楚他的来历，家乡在哪里，父母是什么人，如何流落在蓟州。事实上，那孩子从来没有和我说过一个字。我甚至不确定他是不是哑巴。

　　他的头发晦暗无光，巴掌大的脸蛋又脏又粗糙，眼睛很小，却亮晶晶的能滴出水来。

　　我叫他小耗子。当然，他从来没有答应过。

　　我给他吃的，他乖乖地吃。有时候我生意清淡，揭不开锅，他就安安静静地捱饿。除了我给他的，他从不拿我的任何东西。他性情懒散，手脚迟慢。夏天漫长的清晨和黄昏他就一个人坐在太阳底下什么也不做。有时候我试图和他说话，他专注地听，可是脸上没有任何表情表示他听进去了什么。

　　可是我诚心诚意地爱着他。在那孩子身上我倾注了这一世里所有的温情。

【6】

　　再后来我梦见极凶险的一座高山。那样艰险的道路，我在平日里望上一眼都会怕。可在梦里我不要命地往上爬着，手脚灵活得让我自己都吃惊。

　　我很快清楚了我的意图：翻过山去，举火为号。我的眼前只有沉默的石头，而整座关隘的形势布局早已了然于胸。我不断将血肉模糊的手指抠进坚硬的石头缝里，只求能向上再向上哪怕一寸。我在意念里能看到全身上下被山石荆棘划出无数伤口，血液的腥气和新鲜的疼痛感让我兴奋得像只斗鸡。

我赶在预定的时间到达山顶，找到了藏身的粮仓。一切顺利得像做梦一样。我熟练地拿出火折子，眼看就要大功告成，可我无论如何也打不着火。我发疯一般击打着火镰和火石，眼睛都红得快要烧起来，可是它们撞不出一丝火星。

从四面八方响起千万片盔甲摩擦、千万根弓弦绷紧的声音。整个计划都被我毁掉了。我在无边的绝望中忽然意识到问题出在哪里——下雨了。我的手还在机械地撞击着火石，而它已经湿透了。

夜空是一片恐慌的橘红色，仿佛哪里起了大火。我看见雨点像密集的箭矢破空而来，轻盈而锐利，冰冷而坚硬，瞬间就穿透了血肉。我忽然又回到了山下，背对着险要的关隘，面前是他和他们。我已经分辨不清天上落下的是雨水还是乱箭，第一支箭或是第一滴雨从背后击中我，强大的力量迫使我跪倒。我本能地张开手臂想挡住什么，可是在密集的箭雨中我只能像条狗一样半跪半趴，连挣扎的力气都被橘红色的雨水冲走了。

你，你们，快走。快走！快走啊……我想喊，可是嗓子发不出任何声响。我眼睁睁看着他和他们像一排稻草扎的箭垛子，每中一支箭就微微动上一下，直到浑身上下再没有一处空隙，然后缓缓倒在地上。

醒来时我没有立刻睁眼，可我已经知道，外面下雨了。

窝棚的另一端传来浅浅的鼾声。小耗子显然对夜雨一无所知，甚至雨水穿过屋顶打湿他的被褥，都不曾打扰那种属于年轻人的令人羡慕的酣眠。

我仍旧没有习惯睡觉的时候附近有别人。这一夜里我再也没能入睡。

时迁养了一只小老鼠。他喂它吃的，把它洗得干干净净，给他的尾巴稍系上小巧的蝴蝶结。它对他死心塌地，无论去哪里都跟着他，甚至趴在他的头顶上睡觉。年深日久，在旁人看来那耗子已然成了他的一部分，或是他的一种象征。

我还记得杨雄和石秀刚上山时，就是带着那只系着蝴蝶结的老鼠，告诉大家时迁被祝家庄捉去了。

宣和七年我和裴宣回到饮马川。宋江的死讯传来时裴宣自言自语道："有时候我在想，当年我和晁天王再强硬那么一点，当场杀了他们，是不是后来一切都会被改变。"

"别做梦了。"我一向不屑他的胡思乱想，"真杀了那两个祸害，别说宋江，就是戴宗也饶不了你。"

裴宣没有答话，只是满脸鄙夷地看着我。

那时候我刚刚在梁山上安顿下来，戴宗许诺的"论秤分金银，换套穿衣裳"还没来得及完全兑现。我迫不及待地预支了道袍法环，打点起平生最体面的一套行头赶赴祝家庄。而且一去就栽在里面，关了三个月才出来。

在地牢里时迁满脸惊愕："大哥……你，你这是来做什么？"

我咳嗽一声，顺便吐出嘴里的血污："来看看你还好不好。"

"……为什么来看我？"

"你为什么死乞白赖要上梁山呢？"说完我转过脸去，用后脑勺告诉他我不想听任何一种答案。

后来我们一路打到杭州，分兵前夕时迁来病榻前看我。他脸色很不好，看上去忧心忡忡。我强打精神坐起来，调侃说要是我还有力气，倒该替他做场解魇的法事。

"我要是死了，会让它回来找你。"他一边说一边向上翻了翻眼睛。小老鼠在他头上睡得香甜，细长的尾巴盘在他的发髻上，像个滑稽透顶的装饰品。

"你放心。我才不会养他。这耗子活得有年头了。鸡无六载犬不八年，更何况一只耗子。寻常耗子连三年都熬不过。你这东西只怕早成了精了。不赶紧宰了它还等什么。"

他并没有生气，只是脸色更加阴沉："我最近经常梦见……"他欲言又止，乞求般地看着我。

"你梦见的无非是死。你死，我死，他死，要么是它死。"我抬起下颌，指着他发髻上盘着的蝴蝶结。

"不光是死。不过，现在不是说这个的时候。"号角在远处响起。他从床边站起来，"如果我能回来，也许会来找你请教。如果我回不来了，它会来找你。"

"我会把它一脚踢进钱塘江里淹死。你要是对他好，就好好活着回来。"

【7】

然而我们再没有机会了。他们再次回到杭州的时候已经溃不成军，人人脸上带着失魂落魄的神色。看一眼就知道，他们中的很多人，生命的一部分已经永远留在了那些陌生的地方。

时迁一到杭州就病倒了。与此同时我从多日的昏迷中苏醒过来。可他死得那么快。当我从病榻上挣扎起来，被人搀扶着去他帐里的时候，他身上残存的最后一点生命力，就只有盘在他发髻上的小老鼠了。

我伸出干枯的手指，阖上他灰色的眼睑。他终于不曾给我讲他的那些梦。而现在，他这一世里所有的噩梦终于做完了。

我慢慢地好起来。而那时候杨雄也病入膏肓。时迁死后再没有人惦记他的那只小耗子。再也没有人喂过它。有人说它默默地走了。有人说它在时迁被烧化时蹿入火中。有人说它盘踞在时迁小小的坟头上哀鸣不已。

而这一切，我已丝毫不关心。从那耗子的尾稍上我解下那个精巧的红色蝴蝶结。从此之后它便仅仅是一只人人喊打的耗子，而已。

回北方的路上戴宗有一天来和我说，他决定出家。

我忍不住笑了。"你以为人人都能像鲁智深，杀人放火，立地成佛？"

他早习惯了我的冷嘲热讽，并没有半点难堪："我在观音庵里住了十来年，总不至于像你一样油盐不进。——你就没点打算？"

"打算总是有的。回饮马川，劫道，打闷棍，混口酒喝。"

"你这辈子，就不能有点追求。"戴宗鄙夷道。

"谁说我没追求。我这辈子追求的，无非是自由。"

"你自由得啊，别说人，连只耗子都守不住，还嫌不够？"

"人总是贪得无厌。"我忍不住又笑了，"就好比你，小气抠门了一辈子，难道是因为缺钱？"

他并没有恼，只是淡淡叹了口气："等你老了，会寂寞的。"

我不会。但我才不会告诉他。我不会告诉任何人我偷走了某个人一生的噩梦，在我生命余下的时间里，它们将是我最亲密最温暖的伙伴。

天快亮的时候我再次从梦魇中醒来。我梦见站在悬崖边，试图抓住一双手，可那双手轻轻地抽走。我梦见午夜的海边，夜潮霎时间涨起，身后已没有回家的路。我梦见照镜子，镜中人一夜之间齿摇发脱。我梦见，我无数次梦见我远远地看着一个人的背影，我什么也做不了，只能任他渐行渐远，一步步沉入黑暗。

醒来的时候是靖康二年的夏天。刺眼的阳光穿透屋顶的缝隙和房间里的灰尘，像几把利剑直插在我的枕边。半明半昧的困倦里我认出了最后淡出梦境的那个背影，那是我自己，彳亍独行，一步步沉入内心的黑暗。

然而那个早晨我并没有像往常一样在梦魇与胡思乱想中度过。我们还有更重要的事。那一年北方渐渐安定了下来。蓟州城里恢复了些许人间烟火。仗还在打，日子总要过下去。

宝严寺旁边不远处新开了一家蒙学馆。小耗子也不知多少岁了，站起来几乎与我齐肩，整天也无事可做，索性送他去读点书，打发掉年轻的时光。

我送他到学馆外面穿廊下。他也许是头一回穿这样体面的衣服，众人面前怯生生的，一双眼睛吧嗒吧嗒看着我。而我摇摇头，推了他一把让他进去。读书人什么的，这辈子离我越远越好。

隔着荒草丛生的院子我远远看见一身长衫的教书先生，四目相对的一刹那我愣住了。一年多的工夫，他变得又黑又瘦，两鬓飞霜，可那面目神情仍旧清晰可辨。是裴宣。

我下意识地转身要走，暗自期望我站在檐下暗处，他大约看不清楚。我不知道他经历了什么也不想知道。但直觉告诉我，他见到我不会好受。

可是裴宣在背后清晰地叫出了我的名字。我无奈站住。他三步两步赶出来，我们站在学馆门口，背后是无数孩子喧闹的声音。与他相对的片刻里我渐渐记起这些天里街头巷尾的那些闲话，南方已立了新官家，黄河两岸赤地千里，义军缺兵少粮难以维持，投靠宋军的那些往往又遭排挤甚至剿灭。裴宣东奔西走了一年多，想来实在是报国无门，无奈只好散了伙，来蓟州教书糊口。

而这一切都不过是我的猜测。我什么也没有问。事实上我们在那里站了许久，谁也不说话，谁也没有看对方一眼，只是各自望着地上的尘土天上的云烟。最后他低声说："等一下。"转身进了学堂。

片刻后裴宣回来，手里拿着 一对双剑。有那么一个瞬间他将手放在剑柄上，似乎想抽出来看看。但是他最终没有动，只是将双剑草草塞给我："不如你拿去吧。兴许还能有点用。"

我对他的双剑毫无兴趣，只是不愿和他废话，于是接过来然后离开。

那天我离开蓟州城独自回到饮马川。山顶的聚义厅已经摇摇欲坠，湿润的山风吹过，梁木发出沉闷的叹息。不过这毕竟比我在蓟州的窝棚好了许多，宽敞凉爽，能让人睡个好觉。

我将裴宣的双剑挂在三把交椅背后的墙上。夜幕降临，我拢了几把稻草就睡在聚义厅当中。那是我平生最安心最酣畅的一觉。我睡得那样熟，以至于整夜里电闪雷鸣风雨交加、一双宝剑在壁上铮铮作响，而我一点都没有听见。

醒来的时候我看见了时迁的那只小耗子。它乖巧地趴在我的掌心里，眼睛吧嗒吧嗒滴出水来，细长的尾稍上系着一个精巧的红色蝴蝶结。

大名府

【1】杨志

一样的早春二月，江南已自草长莺飞，沉舟侧畔千帆过，病树前头万木春。

只是那绿茸茸芳草地上，再不复翻盏撒钹也似的蹄音。

而当年的大名府仍是凛然寒冬。

七斤半的铁叶盘头护身枷，对习武之人倒也不算重。压弯了脊梁的，只是委屈。

受着枷锁的限制，看不到脚下的路面，不知多少次踏进坑洼和车辙里。残雪半融，掺着冰碴的泥泞格外肮脏。

从东京到北京，一路暮气沉沉的灰色，不曾在记忆里留下半点痕迹。只记得启程时，开封府里最后一朵残菊锵然零落，我花开后百花杀。

终于在一个阳光惨淡的清晨，那座灰色的城池从同样灰色的寒雾里一寸一寸溶出轮廓，吊桥上方古朴的牌匾，金漆斑驳的篆字似勉强睁开的睡眼。一行三人不约而同地停了脚步，瞬间涌上心来的，竟是站在家门口才会有的那种欣慰。

而这不过是又一座陌生的城，棱角锋利的冷风刻划着城墙上的青砖，巷道里的石板，紧闭的门边剥落的年画，还有满街行色匆匆陌生的脸。

　　连日赶路，又冷又乏。离留守司还颇有些路程，路过一处不起眼的铺面，一个押解公人说，可以进去坐坐。

　　他费力地仰起头，未来得及看清檐下乌黑的匾额，已被人拽进店堂。

　　"卢员外家生意，不必客气。"

　　三人刚在乌木高几边坐下，便有伙计从柜台后出来，斟了热茶。又不多时，一个管家模样的人出来，请两位公人后堂管待。

　　他下意识地站起身，又立刻明白了那管家的意思，一挑眉毛，仍坐下。

　　枯坐了半顿饭工夫，一阵杂沓的脚步响起，门外撞进一个少年。逆着光线看不清面容，只觉那年轻的蓬勃英气扑面而来。他忍不住多瞟了两眼，心中五味杂陈。

　　"失礼了。让客官久等。"那少年远远朝他一揖，径绕到高高的柜台后，只露出半张脸。

　　他微微一惊，随即反应过来，却平添了几分窘迫："小官人勿怪。洒家自在这里等人，却不是来谈生意。"

　　"客官哪里话。入门便是客，招待不周，还请恕罪。"

　　以他一向的性子，不肯占人半分便宜，此刻莫名其妙地白坐了人家铺面，吃了人家茶水，难免有些过意不去。于是有一搭没一搭地与那小伙计聊上几句，方知卢家世代富豪，对过往公差都招待备至。这铺子是员外家解库，据那小伙计说，颇有些神通。

　　"寻常解库只押物当钱，我家这阁子，可当'如意'二字。"

　　他一翻白眼。什么鬼话，亏这孩子也说得出口。

　　"比如，制使目下最想要的……"

　　"什么？"他抬起眼睛，好奇夹杂着警觉，还微微有些着恼。以至于没有意识到那人怎么就叫上他"制使"了。

　　那孩子粲然一笑："转机。"

下意识地伸手去摸什么，或许是刀？却只带动一串铁链的碎响，方意识到自己的荒唐。这一身枷锁，竟真能煞人气性。

他很快心虚地收回了目光。那小伙计看去不过十七八岁，眼神却是形容不出的复杂和犀利，根本……根本就不像是活人的眼瞳。方才那片刻的对视，他只觉自己的心事都不受控制地被吸走，留不得半分余地。

三代将门之后，五侯令公之孙，如今只落得一声"贼配军"。他比任何人都更想知道，这转机二字的含义。

"真能……"

"制使只需押上小小一件东西。"那小伙计提笔在账簿上随手一画，撕下半页纸，递到他眼前。

"这算什么？"他颠来倒去地看那龙飞凤舞的一个"正"字，心中迷惑，却又是无法遏制的动容。

"制使自然明白。莫怪小人多嘴，这东西于制使只是有害无益，不如押了来，换个转机。"

不久后他便明白，这个年轻稚嫩的声音说出的"转机"，和黄泥岗上的那桶酒，有个相同的名字，叫蛊惑。

方犹豫间，两个押解公人从后堂出来，抹着嘴角的油渍，吆喝他准备上路。

他一咬牙，收了那半页账簿："多久的当期？"

"半年之内，一百两纹银来赎清。"

"成交。"

再次路过那家铺子时，他一身新衣新笠，腰间佩刀虽比不过当年祖传的那一把，却也是留守司里一等一的利器。梁中书将刀递给他，烛光里欣赏着他脸上惊艳的神采。

端午方过，南风带来第一缕燥热的气息。他跟在小小一队客商后面穿过大名府的大街小巷，路过那家当铺时只略停下半步。该去说点什么？他微微皱了眉，心有不甘。他如今不信命，只信自己的一身本事。

等押了生辰纲从东京回来，酬劳不多不少，正是一百两。

【2】吴用

初融的冻土正萌出第一抹绿色，西北风里仍带着锐利的寒意，裹着尘沙扑面而来。他一身穿得飘飘欲仙，被这二月春风似剪刀吹了个措手不及。环顾空旷的校场，委实找不到一处可以避风的地方，只好往围观的人群里挤了又挤。

可惜他个子偏高，不管站了哪里也都只有给别人挡风的份。

火炭赤马，青缨银盔，白袍紫带，一杆枪，一张弓，博得满场喝彩。

"敢问这穿白袍的是哪位将军，身手好生了得。"

"东京来的杨制使，过了年方到这留守司。难怪先生不认得他。原本是因杀了人，刺配来的，你不见他脸上金印？"那后生一双眼睛只似粘在那一条浑铁点钢枪上，一边说话，一边不住口地叫好，"杨制使堂堂将门之后，命运不济，白吃了多少苦头。直到今日才时来运转，被梁中书看上他好武艺，一心抬举他——这叫做金子终得金子换。"

一声锣响，那人带住枪。鲜衣怒马，意气风发，向坐在高台上的梁中书一拱手。后生痴痴望着银盔勾勒出的侧脸，以及两人交换的欣赏和感激的目光。

而他只看到那侧脸上不当不正的一片青记。相术里，这样的人生注定惊风密雨，不见天日。

他躲在羽扇后微微一笑。这样大的风沙，多少有点遮挡都能稍解困苦，于是他手里的扇子在这早春倒也不显得过分滑稽。

　　城中的风略小些。他半眯着眼睛扫过一溜临街的铺面。乌木镶银的招牌蒙了一层细细的尘沙，还带着烟熏火燎的油腻色泽，仿佛故意要避人眼目。

　　过犹不及。他暗笑着摇摇头。

　　高高的柜台后，一个伙计正趴在桌子上打瞌睡，从外面只能看见木瓜心攒顶头巾，在满目晦暗的早春里格外醒目。他隔着铁栅栏用扇柄敲了敲那孩子的额角。那人猛地惊醒，下意识地将桌上的账簿塞进柜台下面。

　　"这位客官……有何贵干……？"小伙计顶着一脑门子红印，微愠地打了个呵欠。

　　"这么大风，你倒真睡得着。"他对这家铺子的疑虑又增加了几分，"你们管事的呢？"

　　小伙计朝他翻个大大的白眼："客官千里迢迢来大名府，进了这麒麟阁，就是为了来取笑我的么？"

　　他想，何必和一个孩子计较。"那么你说说看，我是来做什么的？"

　　那人久久盯着他的眼睛。他本能地想躲开，却竟不能。

　　"先生是个读书人。这乱世里本有安乐终老之命，却无了身知命之运。螳臂当车，飞蛾扑火，机关算尽，物我两伤。"二人都面无表情。一双修长白皙的手在柜台下面狠狠捋着扇子上的羽毛。他忽然很想知道，那小伙计的手在柜台的另一边做着什么。"先生想要的东西太多。小人愚钝，只胡乱一猜。此时若当给先生一颗心，先生可有意？"

　　"我自己难道没有心？"

　　"这心，名叫野心。"

　　他不自觉地微微一笑，习惯性地半低了头："却要我以何为质？"

　　"不需他物，只要先生的一颗心——真心。"

　　他终于绷不住笑出来："我有吗？"

“物以稀为贵嘛。”小伙计也笑了，“当期五年。到期原物奉还。利钱只要千两黄金。”

“需要野心的勾当，五年只怕嫌短。”那时的他哪里晓得时光的分量。短短五年，就能遇见多少人，发生多少事，能让多少曾经的触手可及翻作不可能。

“先生，你可是我家客人里，第一个敢讨价还价的。”小伙计已将契据和笔推到他手边，“先生此去，一桩天大的富贵眼看到手，哪里还在乎这些许小钱。”

“我说的哪里是钱……”他一边说着，一边却已拈起笔来。

“也罢。先生与我家铺子有缘，此番权做个交情。五年之后，无需赎金，原物奉还即可。”

简直不可理喻。他一行恨得牙根痒痒，一行却又好似被鬼按住了手，在仙风道骨的签名旁落下血色的指印。

将要出门的时候一阵穿堂风迎面扑过来，没来得及拿扇子去挡，立刻被浮尘迷了眼睛。他只好背朝向门口默默站着，拼命地眨眼。

等到终于能勉强睁开眼时，来人已走到眼前。

“张学究，这般巧……”

“道长……别……别来无恙。”他狼狈地拭着脸颊和额角，也不知是泪水还是汗水。

公孙胜大笑，似有意似无意地用眼神将这店面搜刮一番，拉他一起出了铺子。

“学究是该换把扇子了，羽毛旧了就是容易松动啊……”

他以最快的速度回头一瞥。柜台后的小伙计竟已经没了踪影。只见他刚才站过的地方，一地零乱的鹅毛和尘土一起在冷风里打着旋儿。

茶肆里，他拣了屋里最靠角落的座位，十指交叠在滚烫的茶盏上，却还是莫名地冷。为了不打寒战，绷紧了一脸的咬牙切齿。

而公孙胜仿佛完全没有注意到他的神色，一副自我感觉良好的样子："才刚别过半个月，学究一见贫道就喜极而泣吗？"

他正一肚子晦气，也懒得接话茬："你不是回蓟州了么……"

"当日在石碣村论及此事，学究尚支吾犹豫，保正也因此不曾应承。近日却听说学究回心转意，不辞劳苦亲来大名府踏看，贫道好奇，又毕竟是'始作俑者'，怎敢懈怠。"

"一个游方道士，如此看重这些黄白之物，我是始终想不通呢。"

"那么学究又是为何如此殷勤？"

"还不是晁大哥……"话一出口他自己也觉不信，然而扇子已经再也禁不住揉搓了，只好百无聊赖地摩挲手中的茶盏，"最近许多变故……道长在蓟州想是也住不下去了罢。番人又不信你们那五千字微言大义……"

"大辽倒是不拘一格重用汉臣呢。学究若去了，定是高官厚禄，也不至于像如今这般埋没了。——咦，张学究，我们说到哪里去了？"

"我是说啊，这乱世里，也就剩下真金白银，算得是真凭实据了。百年千年后，兴许还有人记得这一回……"

公孙胜只是笑而不答。可霎也怪，他那柄飘飘洒洒的拂尘却是怎么捋也不掉毛。

【3】李逵

大名府的夏日与梁山一般无二地燥热。那妖道自顾自地跟着家丁进院去了。只丢给他一个"老实呆着"的眼神。

他瞪大了眼睛抗议。无效。于是只好乖乖蹲在门口。方才绕着他们玩闹的孩子们意犹未尽，仍探头探脑地看着他。许久才散去。

没有一丝风的午后，汗水将他零乱的头发和胡须粘成一团。真想不通那妖道穿着厚厚的袍子，怎地还不捂出一身痱子来。他托着脑袋坐在门槛上，身边穿梭着忙碌的身影，打量他的目光带着点努力压抑的好奇。

　　街上车水马龙倒是热闹，微醺的穿堂风吹得人昏昏欲睡。要不是微微锈蚀的铜钱渗出让人想吐的苦味，他也许在那人出现之前早就睡着了……

　　"大哥，来，进屋坐。"

　　他牢牢记得自己又聋又哑，所以没有理那人。可是眼珠还是不受控制地动了那么一下。

　　于是那店小二的脸上便露出欠揍的笑容："别装了大哥，再这么憋着不说话，怕是生生要闷杀了。"

　　他猛地一张嘴，喉咙里一颤，竟差点将口中的铜钱吞下去。一紧张，被自己的唾沫呛了一下，一时间涕泗交流。

　　"好了好了，看你那师父把你给欺负的。"店小二轻轻拍着他的后背，一面拉他转到倒坐房内坐下，递上一杯茶，"这里又没人，你就说上两句，想也无妨。"

　　"啊。谢谢兄弟。"他被自己说出的"谢"字吓了一跳。他几时也和那一对妖道学得这般酸文假醋。"呃，这是哪里？"他不由自主地站起身来。好高的柜台，上面还装着铁栅栏，外面像是直通到大街上。

　　"这是卢员外家解库。"

　　"什么？"

　　"卢员外家第一等的生意，便是这麒麟阁。"

　　"俺不是问什么鸟阁，俺问这地方是做什么的。圈得恁般严实，倒好像死囚牢一般。"

　　"解库么，简单地说，就是当铺。我们这是在柜台后面。"那人粲然一笑，换了别的主顾，早被那一双顾盼生辉的桃花眼看得痴了，"大哥可肯赏光么？看你我今日交情，可给你出个上好的价钱。"

　　"俺铁牛不缺钱。"

　　"不只是钱。"

　　"那还能当什么？"

"什么都有。"

"拿什么来押？"

"那，就看你想要什么了。"

他抓抓头发上的丫髻，心里一阵烦躁。这么大的世界，他想要什么？他想要公明哥哥做大宋皇帝，也能当得到？

"俺想要俺娘，要她活过来，俺接她上……呃，俺接她家去，伺候她到老。"

"这有何……我是说，这成何道理……铁牛哥哥，你是知道的，人死不能复生……"

那还废什么话！他下意识地向腰后摸去。可恨，板斧早被那妖道收走了。

"哥哥莫急，且容在下多嘴问上一句，令堂是因何亡故的呢？"

"你问俺娘？自从俺上……唉，自从俺认了这妖道做师父，四处云游，俺娘她在家想俺，哭瞎了眼睛。俺好容易攒了钱回去接她，半路上竟……"

"哦，原来，令堂是因为铁牛哥哥才死的。"

"你这厮……"铁拳未伸出一半，脚下已被不轻不重地那么一绊，当场摔了个嘴啃泥。

讨打的杀才，谁是你哥哥。——等等，那厮怎么就知道俺叫铁牛了？？

"外面何人喧哗？"

他抬头，那年轻伙计竟已不见踪影。

"啊呀，贫道该死，这是贫道的顽徒，又聋又哑，性子又坏，一眼不见就只要生事。员外千万觑着贫道薄面，莫要动怒。"

他总算被点醒，连忙换上一脸无辜的傻笑，起来拍着身上的尘土。

"既是先生高徒，就请来坐。看茶。"

吴用一见他便是劈头一巴掌："你这黑厮，闹得还有个人样。"

他一摸头上，唉，摔这一跤不要紧，扎丫髻的布条竟都没了，蓬头垢面的样子，堪堪上画——画在钟馗旁边。

他们离开时卢俊义都忘了出来送客，只是呆呆地盯着墙上湿淋淋的墨迹。

那时的他还将信将疑。那字须不是刀斧毒药，该是多缺心眼的人，才会被这些无用的东西骗去一世的生涯。

【4】吴用

刚打过五更，铁牛鼾声如雷。昨日酒里的药该够那黑厮夜睡到明，明睡到夜了。

房里闷热，又吵闹。他横竖睡不着，索性起身，胡乱吃点东西，踩着咿呀作响的木楼梯出了门。

刚刚沉淀了一夜的尘土又被赶早进城的水车搅动起来，天亮得很快，慵懒的行人不耐烦地擦着汗，诅咒着过分勤奋的太阳。一家家店铺前伙计们忙前忙后，卸去门前的木板，扫洒庭除准备开张。

而麒麟阁不知几时已经开了门，仿佛昨夜根本不曾关过。木瓜心攒顶头巾的伙计百无聊赖地趴在柜台上望着街巷，见到他进来，稍稍将头抬起一点，露出半张俊俏的脸。

这孩子倒是越发生得好了。他滑稽地艳羡着卢员外，似乎这样能稍稍补偿一点负罪感。

他还是偶尔会为某些人某些事感到难过，比如那支毒箭，穿透晁盖面庞的同时仿佛也刺痛了他灵魂的某一个碎片。以至于他开始怀疑当年那契约会不会有一天突然失效。

"先生来早了半年。"那伙计歪了歪头，"七个月。"

他料到燕青会认出他，却还是流露出惊讶。当年不过是片刻的交情，一别数年，岁月在他的脸上打磨出无数深深浅浅的痕迹。更何况，他特意换了装扮。

"正好。我是来续当的。"事先准备好的寒暄与试探都被跳过，直入主题，倒也省心。

"续不得。到期赎取，一笔勾销。不赎，即是死当了。"

"死当又待怎样？"他早已不是当年的他，难道，燕青敢推作不知？

"不怎样。只是被典下的那件东西做了死当，万一生出怨气，向先生索债，麒麟阁可就鞭长莫及了。"

手中的羽扇也比当年的那把好许多，任他揉搓，始终笔挺如新。

"如此……不如我们做个交易？"

燕青忍俊不禁："先生当年是第一个与我家铺子讨价还价的人，如今也是第一个反客为主的人。梁山手段，果然不凡。"

他也淡然一笑。这还用说。不然他今日也不会站在这里。

"小乙兄弟若能答应，梁山可替你寻一件东西。你不会不想要的。"

燕青的眼神警觉起来。到底是年轻人，还没有真正学会掩饰欲望。他知道这事已成了一半。

"把这铺子给我。我们还你自由。"

"倒是笔好生意。先生只是忘了去问我主人。"

"怎么，小乙兄弟还真念着'主人'？"方才的一瞬间，他捕捉到燕青眼里一闪而过的光亮，在心底暗笑。

"先生莫取笑。小乙比不得先生读书明理，却也好歹认得'忠义'二字。何况人心非木石。不然先生也不会这样千方百计地盘算着赖账毁约了。"

"你懂什么。"他摇着扇子和头，却并没有恼羞成怒。他眼里的燕青，永远褪不去初见时那一脑门子午憩的红印。和一个孩子计较忠义，他没这闲情。

　　燕青面无表情地目送他出了门。太阳还没有升起来，距离第一批主顾上门还有至少两个时辰。燕青觉得自己应该用这时间想点什么。可是头脑里只有一片凌乱的空白。

　　该想他的十三岁吗？他跟在主人身后走进那座陌生的院落，雪霁的清晨，一个个仆从埋首清扫着甬道边的积雪，不时扬起细碎的银色雪雾，解析着缤纷而冰冷的阳光。二人穿过一道又一道的门廊，影壁，穿堂，花厅，不知在第几进院里，主人指着一扇朝南的窗，说，从今往后这里就是你的家。我叫你小乙。别人叫你燕青。

　　燕青进屋去，换上干净暖和的新衣。满院扫雪的仆人不知是什么时候离开的，只剩下檐角冰凌滴水的碎响，零落一地。

　　或许该想他的十五岁？暮春的午后，阳光像长出无数柔软的触手，与慵懒的暖风缠绕在一起，轻拂过他前胸后背千百处细小的伤口。主人难得有这般闲适，坐在檐下的交椅上静静地呷着茶，不经意间看方圆百里最出名的刺青匠人雕琢他的身体。

　　他试图在主人的目光里读出些什么。看他，与看一件正在被描画的瓷坯，究竟有多少不同？

　　他没有看出来。

　　那也许是十六岁，主人领他进了麒麟阁。那时他的个头不高，须踩着凳子才能够到窄长的柜台。他始终练不出主人那一笔遒劲的颜体字，每到查账时都垂头站着，惭愧不已。而主人仿佛不曾注意，只凝神翻看账簿，不时点头，夸他聪明细致。

　　他有时候怀疑真正让主人露出笑容的只是账簿上一具又一具灵魂的押印。而主人并不曾告诉他，他也不曾问，麒麟阁为何如此痴迷于收集灵魂。

　　或许他该想在这间铺面，这一排高高的栅栏后窥见的那巴掌大的一方天地。人们从远远近近的角落来到这里，用各种奇怪的方言腔调与他讨价还价，在半页账簿上留下形态各异的字迹和血迹。他似乎天生就洞察人心的本事，只一个对视，一句问答，便可看透一枚灵魂。不动声色地出价，诱惑他们抵押下自己最珍贵的东西。

　　日复一日，他面无表情地打量栅栏另一边的那个人间世，瞬息万变，又从不曾改变。

　　年复一年，那些抵押下灵魂碎片的客人们，从不曾有机会赎取。

【5】燕青

　　他看着主人踌躇满志地带领车仗逶迤出了大名府南门，在心里摇摇头，不知该感叹什么。

　　好言难劝该死的鬼？他是认真劝了的……吧……

　　何况，梁山打定主意要的，他一个小小的家奴能奈几何。

　　后来他才知道这句话不仅仅是个借口。

　　夏季里最后一个漫长的黄昏，他从内书房边经过，听见耳房里放肆的莺声燕语。

　　装作没有看见守在门口的丫鬟的脸色，他极力压抑住恶心，径直走开。

　　为什么非要在这里？内书房收着陈年的账目，他不时要来翻查，府中谁人不知？

　　最初的震惊和嫌恶过后他很快明白这是挑衅，却反而出奇地冷静下来。

　　主人走时，偌大家业全交与他一手经管。卢家祖居北京，主人虽是三代单传，多少也有几门亲眷。而如今员外一人不听一人不靠，只信他一个"拾来的化子"，府里最低贱的使女也还是五百钱买来的，旁人对他如何甘心。

这事还用问。养小乙是做什么的？

这事何劳官人。你的小乙呢？

这事何不叫小乙去。他一个奴才，闲着也是闲着。

他永远记得说这些话时，夫人含笑的眼神，里面只展露给他一个人的轻蔑与嫉恨。

从檐下经过的那一瞬间，他能想象出夫人隔着窗纸看他微微颤抖的影子，在暗处冷笑。你去告，去告诉主人呀，说主母与管家偷情，看你那主人会说什么？

主人爱他如珍宝，却也因此偏执而愚蠢。那女人自是知道这一点，只等他与主人都沉不住气时，架桥拨火坐收渔利。

须是小看了浪子燕青。

不久之后他便听说了另一个与自己极其相似的故事。在这一点上分岔开去，他没有说，而那人说了。而讽刺的是其后的经过却是惊人地一致。也许，他原本就没有选择的余地。

很久以后他才意识到那个故事有着一个与他完全不同的结局。尽管终其一生，他不曾明白这是为什么。

主人回来时正值中秋。砖缝间的绿苔开始枯萎，蟋蟀从院角搬到檐下，夜夜叫得人满心凄凉。

他平心静气地站在一旁，看夫人满脸堆笑地与主人更衣掸尘，看李固在院中吆五喝六分派接风的筵席。

而他的心跳越来越沉重。自始至终，主人不曾看他的眼睛，哪怕最轻最快的一下。

他自以为大名府卢宅上下尽在掌握，却只忘记了梁山。

"小乙你过来。"主人将月饼一掰两半，随意地唤了他一声。

"主人何事。"几乎是本能地，他以为主人会将那半块月饼递给他。几乎要伸手去接时，才发现没有。主人只是放在了一边。

"我不在时，麒麟阁生意如何？"

"如常。"

"如常么？为何我听说，你已将这家业偷偷卖掉了？"

"小乙怎会。主人莫信旁人挑拨。"与那天从内书房边经过时，一样反常的冷静。

"你想要自由，便用我家生意来换。好个聪明人。"他又放下了另半块月饼，站起身来小心地擦净手上的油渍。周围的家丁丫鬟一个个无影无声地退下，夫人不知几时也上后厨"看菜"去了。

"梁山为赚主人，使出的手段……"

"你怎知是梁山？你若没有和他们交过手，怎知是梁山？！"

他忽然词穷。委屈一瞬间涌上来，眼眶干涩，腿脚却不由自主地软下来，屈膝跪在了地上。

他恨极了那一刻的自己。一个"奴"字像是蚀入骨髓的毒药，越是软弱的时刻越是不能自已地发作出来。

主人只是象征性地打了他几棍而已。他怎不知玉麒麟的身手，但使出三分力气，他哪里还有命在。

仿佛就连卢俊义也知道，伤他最重的根本无需棍棒，只需一叠声"忘恩负义的奴才"。

他拭净嘴角的血渍，最后回头望一眼卢府紧闭的大门，空荡荡的心里早已冰冷一片，体会不到任何感觉。

与那一队官兵擦身而过的时候他曾电光石火地一闪念，主人这样赶他走，会不会是保全他的手段。

他立刻否定了自己。以员外的头脑……他苦笑着摇摇头。

况且主人如何不知，那两个字是他们之间的禁忌。如今他说了，一说再说，意思只能是，毫无余地了。

凉月西斜时卢俊义披枷戴锁地被官兵从府中带出来。他没有看到。那时候他已经在路上，离大名府几十里之遥了。

【6】柴进

　　他进铺子时，戴宗非常自然地留在门外，对那间空敞而昏暗的屋子没有表现出半点好奇。

　　一如方才在蔡福家门口，他问戴宗，你不和我一起去么？

　　他说不必了。大官人自立得奇功，戴某只出脚力，去又何益。

　　此时他问戴宗，你不进去看看么？

　　他说不必了。大官人心大愿大，戴某只一小卒，去又何求。

　　他从铺子里出来，沿街走了很长一段路。秋风乍起，零零落落的枯叶和灰尘拂面而过。而那句话，以及那伙计阴沉的半边脸，却仍像苍蝇一样挥之不去。

　　"短则五年，长则七载，定教大官人做个皇亲国戚，位极人臣。"

　　他很失望。首先是，那小伙计根本不像他听说的那样容颜倾世颠倒众生，他甚至不曾看清那半张脸是长是圆，下巴颏是方是尖。

　　其次是……啊，他想，上面这一条还不够吗？

　　何必皇亲国戚，何必位极人臣，这天下原本就该是他的。

　　就该是他的。就该是……一旁的戴宗忽然干巴巴地笑了一声，他一直沉浸在遐想中，很是吃了一惊。

　　"戴院长笑什么？"

　　"啊，大官人，戴某方才见路边一只耗子，叼了块比它身子还大的肉骨头，累得走不动路，险些被人踩死。"

　　他喉咙一紧，像被什么东西噎住了一样，半晌才恢复自然的语气："这倒是奇闻。怪不得戴院长只吃素食。"

　　回到梁山时天渐渐黑下来。吴用负手听他们的汇报。条几上的茶盏被冷落在一旁，渐渐消散了热气。至于宋公明，每天只在晁盖灵前枯坐，说是哀伤过度，并不问寨中琐事。

"蔡福收了金子，上下使透了钱，将死罪改问了发配，不日即将上路。军师何不在途中劫下。"

吴用不置可否，继续捋着扇子上的羽毛，半晌抬头问："那麒麟阁生意如何？"

他愣了一下，脸上一热——吴用怎知他去了麒麟阁。"想是……如常。"

吴用点点头："大官人辛苦。戴院长辛苦。二位且回去歇息吧。"

"军师可知，那李固图谋员外家产，早有相害之心。军师……"

"小生自有安排。大官人这回孤身探虎穴，劳苦功高，我梁山自看在眼里。"

他也知趣，便告辞了。

自始至终，戴宗依旧只站在门口，一言不发，默然望向远处湖水里支离破碎的返照。

芦苇的翠色正一点点干枯下去。淡白的绒絮饱蘸了暮色，沉甸甸地垂着头。

摧折不自守，秋风吹若何。

这种时候他总是去找林冲。喝酒或者不喝，说话或者不说，看着对方或者不看，自有种莫名的安心。

自晁盖去后，林冲酒也不沾，只斟了两杯茶。依旧如方才军师房中的条几上，茶盏被冷落一边，自顾自地凉下去。

"大官人可知，梁山为何要赚卢员外？"

"自是为晁天王报仇。"

"这便是公明哥哥体贴。"林冲垂着眼睛，似笑非笑，"若现有兄弟们捉了史文恭，哪个敢僭越。到时须是难处。而若只顾虑这些，天王哥哥的仇几时能报。"

他倒是笑出声来："还是林教头太体贴了。"

　　林冲也会意地一笑，很快又收敛起来："卢员外家富人宁，便如大官人当日在沧州。不教吃足了苦头，如何能甘心上梁山。"

　　他动了动嘴唇，却完全不知说什么好。无意识地端了茶来喝一口，又冷又苦又涩，呛得他连连咳嗽。

　　高唐州那一场劫，他本能地不愿多想，亦不曾有人真心与他论起。所有人都心照不宣时，便仿佛那真的只是一个意外。既是李逵，又是为他出头，他还能说什么。

　　若不是今日提起，他也许很快就会忘了，吴用与忿忿不平的朱仝一道离开沧州时，回头看李逵的那一个眼神。

　　他不知道从何时起，梁山早已不是他所记得的那个梁山。断金亭上的接风宴，宋江和吴用席不暇暖，殷勤劝酒谈笑风生。晁盖和林冲静静坐在上首，不时隔着人群远远向他举杯，互相笑一个含义不明的笑。

　　朱贵自守在南山酒店，尽他的职分。

　　他问起杜迁和宋万，人们说，今日兄弟太多，断金亭上坐不下，二位头领改日再会。

　　他试图咽下"王伦"二字，却鲠在喉间，如此刻那一口冷茶，呛得他喘不上气来。

　　说什么皇亲国戚位极人臣，便是他亲手扶起的这一方小小的水寨，几时由得他？

　　很多很多年后他又回到沧州那一片荒芜的庄园，雇来一群人清理出一座宅院与一小片地。然后付了钱，让他们各自离开。

　　一辈子前呼后拥风光无限，所谓门客，所谓兄弟，围在身边一圈又一圈。如今他只想一个人，就自己一个人。

　　秋风乍起的时候他偶尔会想起那年秋天的大名府。麒麟阁果然童叟无欺，第七年里他每日随侍帝王左右，皇亲国戚，位极人臣，将他的国他的家玩于股掌之间。

那时他问过燕青：云奉尉，你当年怎会料到今日？

柯驸马说笑了。云璧正色道，小乙自被主人赶出家门，几曾再踏进麒麟阁半步。

【7】卢俊义

燕青终是回来了。

他悠然地看那支弩箭从眼前掠过，悠然地看他如一只轻捷的燕子落在他身边，干净利落地撂下两具姿态丑陋的尸体，然后砍断绳索，给他开了枷。

"很疼吧？"说这话的却是卢俊义，"谁让你现在才来。"

燕青双手一僵，仿佛无心地，扯动锁链划过他伤痕累累的腿脚，刚刚结痂的伤口重新渗出淡红色的血液。而他只是淡淡一笑："我学武时可没你那么受宠，天天被师傅变着花样打。如今这点伤算什么。"

"对主人不算什么，对小乙自然也不算什么。"燕青脸色煞白，狠狠咬紧牙关，生怕满满的恨意与怨毒会不经意地溢出口来。

这孩子，还是那么倔。

寻了家村店歇下。燕青给他洗净伤口，敷了药，留下句"待小乙去寻些食水来"便要离开。一直阖目歇息的他忽然坐起来，一把拉住燕青："让我看看。"

燕青一怔，随即又一惊，然后是掩饰不住的羞愤和嫌恶："没……没事了……"

他也不答话，捏住燕青的肩头只轻轻一扳，便将他转过身去。利索地扯下衣衫，靛青的花绣上道道渗血的瘀痕，一片狼藉铺满整个后背。

他知道，那道道伤痕与他背后的如出一辙，仿佛是从他身上拓下来的一般。

"小乙受苦了……"他的声音忽然沙哑起来。在燕青听来，却无端地带了一丝轻亵的意味。

他知趣地没有碰他的皮肤，哪怕最轻的一下。可燕青还是像被那目光烫到一般，怒不可遏地挣开，一语不发地系好上衣夺门而出。

他看着燕青的背影轻轻摇头，安然地躺下。可要好好养一会儿精神，重头戏还在后面呢。

走出半里路去，天色渐渐暗下来。金秋的晚风拂过槐树林，细碎的小圆叶簌簌飞了一天一地。

燕青从怀里掏出那半页泛黄的符纸。——刚才给卢俊义擦洗时"无意间"寻到的。不出他所料，主人一向将这页纸贴身携带，寸步不离。多年前主人扣着他的手，十指交叠，落下繁复而诡异的道道血印，那一幕仿佛是生命最初的记忆，却不知为何模糊到了如此地步。若不是全身上下不留空隙的斑斑伤痕，甚至连尖刀划过指端的痛楚都不记得分毫了。

他忽然意识到，身上的伤几乎已经不疼了。

是因为高兴罢。天地至广大，何惜遂物情。他顾不得想这些琐事了。

燕青终是不放心，专程回去寻到那两个押解公人。还微微带着温度的尸体上已零零落落地覆了一层青黄交错的槐树叶。捂在胸口的指缝间渗出脏污的黑色血迹，却没有什么异味。

他只嗅到一天一地落叶的气息，那种死亡的馨香。

精致而犀利的短箭从不曾辜负他。他爱它们，像爱自己一样；也恨它们，像恨自己一样。

或许他恨的是这个"弩"字，弓字上方一个奴，如此恰到好处地彰示着他的身份。

他曾问过主人为何不教他骑射，而只付他这张伤于纤巧的川弩，与他本人一样，更像是一件精美的玩物。主人只是宽和地一笑，不经意地道一声"杀人有什么好学的"。

如今想起这句话，他忍不住笑出了声。什么杀不得人，又何必利剑长枪。

他试着搬动尸体，一瞬间僵硬的触感让他一阵恶心，连忙放开手，用脚将两人的手臂挪开些。

黑色的血继续从两人心窝里的伤口淌出来。而那一对刻着双燕铭文的弩箭，不翼而飞。

【8】燕青

他早发觉有人跟在他身后。

不远不近，不快不慢，不慌不忙。

而且，不止一个人。

但他此刻顾不得这些。

一口气走出几十里地开外，才微微放慢脚步，暗忖如何对付追踪的人。

转角处，屏息听一前一后的脚步声，他暗中冷笑。两人走得如此近，是盯梢的大忌。若他手中有一条长枪，说不定能将他们穿成串糖葫芦。

而他还是低估了对方的身手。前面一人猝不及防地被打翻，仅仅半步开外，另一人利落地跳出圈子，手起棒落，他立时倒在地上动弹不得。

前面那人身上还沾着干枯的草叶，仿佛没有经过任何思考，抽刀砍下来。

却被另一只手轻轻挡下："三郎莫急。且听他怎么说。"

他手里的短棍早被缴下，此刻只能沮丧地爬起来，恨恨地盯着拿刀的那一人："你们是梁山贼寇。"

"在下梁山步军头领杨雄。这是我兄弟，拼命三郎石秀。"

石秀看也不看他，自收刀入鞘，不动声色地挪了半步，藏在杨雄身后。

他还能怎么说？如今他只一心想揪住吴用那厮，拿川弩射他三个透明窟窿。

"我主人被官军捉去，梁山救也不救。"他始终看着石秀的眼睛。那双眼睛里带着阴狠的怯意，如野兽望向猎人。——却并不让他害怕，反而有几分忍俊不禁。

而答话的依旧是杨雄："也需有人去北京探个信来。"

他看见石秀用眼睛说，我去。

"不行……"

让我去。你哪里是他的对手。石秀用眼角点了一下"他"。

就凭你？他在心中冷笑一声。

几乎本能地，他跟在杨雄身后向东行。却被人一把拉住。

"你跟我去大名府。"

那是他听到石秀说的第一句话。他惊讶于那个眼神阴冷如井水的人，声音竟如此柔软。

"我得去……"

"你去梁山有什么用。"石秀宁愿低头看落叶间新死的秋虫，也懒得多看他半眼。

杨雄也仿佛明白了什么，附和着点点头。

去就去。后悔的不见得是我。

两人并排走着。石秀始终有意无意地躲开他三五步的距离。

那人睫毛又黑又长，微微垂下时，便藏起了眼中的光。燕青忍不住猜测从那样的睫间看到的世界会是什么样。

正想着，脚下被草间的乱石狠狠一绊。一个趔趄，饶是他反应奇快，方才被打得狠了，腿脚不灵便，终于还是摔倒在地。

石秀停了脚步，嘴角漏出一丝笑。

"你笑什么？"

"你说呢。我倒想问，你怎么还笑。"石秀伸手拉他起来。他不假思索地递上了自己的左手。

"我想起周幽王了。"反正那人听不懂。他想。

果然，石秀对他的话毫无反应，只静静等他收拾好一身的狼狈重新上路，依旧不远不近地避开他三五步。

而仿佛是因为他摔的这一跤，两人间莫名其妙的坚冰开始了微妙的消融。他饶有兴味地探询目光终于不再被石秀当作苍蝇一样挥开。两个时辰后大名府城墙隐隐横亘在地平线上，那人甚至先开口和他说起话来。

"你多大了？哪里人？"

"二十五岁。大约是大名府的罢……"

"大约？"

"我不记得了……"

"你在卢府待了……听说是十来年？"

"十三岁去的。"

"之前……真的不记得了？"石秀并没有期待他的回答，只是微微歪头想着什么，垂下的睫毛蘸满了笑意。

"不记得了。"他轻声地，斩钉截铁地说。

【9】 石秀

进城时已是暮色四合。沿街的店铺匆匆收拾门面，行人试图赶在宵禁前回家。

没有人愿意回答他们窃窃私语的询问。"卢员外"这名字如不受欢迎的瘟疫，被一只只手不耐烦地挥开。

他想到了那家闻名遐迩的当铺。那里也许能打听到什么。

燕青拒绝了他的请求："我去做什么。你没见我当日如何出得卢家大门。"

这又怎样。他对自己说，他什么也不怕。

那是整条巷子里惟一没有打烊的门面。昏黄的烛光笼在烟熏火燎的木隔扇上，如困倦的眼角，只等他来。

"听说，这铺子过去是卢员外家生意？"

"现在仍是。李都管不过是代员外料理数日，待员外结了这官司，自然还是员外的。"

他冷笑一声："你倒挺会说话。——那卢员外又身在何处？"

那伙计仍是满面春风，笑容让人舒服得浑身不自在："客官这却是难为小人。员外七日前发配去沙门岛，三千里路程，小人怎知此时走到何处。——客官此番来，可有什么用得着小店的地方？"

"没有。我只是来看看。"

"客官说笑了。小店是解库，并不是商铺，怕是没什么好物入得客官法眼。"

他也瞥了一下。这店面，只见一个与下颌齐平的花梨木高柜台，上面的铁栅栏一直延伸到房梁。逆着烛光，柜台后的空间影影绰绰，勉强能看到的只有伙计露出的半张脸。

他下死劲盯了那伙计一回，却也没看出什么所以然。太暗了。俊俏后生的脸总也都相像。

既来了，又再无它事可说——他到底还是好奇。

"听说，你们这里可以当到……任何东西？"

那人只是加深了笑意。"客官想要点什么呢？"

"没什么。我只是这么一问……"

"小人也有一问，客官来大名府有何贵干呢？"

"来找……一个人……"

"原来如此。那么，客官一定是想要一个机会了。"

"什么机会？"

"唔，我想想，一个出人头地的机会，让世人从此记住你的名字……"

"这话从何说起！"他斩钉截铁地白了那人一眼，心里却似算盘刷地一下被拨乱，噼里啪啦，七上八下。

"这机会么，倒也不难。只要客官肯押下这件东西。"伙计递过半页从账本上撕下来的纸。他甚至没有注意到那人几时写了字。

"这是什么？"他识字不多，不确定自己有没有认清那潦草的笔迹。

"客官灵心慧性，怎会参不透？"

他将半页纸掷回栅栏另一边，仿佛那纸片烫手一般："你这店家好没分晓，我几时说要与你们做生意了？还混赖上我了不成？"

"客官，真个不要？"

"莫名其妙。"他拂袖而去，出到铺外，微冷的霜风拂过，方觉脸颊竟是滚烫。

回到客店时已交了二更，以为燕青早睡了。然而房里一灯如豆，燕青从床铺上一根根地抽出稻草，编成一个个精巧而没有含义的形体。

那份闲情微微恼着了他。皇帝不急急死太监？从梁山上来时军师只道"去探路"——也怪，现放着祖籍北京的史进，日行千里的戴宗，而他这辈子未曾踏进大名府半步，探哪条路？

而梁山，就当真把卢俊义的性命儿戏般玩于股掌之间，就如燕青玩手里的稻草？

他放下包袱，里面裹着刀，落地时锵然有声。

最终他什么也没说。毕竟这孩子如今处境危险，不好出头露面，有足够的理由躲在房中偷笑。

　　洗漱完躺下，自是合不上眼。或许该仔细想想眼下的形势对策，明日该去哪里打探卢俊义的消息。而他此刻像厌烦这个城市一样排斥这些陌生的念头，只叼起一茎稻草静静咀嚼着空虚，看灯芯一寸寸燃尽。

　　"石秀哥哥，可是在算杨雄哥哥走到了哪里？"

　　他一个激灵差点跳起来。这要是换了梁山上兄弟，早是不轻不重的一拳孝敬过去。

　　可他本能地不想招惹这个人。何况他们离开玩笑的熟稔还太远太远。

　　"我在世上没有亲人。不惦记哥哥还惦记谁。"一味回避只会让那人越发得意。他想。

　　"杨节级待你也到了头。听说他抛家舍业与你去落草——连娘子都杀了？"

　　恼不得。他对自己说。如果这正是那人的目的。

　　"那淫妇自寻死路，天理昭彰。"

　　而燕青没有笑。仍是耐心地，用不容拒绝的友好的语气："还听说梁山泊三打祝家庄，只为一只报晓鸡？"

　　他嚼住颤动的嘴唇，想假装睡着，却无论如何也装不来深而均匀的呼吸。

　　"那宋江头领也算是石秀哥哥的恩人了罢——听说，亏他拦下了晁盖——怪不得哥哥如此替他卖命。"

　　他一骨碌翻身起来，伸手捻灭了油灯的最后一点微光。

　　"睡觉。"他干巴巴地说。

　　好容易熬到天色微明，也顾不得会不会吃人笑话，他起身出门。

　　卢家的当铺居然开了门。半边脸的伙计依旧面无表情，仿佛在这样的时间谈生意是再自然不过的事。

"你们说，这里可以当到……"

"不错。你要的机会。"

"嗯……那么，要我抵押的是……"

"你没看错。那两个字是，执意。"

"怎讲？"

"客官一生执意，可曾因此吃亏？"

"那还用说……"吃过苦，惹过祸，受过伤，落过泪，一生的辗转纠结，却都从这"执意"上来。然而，事实是，那一刻他只记得那惑人的机会二字，余者都考虑不了太多。

"客官自己明白，又何必多问。"

"那……如何赎？"

"白银五十两，三月内赎清，过时不候。"

"这么短？"

"乱世啊。什么都贬得忒快。客官好歹体谅体谅我们做生意的。"

出得门时晨光已明，一队队官军沿着街道奔走，行人躲闪不迭。

"外面什么事？"燕青倚在撑起半边的窗口，听到他进门也没有回头。

"有要犯出斩。"他脱下斗笠，拎起包袱。想了想，直接将朴刀拿出来挂在腰间。

怎么，你不去？他用目光询问燕青，却并没有惊讶。

燕青抬头望了望铅灰色的天空，黑云压城城欲摧。

"要下雨了。"

【10】 燕青

他都看见了。他就在街角。

曾有那么一个瞬间的冲动，手心分明感到弓弦跃跃欲试的震颤。

可他忍住了。

这么多年了。终于有今天。

隔着雨幕，十字路口的对面一个外乡人和他的目光相对了片刻。那人面貌朴实而衣着奇特，在人群中穿梭时脚步奇快。

如他所料，旁观者并不止他一个。

不过他与那个外乡人或许有某些不同。后来他想。那人该是来看卢俊义的活，而他，是在等他们的死。

他爱他的主人，如同所有卑微的奴仆。可那人一天不死，他便一天没有自由。

而他看到的石秀，完全超越了在场所有人的底线。

不必去和披坚执锐的官军硬碰硬。他手里不过是一口普通的朴刀，砍上几根骨头都有卷刃的危险，遑论官军们的铠甲。于是一具又一具布衣包裹的尸体如算子般拨倒在地，短暂的翻滚抽搐后平静地融进青砖灰瓦的街巷背景。

他们每天踏过这些青石板，买布籴米，走亲访友。却是直到今天才终于有机会将石板上的纹路细细地刻进脑海。作为生命最后的记忆。

那些纹路，被深秋的冷雨冲刷得格外清晰干净。

越是混乱，那人越是游刃有余，气定神闲。每一刀都精准无误地划过一只无辜的喉咙。一个个手无寸铁的路人，刚刚还在为受刑者叹息的看客，此时纷纷用凄厉的，猝然中断的惨叫为他们开路。

官军们早看得呆住了。极默契地，纷纷退出圈子，眼睛都只小心翼翼地盯着脚下，仿佛在回避腥臭的积水。

雨仿佛更大了些，或许只是燕青的错觉。北方九月末，怎会有这样肆虐的冷雨。

血液如雨点般滴进地上的水洼，漾起一圈圈细碎的涟漪，再被凌乱的脚步溅起。再落地时，红色的血水与灰色的雨水已经完美地融合在一起。冰凉的水汽漫成一道无边的帘幕，将浓重的血腥气包围在内，像一个精致的玻璃盒子，收藏着一个干净的眼神。

待他回过神来，石秀已经拉着卢俊义跑出了视野。身后蜂拥而上的官军却仍旧小心地与他们保持着距离。

他心里咯噔一声。此刻就是将全留守司的兵将都调集过来，只怕也奈何不得那人了。

过了一个多月，那天发生的事才终于在街头巷尾的窃窃私语中一点点露出端倪。

他听到那句"与奴才做奴才的奴才"，手指无意识地僵硬，茶盏上的缺口划开了皮肉。

或许是他可笑的敏感。然而每每这句话不受控制地溜进意识，他几乎可以看见，那人公堂之上面对梁中书时，眼底映出一个模糊的影子，木瓜心攒顶头巾在烟雾般零乱的背景里格外醒目。

那个可卑的，可悲的，奴才。

【11】杨雄

他揭开斗笠上的眼纱。眼前是一个不大的院落，被午后的阳光笼罩，暖和舒适得像墙头打呼噜的猫。

而他只是依稀感到某些遥远的熟稔，下一个瞬间已经将这念头抛到了脑后。无论如何他也意识不到，这里有多像他曾经的家。

蔡福一听说他是梁山来的，就立刻小心翼翼毕恭毕敬。他在心里默默感激和钦佩着柴进。

"我石秀兄弟现下如何？"

"梁中书嘱我加意看管。头领放心，我们兄弟自不会怠慢。"

"石秀头领可好？"

"石头领自那日过堂，骂得众人都呆了。如今王太守梁中书惧怕梁山泊，哪里还敢……"

"我问你我兄弟如何?！"

蔡福低头挠了挠络腮胡须："石……实不相瞒，那石头领怕是贵体微恙……"

"带我去看。"他简短地说。赶在蔡福抬头之前将一袋银子不动声色地撂在他们中间的地上。

他跟在蔡福身后进了牢门。一向没有什么表情的脸，此刻却也要花上不少力气才绷得住镇定。天下的监狱都差不多一个样，微微泛红的昏暗，扑面而来的霉味里夹着一丝腥甜，令人欲呕。枷锁辗转的声音夹杂在犯人的呻吟和狱卒的叫骂声中，一切都如此熟稔。

只是从不曾想象过，将要隔着栅栏相对的是那一个人。

"我兄弟前日吃醉了酒从楼上摔下来，跌得七伤八损，这半月里怕是当不得差了。"蔡福向牢子们解释，他则在袖中捏了捏从梁山带来的假文书，"这位张大哥是我家亲戚，也曾做过节级，权来顶两日班。"

他连忙向一圈狱卒拱手笑了笑。牢里的规矩他都熟悉，又出手阔绰，半日下来就已经和大家打成一片了。

那日收了工，按照约定，他付给蔡福第二笔银子。

第二日，例行的巡视，他们从重犯牢房前走过。

卢俊义倒像是比在梁山上时胖了些。见到他时，眼底一丝捉摸不透的神情一闪而过，很快又恢复了呆滞。

"河北玉麒麟，原来也就是这么个货色。"他向周围的犯人和狱卒挤出一丝笑，"咦，这个是怎么回事？"

"他嘛，那个劫法场的。一连几日不曾醒过。都说是冤鬼缠的……怕也捱不了几刻了。"

"要说刚来时也还好好的。你不记得他骂得多凶……便是月初大病了一场，就只剩下每日里发昏的份了。"

蔡福打断了多嘴的狱卒："那两个新来的人情可曾给了？你们不去看看还等什么？"

他只再看了稻草堆上那无意识的躯体一眼，便走开了。

沉睡的面容上带着一丝只有他才能读出的委屈。那人梦见了什么？

夜里他被安排留下当值。营门落锁的响声恍然间将他带到了很久以前的某个地方。他摇摇头没有去理会，转到那间牢房前，轻手轻脚地开了门。

像捧着一件薄脆的玉器，他甚至不敢用力将他抱得更紧，只能扶着，让他半躺在自己怀里，至少比冰冷的稻草上舒服些。

借着房顶上漏进的橘色微光，只能勉强看到瘦削的脸庞轮廓，沉静的昏睡里仿佛还带着熟悉的笑容。他不知道该不该唤醒他，喂他点水和药。不过这时他也开始相信那个蔡福的说法，伤病还在其次，怕的是没了那份心劲了。

怎么会这样？

不知过了多久，怀中人轻轻转动了一下脖颈，毫无征兆地开口道："嫂嫂刚来过。"

杨雄甚至分不清是因他醒转而激动，还是为这句话而惊吓，手中一颤，直将那人的骨骼揉出摩擦的钝响。

一别数月，九死一生，他怎么也没料到那人的第一句话会是这样。

"三郎……"他固执地用耳朵贴近他的嘴唇，努力捕捉那人发出的每一丝气息，"三郎……你受苦了。"

那人重又陷入昏睡。死灰色的嘴唇没有一丝动静，就好像刚才那一瞬的清醒只是他无稽的幻想。杨雄抵着他高热的额头，心里又痛又恼。痛的是眼前人吃苦受罪，自己眼睁睁看着又不得分担。恼的是以自己一人之力实在救不出石秀同卢俊义二人。蔡福收了他的银子，为他行几日方便，他所有能做的也不过是来看看而已。但凡有什么出格的事，怕是这两人的性命就难保了。

　　"三郎好好养伤，再等几日，梁山眼看就来救你们出去……"他一行说着，一行难免心虚。梁山已经是第二次从大名府撤兵了。上回是关胜围魏救赵攻打梁山，这回又是因为宋江背上长了疮。虽然谁也不说，大家也都明白梁山对取大名府的诚意。以吴用的意思，就该教卢俊义多关上两日，煞一煞玉麒麟的锐气和贵气。到救出来时，直教他忘记了自己的出身过往，只死心塌地感激梁山才好。

　　只可怜了他这兄弟。

　　石秀睁开了眼睛。一双清澈的眸子在微微塌陷的眼眶里亮得让人不忍多看。见到杨雄，他的脸上并没有明显的惊喜，只若有所思地凝望着他。

　　"她叫我婊子，贱人，贼淫妇。"

　　"谁?! "

　　"她偷汉子，只不过偷上一星半点的皮肉之欢。我可将哥哥整个人，整个家都偷了去。"石秀粲然一笑，靥辅生辉，虚弱而又坚定地伸出手触摸他的脸，"哥，你不恨么？"

　　相识数年，他从未见过他这样的神色。甚至有那一个瞬间，他都怀疑怀中的人还是不是他的三郎。

　　"你在说什么？我几时怪罪过你……"

　　滚烫的指尖画着他纠结的眉目。"可是，我真喜欢你。见你第一面就想要你，就盘算着勾引你，蛊惑你，独吞你……"

　　远处一扇门倏地打开又关上。冷风卷过来，杨雄打了个寒噤。

　　"天理昭彰。报应不爽。"石秀的手臂无力地垂下去。他的最后一句话，杨雄甚至不确定是真真切切听到，还是出于自己的幻觉。

　　——"我罪有应得。"

【12】杨雄

　　天一亮，他与蔡福交了班，顾不得一夜未眠的困乏，挨门挨户寻访大名府里最知名的医馆，卜肆，乃至道观寺院。无论郎中还是神棍，听了他描述的情况，一概扁了嘴摇摇头，一筹莫展。若在平日，以他的急性子，早砸了不知几家铺子了。

　　可是现在，忧虑和迷惑压倒了一切。他只是木然地问过一人又一人，来不及体会任何情绪。

　　最后在城外永福观，一个游方道人捋着胡须道："听施主所言，像是个神魂失散的症候。寻常药石自是无用。施主何不去麒麟阁讨教？"

　　"麒麟阁？卢员外家当铺？"

　　"正是。施主难道不知，麒麟阁可当得如意二字？"

　　一句"荒唐"刚到嘴边，被他强行咽了下去。所谓病笃乱投医。到了这个地步，哪里还由得他不信。

　　返回城里，他在客店遇到正要出门的燕青。

　　"这麒麟阁……听说是你家生意？"

　　"节级说笑了。莫说当日卢员外在时，小乙不过是个跑堂的伙计。如今员外自身都难保，那李都管如何还容得下小乙。"

　　燕青匆匆施了礼，踏进濛濛飞雪里走远了。

　　"听说你们这里……"他踏进光线昏暗的铺面，湿冷的空气里满是将要打烊的不耐烦。

　　高柜台后的伙计抬起半边脸，似笑非笑地看着他："客官可有什么心愿？"

　　他愣了一下，原本残存的一点迟疑在那一个莫名的瞬间土崩瓦解。好比将要溺死的人，没有资格去质疑那根救命稻草是不是别有用心。

　　"你们果真能……？"

乱琼碎玉在店门口踩下一片细碎的湿脚印，一分一寸向里试探。

"客官究竟想要什么，说出来，我们才好谈。"

"我有个兄弟，现今身陷囹圄，伤病交加，命悬一线，你们可能救得？"

"不知客官肯押什么为质？"

"身家性命，凡我所有。"

小伙计夸张地摇摇头："太少。"

"你……那你们要什么？"

"乱世呢……"那伙计继续摇着头，"人命才值几个钱……"

"听说贵阁最看重生魂……"

"客官，我们麒麟阁响当当的名号，难道是个人的魂魄都配拿来抵押？"

他极反常地没有发怒，没有说话，表情纹风不动。直直地瞪了那伙计半天，忽道："他也来过这里。"

这不是一个问句。柜台那边的伙计便也没有答。幽暗中对视了半晌，杨雄一声不响地转身离开。

回到客栈时燕青仍旧不在。又等了两个时辰才回来。他开始好奇，这孩子日日早出晚归，都在忙些什么。

燕青进门时便察觉气氛有异，却只不紧不慢地掸着斗笠上的雪："上回大雪时，索先锋吃他们赚了。今日城里处处戒严，谁知竟没人来。"

杨雄坐在背光处，眼皮儿也不抬一下，劈头便问："卢员外被捕时，你为什么要去救他？"

"他是我主人！"话一出口他便后悔不迭：那人眼见已锻成铁案，他还在这里辩解什么？

杨雄冷笑："员外的命就是你的命。你不救他，自家也活不成。"

"你在说什么……"

杨雄斩截地站起身来："我要回梁山。劳烦兄弟照看石三郎两日——

一自然，还有你主人。"

他也冷笑："节级这般信我？"

"他不是一个人。我也不是一个人。但有山高水低，梁山放不过你。"

他起身离开时，袖中掉出一件东西，仿佛无意间落在燕青面前的条几上。

是一支雕工精细的弩箭，干涸的紫黑色血渍盖不住双燕的纹饰。

还没来得及在心里掂量，燕青的惊诧已脱口而出："你……你们……另一枝呢？"

他微微停了半步，掂了掂手里的齐眉短棍，头也不曾回："董超薛霸的命案还没结。你若愿意，那支箭明日便会现身留守司中，梁中书案上。官府奈何不得梁山，难道还奈何不得你。"

燕青尝过那根短棍，只得咬了嘴唇，生生坐回原处。不知什么时候，那支弩箭已被他揉成几片碎木，白皙的手指上沾了腥臭的血污。

【13】戴宗

他一眼就认出了燕青，正如燕青一眼就认出了他。

三个月前，他们曾在卢俊义的刑场两端隔空对望。只一瞬间而已，那时两人便都心生奇怪的预感：他们还会重逢。

他向年轻人热诚地一揖："久仰大名。小可受了军师将令，来撒没头帖子，烦兄弟指点则个：大名府城内，哪处是最热闹，最要紧，往来客商必去的地方？"

燕青也当即换上一副面对陌生人的巧笑："这个却难。最要紧的是留守司门前横街，最热闹处当数翠云楼上齐楚阁子，要问往来客商必去的地方么，好汉可听说过麒麟阁？"

戴宗不知听进去几分，只一挥手："小官人请带路。"

燕青有意走得很慢。那人便耐心地跟在他身后，目光只落在风灯所及的三尺路面上，自始至终不曾流露哪怕一丝多余的情绪。他自然知道那人是替梁山来踏看路径，以为巷战做准备的。一路上不住地把言语去试探他。然而戴宗只心无旁骛地撒他的帖子，十停里勉强答上一停，也只是唯唯而已。

一夜奔波下来，天色微曙时燕青在街角停下脚步。戴宗兢兢业业地撒完了最后一张告示，终于抬起头来循着年轻人的目光望过去。黑洞洞的一个店面，里面没有灯光，却好像整夜不曾歇业，专等着他们上门。

"客官，这次也不进门？"

戴宗的目光从乌木牌匾移到他俊俏的脸上，古井般波澜不惊："军师让我转告你，这处生意，不需要再劳动你了。"

燕青的羽睫微微一颤，随即收紧了颌角的线条。片时沉默后，以一种破釜沉舟的决绝神情重新与他对视："你就真的，一点，一丁点，也不想进去看看？"

戴宗笑而不语，垂下头淡淡地打了个呵欠。

寂静的晨光里心跳声压得他喘不过气："大名府是河北第一重镇。梁山两番无功而返，你们沉得住气，牢里的病人可未必。"

三个月前的法场上，离石秀最近的官军弩手扣下悬刀之际，一条细长的匕首干净利落地斩断了弓弦和它后面的咽喉。"梁山泊好汉全伙在此"的宣言过于震撼人心，除了燕青根本无人注意到现场还有另一个杀手。

"吴用只让你监视他。而你……"燕青说得很慢，每个字都在等待对方沉不住气的反应，"你想救他。我都看见了。"

圆滑的青石沁了夜露，在昏黄的灯下泛起黑沉沉的、油腻的光泽。戴宗一向洁癖，到这里却全不介意，坐在路沿上悠然揉着疲惫的腿脚。

"他还剩半条命。这可能是最后一个机会了。"

年轻人咬牙切齿低语之际，戴宗从空包袱底下摸出最后一张黄纸——却是一叶甲马。

敏捷如燕青，也还是没能抓住那人。眼看夜鸟般的黑斗篷消失在视线边缘，年轻人不顾一切地朝他高声喊道："你站住！我问你，吴用要这麒麟阁，要这许多人的魂魄，他要干什么？"

出乎意料地，戴宗停了脚步，悠然等他气喘吁吁地赶上来，然后以一如既往的诚挚神色朝他一揖："军师是个有野心的人。——小官人珍重。后会有期。"

那时燕青简直气急败坏：世上怎会有这般油盐不进的人，竟无一个人，一件事，动得了他的心？

后来又经过了许多事，他才隐约透过那张诚挚的笑脸微微窥见一个通透到无形无质的灵魂。那人并非心无杂念，他只是太清楚自己的软肋在哪里，然后以最轻捷的脚步逃离一切可能的诱惑。

有一次他问起戴宗，学了神行法，是不是就可以享受自由？

真将那人哄进麒麟阁，燕青想，递给他的那半页账簿上写的将会是，自由。

戴宗答非所问："我从记事起就没有过家，只随便找个荒废的庙宇栖身。"

而他立刻就懂了。燕子没有自由，并非因为羽翼不够利、飞得不够快，而只是，任到天涯海角，心里总还拴着檐下的那个家。

"吴用就真的不担心我主人？"

"有你在，他不怕。"

"那，你就真的不担心石秀？"

"我也是上过刑场的人，难免心有戚戚。"戴宗仍是一贯的答非所问。却又在片刻的沉默后重新开口，"远路无轻担。我能为他做的只到这里。再多，就背不动了。"

紫毫象管，鹤骨鹭喙，多情的天子拂开半页黄纸，横内大书一行。临写，又问燕青道："寡人忘卿姓氏。"

"男女唤作燕青。"

自始至终不曾有半个字提到主人。他还有太长的路要走。再多哪怕一颗心的重量，就背不动了。

朱楼绣户之外，戴宗坐在道旁揉着酸冷的膝盖骨，抬头望见云破月来，又是一年上元佳节。

去年元夜时，花市灯如昼。

【14】时迁

他最后一次回望陷落火海的翠云楼。

三檐滴水，雕梁绣柱，名贯河北的第一高阁极是造得好。大半个时辰也不曾坍塌，直烧成一座冲天的鳌山。

他记起最高层阁子里那三五个年小的妇人，眉眼怯怯，许是初次来到这样的排场。火沿着楼梯一路烧上去，不曾留一线儿逃生的机会。

他将篮里最后两支闹蛾投进火场，然后转身，如一只鼠类消失在骚乱的缝隙里。

他还有更重要，更艰难的任务。

时迁摸进库房的时候已近午夜，满城里人喊马嘶，四处火光冲天，是千百年里最热闹的一个上元节。

同所有当铺一样，麒麟阁库房里收藏着那些积年无人赎回的死当。

低空里的彤云映亮了回廊，却照不进厅堂深处。只见千篇一律的阁子都被手臂粗的木栅围起，好似里面关着嗜血的猛兽。

他在刀尖上讨了一辈子的生活，却在踏进这处隐蔽院落的那一刻根根寒毛倒竖，心底的恐惧如杂草疯长。

木栅背后一律是深不见底的，静谧无声的黑暗。而他分明察觉，有人——是人么？——在盯着他。

"就算在强盗窝里，蠹贼也是最低贱的下九流。"

他猛打了个寒噤，拼死咬断了一声"谁?！"

对方显然也在拈掇他，专拣他稍微放松下来时再次出手："他们痛快厮杀，细马拣骑，论秤分金银。你呢，到死也只如阴沟里的老鼠一样，到人脚下讨两口残羹冷炙？"

他重新缩紧身体，四下里打量一圈，什么也没有看到。只觉每一道栅栏的缝隙里都如洪水般倾泻着窃窃私语。

"你第一个放起火来，待打破城子，救出玉麒麟，功劳簿上能排到第几，你猜？"

火烧得地动山摇，却怎么也烧不进卢家宅院。他站在透骨的寒风里，仰望被烟尘和云翳层层遮蔽的星空。

长久的僵持后他打破了沉默："你，休想赚我。"

"他们上应天星，你是什么？天庭容得下贼星？"

他忽地笑出声："天庭只怕没有，但凡有这么个地方，容不容我进去，却不由它。"

一霎静默。他知道风向转了。篮儿里的硫磺硝石早已撒了满院。冰冷的手指在袖中最后一次摩挲火石。

他听到一声叹息。

"在我这里，你本可以当到时来运转，出人头地，当到否极泰来，夺胎换骨。可惜鼠目寸光。直起腰来做人的日子，你连想都不敢想。"

火花绽放在他指尖，轻快地飘落在竹篮里的料头上。微不足道的星火之光，与墙外的火海相比渺小到不值一哂。却倔强地萌发，生长，蔓延，盛放，一转身的工夫便卷噬整座院落。

牢狱般的木栅轰然坍圮。他分明听见如释重负的叹息和绝处逢生的欢呼，熙熙攘攘此起彼伏，千百叶隐匿于暗夜的黑色羽翼穿透阴司硫火与凡间烈焰，将一句发自肺腑的低语送到他耳畔。

谢谢你。我们自由了。

出到长街上，迎面遇见吴用，劈头向他伸出手："账簿。"

时迁咚的一声跪倒在他脚边："小人万死！去迟一步，麒麟阁已被烧作瓦砾场。"

吴用半晌作不得声。死盯住那张覆满尘灰的，卑贱丑陋的脸。

平生第一次，他错估了一枚灵魂的分量。

羽毛扇太小，扇不散满院烟熏火燎的焦糊味。吴用踏着一地残砖断瓦走进麒麟阁后堂，只见满眼黑色的灰烬。

铺面里的花梨木柜台却奇迹般地完好无损，同时幸免于难的还有高高的柜台后，长年只露出半边脸的伙计。

天花板上垂下来的丝线却都断了。伙计的四肢轻飘飘地在冷风里荡来荡去。脑袋滴溜溜地撂在柜台上，仍是风流俊俏的一张脸。

正待离场时，柴进风风火火闯进来："蔡节级上覆军师，求救一城百姓。"

他用扇子半遮了脸："员外呢？"

"已救出来了，往家去打点细软准备同去梁山。"

他点点头，转眼去看冰盘般的满月。往年这时候，该是桂华流瓦，千门如昼，钿车罗帕。而今夜的天空却是澄净的橘色，黯淡的星辰无声地耳语着不祥的预感。

"这么冷的天，不如烧把火，教大家暖和一下。"

"军师……"

"传我将令。放火烧城。"

【15】石秀

石秀从牢里出来，迎面撞上时迁。那人不由分说将他抱了个满怀，随即又尴尬地撒开手，赧然道："小人该死。"

石秀是个精细的人。最初的惊诧之后，下意识将衣裳里外摸了一遍。随即哑然失笑：死囚牢里出来的人，还能有什么可偷的不成？

笑意还不曾收尽，却在衣襟里摸到半页竹纸。电光石火的一闪念，猛一回头正要唤人，哪里还有时迁的影子。只见杨雄不知几时赶来，擎着腰刀，一语不发，一路将他拎到城外梁山营地里。

"脱衣服。"

"哥……"他忍俊不禁，呼吸却早乱了阵脚。

杨雄也没有勉强，只扯动嘴角笑了一下，轻轻解开自己的衣襟。

他惊得倒吸一口冷气。橘色的火光下，杨雄前胸后背密布伤痕，纵横交错的图案莫名眼熟，简直……就像从他身上拓下来的一样。

"这……这是什么邪术？"

"你可知道，燕青为什么离不开他主人？"

"什么……？"

"员外与他结过血契。"杨雄终是忍不住，将他揽进怀里死死扣住，"订了这契约，两人便同生同死，同病同伤。"

"你是为了……救我？"

杨雄眼里浮起某种恨意："我去狱中看过你。你知道么？"

他下意识地摇头，又当即恍然，心虚地捂住自己的嘴："我梦见过你……说了许多不该说的话……"

杨雄没料到他应得如此利索，一时竟不知如何收场，甚至无力质问对方那天的供词是否出于本心。数月的煎熬里他积攒了满腔的爱与恨，此刻却无从说起，亦知无需再说什么。他们是一对亡命徒，背着血债，滚进罪恶的泥淖里抵死偷欢。他们别无选择。那种爱正如他们遍布疤痕与血污的灵魂，不问善恶是非，只知野蛮生长，等到他们察觉时，便是阴曹地府里十八般酷刑也奈何不得了。

血色的月下，两人互相躲着视线，不约而同地叹了口气。

"你的罪就是我的罪，你的命就是我的命。从今往后，小心点活。"杨雄解下斗篷，不容反抗地裹在他身上，"回营去吧。外面冷……我们要算的账太多了。"

北京城里的大火烧了一整夜。扭曲挣扎的光影，女人和孩子的哭喊，血肉焦糊的味道，即使在城外的梁山营寨里，即使在最沉醉的熟睡中，也无处可逃。

石秀在凌晨最冷的时候惊醒。帐里的炭火仍殷勤地燃着，行军的铺盖并不很厚，但在情人怀里感觉不到分毫寒意。

就着微弱的火光他重新摸出那半页账簿。泛黄的竹纸似经过无数只手的摩挲，龙飞凤舞的"执念"二字几乎已被揉烂。

正凝神间，杨雄也醒了。他一个激灵将账簿掖进枕头下面，掩饰地伸了伸懒腰。

心照不宣地，他从未对杨雄提起麒麟阁，杨雄也从未问过。

"哥哥杀了王太守一家老小。"他先发制人。

"军师将令。"

他不加掩饰地叹息一声："当日过堂时，王太守惧怕梁山，不敢发落，倒算是……救了我与员外一命。"

杨雄猛想起什么来，扳过他的脸："你那时候活蹦乱跳的，后来忽然一病不起，敢是……牢里有人欺负你？"

他怔了一下，却当不住那人的逼视，几番踌躇后不得不开口："腊八节，燕青送来的饭……员外心里不好，都让给我吃了。"

"你是说……"

石秀轻快地一笑："可怜见的，也不知哪里千辛万苦化来一钵，顾不得新不新鲜了。"

回到梁山后石秀去向时迁道谢，同时难免压不住好奇心，千方百计地试探：这半页账簿，是在哪里找到的？

时迁嘻嘻一笑："任它上天入地，就是阎王老子的生死簿，也搁不住小人惦记。"

他情知问不出端的，也只得一笑了之。闲聊几句，待要离开时到底不甘心，回转来压低了声音："你可见到……燕青兄弟的……当票？"

时迁也收了笑，只是摇头。却又在他转身离去时拉住他，声音低到近乎耳语："但是，我看见了……员外的。"

【16】燕青

石秀过来时他正在烧纸钱。轻柔的火焰如一朵接一朵破茧而出的蝴蝶，在无月的暗夜里绚烂地生发和寂灭。

背后由远而近的脚步带起一阵风，纸灰打着旋，扑了他一身一脸。

除了那人，还有谁会让他如此狼狈。

"小乙兄弟可是在祭人？"

长时间盯着火焰，转开视线时只觉眼前一片虚幻的暗影，也看不清那人脸上的表情。他只是冷冷一笑："祭大名府的无辜生灵。"

"军师这次是敲山震虎，只是忒毒了些。"

他向旁边的皂荚树上掷了块碎石，惊起一巢夜鸟。"岂止军师。那日刑场外七八十条性命，可有一人是官军……"

四更已过。正是黎明前最浓稠的黑暗。连冷风都像被冻住了一般，缠在身上赶也赶不走。

"若不是那样。小乙兄弟现在就只需祭我与员外两人了。"

纸钱燃尽，只剩柴草间微弱的火苗。眼前白亮的幻影渐渐消融。借着最后一盏晨星他看到石秀瞳仁里的反光，却忽然全身凉透，不由得打了个寒噤。

那是大名府十年来最冷的一个秋天，槐树叶子落尽的九月，反常地下了那么大的雨。挥刀的动作流畅而干脆，无辜的鲜血像雨点一样湿透全身，刚刚离开残肢和尸体的猩红，是凄风冷雨里惟一的温度。

那时的石秀，脸上便是这样的专注，眼瞳里便是这样的冰冷。仿佛整个世界在他的注视下都会被冻僵。

"我既救了员外，就不会再让他出事。不然我也白费力了。小乙兄弟，你好生记着这句话。"

若在平时他会觉得不值一哂。可此时此刻，他生生被那人的一个眼神镇住了。便是修罗恶鬼，面对生灵也有悲喜，有爱憎。而这人，不曾有一丝一毫的动容。

石秀却笑了。眉眼弯弯处亲切的笑意让燕青一阵懊恼——他被赚了。"小乙兄弟，你说，什么是自由？"

"自由……"他还没有从刚才那一个眼神的震慑里恢复，讷讷地开口，自己都不知道自己在说什么，"想来是，海阔凭鱼跃，天高任鸟飞。"

一阵短暂的沉默。皂荚树上被惊起的鹳鸟小心翼翼地返回巢中，探头探脑地确认周围的安全。隐约能听到雏鸟细弱的呢喃。

"像你这么大的时候，我已经漂泊了差不多十年。"石秀的声音里带着一丝久违的柔软，他努力回忆，终于记起那是他第一次见到这个人，和杨雄并肩站着，不得不开口时便是这样的柔软。"一个人无牵无挂，算不得什么自由。"

如果自由是鸟的福祉，也只因不管飞到哪里，都有一枚巢在原地等它回家。

他懂了那人的意思，却不敢再表露情绪，只面无表情地垂了头。

"小乙年轻，自不如哥哥洞明世事。"隔着眼睑他感到东方透出第一缕曙光。睁开眼，果然，夜幕被撕开了一道血红的伤口。"哥哥走南闯北，行万里路如读万卷书，可知这奴才二字是几笔写成？"

对方并不介意他语气里的冒犯："石秀是个粗人，自不如小乙兄弟读书明理。痴长三十年，只认得一个忠字，一个义字而已。"

"你不懂！"他终于沉不住气了。自幼耳濡目染勤学苦练，他自以为最精熟的技艺便是与人说话。只到今天，遇上这个人，竟句句直抵他的底线，让他一身本事无处可施。"你可以说，你吃过多少苦受过多少罪，说我身在福中不知福，说我忘恩负义，说我禽兽不如……随你说。你根本不懂……有一种鸟儿，乍向草中耿介死，不求黄金笼下生。你……你可曾做过一天，一刻，一刹那的奴才?！"

石秀没有立刻回答，轻轻按住他的肩头让他重新坐下来。东方的天空正褪去灰蓝的夜色，转青，转白，层层流云渐次绽放出华彩。

却还是冷。

片刻的沉默里，他又整理出许多蓄势待发的辩词，只待石秀开口，就一一回敬过去。但那人只是凝神看着山脚下初融的湖面和苍白的波光，嘴角带着若有若无的微笑。

"你……在想什么？"他说了那许多，倒也平静下来。那人不是专程来看他笑话的。他知道。

石秀转过脸来看着他的眼睛："我在想，你为什么一直不走？在麒麟阁那么多年……"

"我走不掉。当初他为了拴住我，你根本不知道……"

"那后来呢？现在呢？"石秀坦率地看进他眼里，"你和员外的血契已经结束了。"

燕青猛地深吸一口气，透骨寒意灌满胸腔：他连这都知道！

石秀最后一次拍拍他的肩膀："我没有笑话你的意思。你放不下他。这是好事。"

上元夜，他与主人重逢于卢家画堂前。卢俊义一步一步走近，用足以碾断肋骨的力量搂住他，将脸埋进他发间失声恸哭。

从记事起他一直是这座堂皇宅院里一件精美的饰品，而现在，他成了主人的家。

彼时的燕青无意识地攥住对方的囚衣，触手黏腻的不洁感来自主母的新血，而他的心思忽然游离到了十年前。

十年前，就在他们现在所站的位置。雕青匠人一寸寸刺伤他的肌肤时，主人必定也在承受同样的疼痛。

心头滚过一声惊雷。

那个人爱他。

刹那的动容和谅解，足够他们再厮守十年八年。

【17】燕青

从方腊的帮源洞里一路杀出来，远远看见山谷里一张张沾满血污的熟悉的面孔，恍如隔世。

刹那间重逢的惊喜，紧跟着的便是冰冷而沉重的恐惧："告诉我，都有谁……"

卢俊义转过脸，躲开他的目光："兄弟们都在这里，你自己看少了谁，就知道了。"

班师返回杭州。六和寺里远远近近的梵音声声入耳，时迁不知几时在他身旁跪下，将展开的手心递到他眼前。

"这是一道寄魂符。石秀哥哥最后带在身上的。想是留给你的罢。"

竟连这小蟊贼都知道了。然而他没来得及着恼，双手已不受控制地将那页纸展开。

薄脆泛黄的竹纸上，七歪八扭无从辨认的字迹有种遥远的熟稔。干涸褪色的血迹向来给他污秽之感，然而这页纸上飞溅的点点红色却如瓣瓣杏花，仿佛永远不会褪去最初的鲜艳与纯净。

那纯净如此刺眼。他转过身去静默了许久，才终于将泪水收回眶中。

"杨节级何在？"即使所有人都知道了，他也仍欠他们一个解释，一句致歉。

"死了。"时迁的脸上看不到任何表情。

"墓冢何在？"

"三百里外昱岭关。"

"灵位何在？"

"五七已过。烧化了。"

他转身出了禅堂，时迁跟在后面，两人信步走到钱塘江边。

江风里裹着细小的水雾，散发淡淡的水腥气。堤岸上的草木树石簌簌摇动，交换着兴奋的耳语。连他手中那一页软而轻薄的纸也开始不安分地颤抖。

他用力将它攥得更紧些。

石秀大概是第三个知晓他的来历的人。

他始终不敢多想，那个当时只是一面之缘的陌生人是如何看透了他的本质。

十三岁，并不是他被主人收养的年纪，而是他"出世"时主人的设计。

他是巧手匠人为卢俊义打造的一具人偶。

而已。

有和常人一样的血肉肤发，一笑一颦，贪嗔痴爱，他所缺的，只是一枚灵魂。

主人仿佛，仿佛说过，会有一天，他会从解库收到的当头里挑一件最华美的精品，赏给他。

游丝般缥缈的一句诱惑，就死死缠住了他的羽翼。

可主人终不曾兑现。直到麒麟阁与大名府一同葬于火海，数十载精心收藏顷刻化为乌有。

他是他的主人。他又能说什么？

而如今，这个名叫石秀的砍柴汉，这个曾被他打翻在地，曾与他脱刃相向，曾让他心惊胆寒自惭形秽嗤之以鼻咬牙切齿的陌生人，在生命的最后一刻，将魂魄留给他。

有了灵魂，他便得了自由。

中秋的满月将远方一道潮线映得雪亮。万马奔腾的轰鸣声声入耳，堤下的江水开始不安分地涌动，一道道涡流将月亮的倒影卷碎了一遍又一遍。

他缓缓撕碎了那一叶溅满杏花般鲜艳血迹的符纸，鹅黄色的碎片被江风卷走，却并没有飞出很远。只静静落在堤下墨色的水流中，一眨眼就已无影无踪。

时迁一直站在他身后不远处。嘈杂的潮音里两人不曾有一句交谈。当他转回身去，时迁正凝神望向夜空。

满月那么明亮。谁也发现不了角落里那一颗小小的，微明的，橘色的星。

【18】卢俊义

燕青进来的时候，他一如既往地坐在没有点灯的窗口发呆。

这几个月里，他发呆的时间比过去几十年里的加在一起还要多。

有时候他想，要是那时多一点时间用来发呆，会不会有什么就不会这样发生。

怕是不会……有些事是迟早的，必然的，就像人要长大，成熟，老去。当他看见燕青身上整齐的行装，只对着自己脚下的黑影眨了眨眼睛。

"小乙只有一事仍要问。昱岭关……到底发生了什么？"

卢俊义一反平日的迟钝，当场听出了弦外之音："怎么会……石秀是我的恩人。"

他们的时间不多了。燕青竟在和他纠缠这个。

"他拼着性命救你。你却将他……就这样葬送了。"

他忍无可忍："小乙，你我之间，只有一个人，要过石秀的命。"

燕青松开拳头，抬眼朝向他，却躲开了他的目光。"我一度恨他。他猜到的太多了。"

卢俊义干笑一声："你觊觎他的灵魂。你哪里肯放过这样好的东西……"

是的。那是他所见过最强，最韧，最生机勃勃，明亮到让人根本移不开眼的，灵魂。

跪。伏。拜。叩。礼成。

燕青起身，轻轻掸去膝上的尘土。

上一回他这样站起来时，十三岁少年晶亮的眸子怯生生地盯着他的下颌，柔软而清脆的嗓音唤着陌生的词汇——"主人。"

如今那双眸子已经如黑曜石般不透明，脱口而出的"主人"千回百转，只是辨不出那一丝眷恋的真假。

让他走。他命令自己。让他走。

你辞我，待要哪里去。

"小乙，如果你还想要……"

"魂魄即是羁绊。小乙不要也罢。"

原来也只恁地。

在门口燕青与一个匆匆跑来的传令兵士撞了个满怀。那兵士也顾不得道歉，从地上爬起来冲进房中。

他耳中仍充斥着燕青渐行渐远的脚步声，只在无限短的间隙里听到"时头领"和"搅肠痧"之类零散而模糊的词语。

那一定很疼吧。直到半年后泗州境内的淮河里，他扶着船舷被痛楚和疲惫压得直不起腰来，才无端想到了那具瘦小的，下葬前他甚至不曾去看过一眼的尸体。

若说昱岭关有过任何阴谋，他派时迁去做那根本不可能完成的任务时，并不担心那人能不能活着回来。

麒麟阁被烧，不是时迁的罪。但他永远无法原谅他。

至于吴用，他满怀遗憾地想，那人的收稍，他看不到了。

最后一点半明半昧的意识里，他又见到那个匠人。

从现在起，他就是你的了。那人的脸上堆满一种媚俗的，含义不明的笑。

他是你的了。从那天起的漫长时光里，他始终不停地温习着这句话曾给他的温暖与狂热。

匠人说，他和真正的人没什么两样。只是没有灵魂。

而这样也好。匠人说，主人就是他生命的全部。他的心里，除了你，容不下其他任何人。

直到你死去。

小乙，我给你自由。

【19】杨志

　　借的是农家舍院，茅檐低小，屋里陈设勉强齐备。好在二月的天气一日暖似一日，一床薄絮也将将抵住长夜里的清寒。

　　吴用的目光扫过枕席被褥，床头低矮的条几，几上的茶盏和药碗，床下的杂物，屋角的箱笼。心里极反常地渗出一丝酸楚。

　　踩着兄弟们的尸骨一路过来，不曾有过一霎迟疑。却在这里软了腿脚，每一步都疲惫踉跄，不堪重负。

　　许是因为，这个人，从来都和他们不一样。

　　病人醒转过来，踌躇片刻，放弃了试图坐起的努力，只将脸微微转向墙角："恭贺军师凯旋。"

　　他直接没收了对方的客套："小生冒昧，报捷的奏表上给制使报作'病亡'，使得么？"

　　杨志将哭笑不得的脸转回来："你说呢？"

　　"制使勿多心。我们这一起山贼草寇，回朝去未必有结果。你却可以就此脱身。"语气冷静如斯，宛如当年恬然一句"即日春暖，正好厮杀。"

　　病人也吐了口气，两眼直直望向积满尘土的房梁。长久的沉默中只听见外面宿雨初晴，檐漏一声疏一声慢，眼睁睁地断了春消息。

　　冷场间，仆从进来服侍病人吃药。有那么一刹那吴用觉得自己是不是应该回避，未及开口，杨志已任由仆人半扶半抱抬起身躯，斜靠在床头吃那人手里的茶和药。

　　吴用眼眶一酸，险些当场落泪。这样一个人，须是经历了怎样的磨难和绝望，才会这样毫无顾忌地在外人面前流露软弱。

　　杨志敏锐地捕捉到他眼里的怜悯，洒然笑道："小时候，听说有个会相术的道士看过洒家，说洒家这一生风雨如晦，有天无日。那时家境还好，谁也不曾信。事到如今……"

　　"我赶了一夜的路，不是来听你说丧气话的。"吴用梗着脖子吞下突如其来的烦躁，从袖中取出半页泛黄的竹纸，咚的一声压在药碗下，"你不会知道我为了弄到这张纸，付出了怎样的代价。而我只希望，你不要辜负它。"

陈年账簿散发着淡淡的霉味。瞬间的惊讶之后，病人伸出颤抖的手试图挪开药碗。未上釉的粗陶碾过濡湿的竹纸，将一个被汤药渍得不成形的"正"字拦腰斩断。

"……为什么给我这个？"

理所当然的答案滑到唇边，又被他不动声色地原地咬碎。杨志是他的野心的第一个牺牲品。然而现在，亘在他腔子里、将每一次呼吸都磨得生疼的，早已不只是负疚。

最后他只简短地说："你和我们不一样。你需要它。"

枯槁的指尖蹚过几案上小小一滩苦涩的水渍，只三五个回合便将那半页账簿碾成一堆糟污的纸泥。

"我就算脱身，就算病起，却还能往哪里去？"

"小种相公几番邀智深师父入幕，师父不肯，却写了信荐你。"吴用从怀里摸出信封，说辞早已千锤百炼，"制使平生所愿，只在边庭立功……"

杨志的眼睛亮了一霎，随即笑得直咳嗽："他还会写信？"

说者无心。吴用却煞白了脸，手中信笺应声而落。

钱塘江上潮信来，今日方知我是我。

看到那帖偈语之前，任谁也不信鲁智深会写字。

他熟知一百零八种报丧辞令，没有一种能在此刻稍稍替他抵御恐慌。

落荒而逃之际杨志唤住了他："军师要入朝面圣？"

"是。"

"既知没结果，也要去？"

"是。"

"为了宋先锋？"

吴用掐住门框，浸透了雨水的桐木被抠出一排指甲印。

"……是。"

那是他要付的，代价。

【20】李逵

又一个枯涩乏味的夜晚。喝干了三坛酒，却无论如何也醉不了。他烦躁起来，将杯盘碗盏砸了一地，全然不记得当初分别时，宋江嘱咐他谨言慎行的话。

天杀的皇帝老儿。俺兄弟们几十条性命换你江山太平，你就生生拆了俺们骨肉。

他从枕头底下摸出那小小一轴帛卷，展开来用粗大的手掌轻轻抚过。军师说，那上面是当年一百零八个兄弟的名号。

屋里没有点灯，只从窗里透过少许暗昧的月光。他倒不介意。反正那上面的蝇头小楷他也认不得几个，只是这么看着，摸着，心里仿佛就有了那么一分踏实。

不知几时窗外响起一声苍老的咳嗽，轻微的声响竟将他惊得从床上跳下来。

"谁?！"他还没来得及去捞那对板斧，已自僵在原地，"娘……？"

一个佝偻的影子在泛黄的窗纸上一点一点清晰起来。

"娘……娘……真是你……"他是想立刻扑到门外，可脚下却像被鬼缠住了一样，竟动弹不得。

"铁牛。我的儿……"颤巍巍的声音瞬间将他带回十年前，那一声"我儿，端的渴杀我也。"

那是他对她最后的记忆。

"我儿莫要出来。你身上阳气盛，娘一线儿阴魂怕是近不得……"

"那……我不出去。铁牛不出去。"他仿佛刚刚被解开了穴道，血液重新开始流动。用最轻巧的脚步走到窗前，跪在地上，颤抖的手指贪婪地画着窗纸上那个若有若无的轮廓。

"娘……娘你撇得俺铁牛好苦，怎么今日才回来……"他使劲睁大眼睛，可是泪水还是不争气地涌上来，模糊了视线。他恨恨地拿衣袖擦干，擦了又擦，最后终于无奈地放弃了。

"我儿在梁山上快活，娘看在眼里，只近不得前。今日遇见一个叫燕小乙的，说我儿一个人在这里闷杀了，才将娘从阴司里带出来。"那影子也抬起手，与他的掌心相叠，只隔着薄薄一层竹纸。仿佛还能感到若有若无的体温。

"什么？小乙哥他……"

"我儿莫急。燕小官人是阳世人，会使法术……"

"哦。那就好。娘，你在那边可受苦，逢年过节送去的东西可都能收到？"

"好。娘啥都好。见我儿在这里做了官，娘心里乐，受啥苦也不碍事。"那样模糊的影子，他还是清晰地感到，她在笑。"我儿莫忘了谢燕小官人。"

"唉……"重逢的惊喜过后，他虽有千言万语，此时也抓不出个头绪来。只觉得与娘谈论燕小乙，多少有些奇怪。"小乙哥也不知去哪里快活了……俺才不想做这鸟官，可是公明哥哥嘱咐的……"

影子微微点了点头："那宋大官人和燕小官人，哪个对你好？"

"娘……"他窘迫地抓了抓蓬乱的发髻，心里一团乱麻，"说这个干什么……"

月影一寸一寸西斜。他使尽全身力气撑着眼皮，却还是鬼使神差地睡着了。

自从梁山上下来，这么多年，竟从来不曾睡过这么安稳的一觉。

第二天早上军健来叫他，将门拍得山响，却仍旧压不住雷鸣般的鼾声。

"李统制！李统制醒醒！李统制，楚州的宋安抚差人带信来了！"

鼾声戛然而止。房门霍地一声被拉开，他还赤着上身："什么？你说公明哥哥……"

"宋安抚差人来请统制大人，去楚州小聚。"

惺忪的睡眼立刻睁得滚圆："快！来人！备马！"

一旁小心侍立的军健们面面相觑。过去从没发现，这凶神恶煞的天杀星竟也会笑，笑起来竟还带着一对酒窝。

穿好衣服离开时，偶然看见门环上系着一根破旧的布条，一瞥之下有种莫名的熟稔。而他只顾匆匆启程，都没来得及多看上一眼。

直到生命的最后半刻，他也不曾忆起，那是他当年在麒麟阁后堂与燕青摔跤时，丫髻上被解去的那条头巾。

幻·魔

【1】

乔洌的名字取自一眼清甜的泉水。在他们的家乡泾原，荒寒而干旱的山地里，每一滴水都像眼泪一样珍贵。很多父母都给孩子取水字边的名字，就好象是一种祝福，让他们在后面的日子里免于干渴。

而正如泾原这个名字本身一样，那些带着水意的姓名也不过是明知无益的一厢情愿。

孙安随父母刚搬到村里的时候，乔洌是第一个未受邀请的访客。孙家自称是山西什么地方来的，具体什么地方乔洌已经忘记了，只记得孙安的父亲手指着东边，口里说着山西，那种奇怪的悖谬感给乔洌留下了深刻的印象。

孙安的父亲则惊异于乔洌眼神里不属于他那个年龄的敏锐。那时候孙安比乔洌高出半头，而孙安的父亲还是对孙安说："怎么不叫哥哥？"

孙安的目光迅速扫过乔洌，扫过来又扫过去，始终不敢在他身上多停半刻。直到大人们都去忙各自的事，屋里只剩下他们两人时，孙安才盯着窗户外面，含糊地叫了一声"哥哥"。

"嗯。"乔洌认真地答应了一声。他伸出右手，做出一个友好的手势，而孙安悄悄后退了半步，小心翼翼地把手藏在背后。

直到后来他们开始相熟，孙安才挠着脑袋告诉他：“我看见你的手那么白，那么干净，吓得我都不敢碰了。”

乔洌莞尔一笑，拿树枝在沙土上写了一个洌字：“这是我的名字，意思是，清澈。”

孙安下意识地抬头看了一眼他的眼睛。

“我们这里的人起名字都带水字。”乔洌继续教育他，“你最好也改个名字。不然他们知道你是外面来的，会欺负你。”乔洌小时候又矮又瘦，是村里挨揍最多的孩子。

孙安友好地笑了一下，但显然没有把他的话当回事。后来当他们成了形影不离的玩伴，孙安偶尔在他面前展现出开朗的一面。他乐于向乔洌炫耀他结实的拳头。“你看，”他拿着乔洌的手，放在自己铁硬的手臂上，脸上写满孩子的得意，“谁敢欺负我们？”

乔洌轻轻触了一下他的手腕，然后就好像被烫了一下似的，匆匆收回手来。

“你说的，我们。”他用力盯着孙安的眼睛，将最后两个字咬得很重。

“嗯？”孙安显然迷惑于乔洌忽然间的郑重其事。

乔洌像大人一样耸了耸肩膀，没有再说什么。

在他们还是孩子的时候，乔洌记得，孙安个子不高，并不出奇地强壮。然而他的骨骼硬得像石头，不怕疼又不怕死，方圆几十里没人敢和他打架。而另一方面，孙安并不爱惹是生非，正相反，他拙于人事，讷于言语，沉静得不像个孩子。当他们一起坐在那些荒凉的山里，坐在那些千篇一律的石块上，乔洌无聊到了极点，任何一点不寻常的光影和声音都勾起他的好奇；而孙安只是坐在那里，眼神宁静，仔细看才能发现他的脸颊在微微地起伏，这似乎是他身上唯一一处会动的地方。

“像只骆驼。”乔洌忍不住说。

泾原地处边陲，民风尚武。村里十来岁的男孩一起学武，师傅最偏爱孙安，虽然他从不说，也没有什么表示，可谁都能看出来。就如同乔洌在习武的第一天就看出来师傅认为他是个废物。

习武之人当稳重如山。妇人水性尚且不堪，何况男子。

这些话师傅从没说过，但是乔洌觉得他每天都能听到师傅这样说。

十五岁乔洌一个人离开了他们生长的小村庄。他没有去和孙安道别，只是在自己家里留下一幅字，上面只有"崆峒"两个字。他当然知道爹娘都是目不识丁的。

在崆峒山的道观里乔洌穷极无聊，惟一的慰藉就是想象孙安会来找他，想象他一路焦急询问的样子，想象两人会面的场景。石阶，山门，丹房，药圃，周围的每一个地点都热情地加入他关于重逢的幻想。有时候他甚至相信孙安早已启程，只是中途迷了路，生了病，或是遇到了一个美艳的妇人。这么想的时候乔洌心急如焚，再坐不住半刻，当场就想下山去找到他。

这样过了十年，谁也没来找过他。乔洌终于不得不承认，他败给了自己的内心。

二十五岁时乔洌决定下山。

道虚还和往常一样在打坐，口里呐呐地念着经文。他的脸颊微微地起伏着，乔洌在背后看见，恍惚仿佛想起了什么，那念头倏忽而过，凝神去抓它时，早就从指缝间滑落了。

乔洌低下头，和往常一样，站着。道虚不喜欢也不需要别人打断他。每当徒弟们有什么事找他，只需在他背后恭敬地站上片刻，他自然会接待。

"你可以走了。"一盏茶工夫之后道虚起来，和颜悦色地向乔洌点点头。

"师父，我是说……"

道虚又点了点头："是的。我知道。所以我说，你可以走了。"

乔浏心里忽然很失落。虽然他打定主意要下山，可潜意识里还是希望看到道虚的惊讶和不舍。这十年里他始终认为自己是道虚门下最出色的弟子，没有之一。

"师父待我恩重如山，乔浏惭愧。"他小心地试探。

道虚忍俊不禁地笑了一笑。乔浏看在眼里，他将那一抹笑意解读成"好吧，既然你这么诚心。"

道虚说："我门下子弟出师，照例要还一份人情。从此之后两不相欠。"

乔浏连忙跪下。他下跪的姿势炉火纯青，然而毫无诚意。每次他跪在道虚脚边，道虚看着他，都会在心里感叹这孩子天生不是给人下跪的。"师父但有驱遣，乔浏万死不辞。"

道虚示意他站起来，脸上仍是笑，只是这一回乔浏再也读不出笑容背后的文字。"我只要你的一点。"

"一……哪一点？"

"这一点。"道虚走到案前，蘸着半枯的墨写下一个"浏"字。"就是这一点。"他的笔尖停在两点水中间，几乎碰到了纸面，仿佛随时都会落下笔去。

然而终于没有。从此以后，乔浏改名乔浏，他沮丧地发现除了他自己之外没有任何人能注意到这小小的一点变化。

"弟子听说……姓字不全之人，不可得道……"当时他试图做最后的一点抵抗。

道虚冷笑："你这样十魔侵本，百祟缠身之人，还妄想得道？"

【2】

夏天的傍晚乔浏终于走到了官道的尽头，黄昏时分尘土和热气在地平线上蒸腾，他白色的道袍浸透了汗水和灰尘，散发着难闻的气味。

是这种污浊的感觉让他知道，到家了。

孙安的家还在原来的地方。敦实的土墙还是老样子，散发膻气的牛羊还是老样子，贫瘠的土地也还是老样子。孙安直到掌灯时分才回到家，见到乔冽的时候笑得很开心，然而除此之外似乎并没有更多的表示。仿佛十年之后乔冽走了几百里路回来，寻他，等他，都不过是世界上最自然的事。

他们幼时坐过的竹凳已然破旧不堪，乔冽小心地坐在上面，在心里数着道虚所说的十魔百祟，他相信其中的一种，如果不是很多种，名叫孙安。

"所以，你现在是个道士？"听孙安的语气，仿佛这是什么特别滑稽的事。

"是。所以你最好别得罪我。"他沉下脸，看着孙安的眼睛。分别十年后孙安的脸完全改变了模样，只有沉静的眸子让他感到熟稔。

孙安显然认为这只是乔冽的另一个玩笑，并没有注意到在那人的眼睛里，冰冷已经取代了清澈。"我听说道士都要另起个道号什么的？"

"你以后可以叫我道清。"他随口编了个名字。事实上在崆峒山上他始终用着他的本名。他拒绝了道虚给他起的道号，生怕孙安会因此找不到他。——就好像孙安真的会去找他似的。

他们像陌生人一样长久地看着对方。很久之后孙安忽然问："那么，你会什么？"他似乎明知道这是道士们最讨厌的问题，而偏偏要这样问。

孙安的嗓音和他的筋骨一样厚实有力。多年的习武和劳作，他长成了一个铁塔般的壮汉。乔冽一语不发地拉起他的手，将自己苍白瘦削的手腕扣在他黝黑粗壮的手腕上，肌肤相触，隐隐能感到彼此的脉搏。

孙安的脸上划过一丝不自在的表情，但最终还是顺从地配合着乔冽古怪的举动。有那么一个瞬间他的手指无意识地动了一下，似乎不受控制地想抓住什么。但他最终什么都没有做。他忽然觉得这已经不可能了。

我恨你。与此同时他听到乔冽说。"听到"这个词在这里显然不准确。乔冽的嘴唇一动也没动，孙安在一瞬间以为那是自己的幻觉。而当他疑惑地看着乔冽，对方的面容冰冷而莫测，而因此更加让他确信，刚才他所听到的声音无比真实。

乔冽从来没有喜欢过自己的家乡。这是大宋国版图上最不起眼的角落。从没有人穿白色的衣服，即使穿了，也很快会被尘土和风沙染得污浊不堪。乔冽十五岁时，一个游方道士路过他的村庄，他几乎在看见道士的第一眼就被那人一袭雪白的道袍魇住了。

十年后他回来，孙安告诉他，山后那口清甜的泉水在那个夏天干涸。说话的时候孙安用复杂的眼神看着乔冽雪白的道袍。这个夏天泾原滴雨未落，土地裂开几尺深的沟壑，有人家的牛羊活活渴死，人们一边割开它们的血管，挤出它们体内最后一滴粘稠的液体，一边麻木地想着也许明天躺在这里的尸体就是自己。

孙安有一次终于忍不住，问乔冽："你会法术……就不能做点什么……"

乔冽嘴角勾起一丝冷笑："旱灾乃是天谴，岂人力可强。——不过，你要是怀疑我的法术，就该问我哪里来的水天天洗这白衣服。"

孙安心里有点不舒服，但他早已习惯乔冽的不着边际。他对乔冽说："别穿白衣服。他们会揍你。"乔冽大笑，捏起嗓子学着小孩的语气："你看，谁敢欺负我们？"

孙安一愣，随即也笑了："我从小一直想找机会和你打上一架。总觉得结结实实打过一架的才算朋友。"

"可惜，小时候你不好意思和我打，现在是不敢和我打了。"和往常一样，乔冽准确无误地说完了孙安想说的话。

【3】

干旱仍旧在持续。孙安每天早出晚归，带着村里的壮劳力打井。他们盲目地挖着干硬的泥土和沙砾，妄图刺穿土地坚硬的肌肤抵达深处的血脉。而每一铲挖下去，孙安都觉得自己像个疯狂的武士，徒劳地刺着一具死去千年的干尸。

七月，百里之内最后一眼井干涸。不时有人肉相食的传说，那些流言听上去好像来自遥不可及的远方，而每一个听到的人都感到刻骨的恐惧，觉得这样的事时时刻刻都在身边。

孙安也不再出去干活了。枯井有多深，他的绝望就有多深。他已经没有力气再做任何事。有一天他喝完了家里藏的最后一坛酒，踉跄地去找乔冽，卡着他的脖颈将他扣在墙上，逼他作法求雨。

"乔道清，你是个废物。"他的声音嘶哑而浑浊，眼珠红得可怕。

乔冽微微皱了眉头，倒不是因为几乎被掐断的脖子以及被叫做废物，而是因为"乔道清"这三个字的陌生。他第一次听人这样叫他。

他毫不费力地挣脱了孙安的手。从容地端了一碗清水递给他。酷暑天气里，碗的外面凝了一层细密的露珠。

孙安愣了一下，接过水，一边迷惑地看着乔冽，一边端着碗一饮而尽，一滴都不曾漏出来。酒醒了大半，而他的脸更红了。

"不用道歉。"乔冽的声音和碗里的清水一样，冰冷刺骨，"现在，告诉我，你还渴吗？"

孙安本能地摇头，而片刻之后又尴尬地点点头。

"如果我去求雨，你会看到下雨，而那雨也不过和这碗水一样虚幻。天下道术，莫不如此。"乔冽的神色缓和了许多，似乎并没有因为刚才的龃龉而心怀芥蒂。"我们还是走吧。"

"走？"

"困在这里，就好像将枯之鱼，不知涸辙之外，尚有江海。——况且我记得，你的祖籍并不在泾原。"

孙安茫然地摇摇头，努力看着乔冽，似乎想看透他为什么忽然说起这个。"这不可能……我娘刚死，我爹年纪那么大，家里还有小妹……还有……"

"还有村东的阿涓姑娘，等着你去提亲呢。"乔冽冷笑。

孙安正要辩解什么，门外忽然撞进来一个半大孩子，一手扯住孙安就往外走："快回家，孙大哥，你爹……他们……"

孙安顾不得多问，拽开脚步往家里跑去。

院子里挤满了人。大多是白刃出鞘的士兵，中间簇拥着几个穿官服的人，外面远远围着一圈看热闹的邻居。

孙安好容易挤到中间去，才看到父亲和妹妹都被五花大绑，跪在官员脚下求饶。他们中间横着一具薄棺，是半年前去世的母亲。他们是外乡人，棺材一直停在后房里，等有机会送回故乡归葬。

从邻居的窃窃私语，官兵的斥骂，父亲和妹妹的哭诉中他很快了解到事情的经过。这些天很多人传言他们村里出了旱魃，造成方圆几百里大旱。不知谁向官府举报说旱魃就藏在孙安母亲的棺材里——想也难怪，全村只有他们一户外乡人——他们一定是盯了他家好几天了，孙安想，只是忌惮他的力气，趁他不在时才好下手。

官员们要求当场烧掉孙老太的棺材，孙安的父亲和妹妹抵死不肯，直至被官兵捆起来，打得遍体鳞伤。

孙安攥紧了拳头，脸颊僵硬。他努力告诉自己要冷静，眼下所有人都是他们的敌人，官府蛮横霸道，乡亲们平日里相处和睦，可现在都被干渴和饥饿折磨成了恶鬼。硬来是没有用的，现在只能吞下屈辱，求个眼前平安……

冷静。他最后一次告诫自己。然后缓缓弯下膝盖，准备给县官行礼。

就在此时他感到手腕上一凉，一只冰冷而瘦削的手紧紧攥住了他。孙安本能地回头去看，乔洌不知何时已经站在他的身后，面沉如水，一语不发地看着他。

孙安完全摸不透乔洌的用意，也根本无暇去想。因为当他转过头来，分明看到一个士兵刚刚割开妹妹的喉咙，血像泉水一样涌出来，县官俯身下去吮着伤口，一滴多余的血都不曾漏出来。他旁边的士兵顾不得嫉妒，已经将刀架到了父亲的脖颈上……

与此同时他听到一个声音说：杀。

后来孙安一直认为那个厚实有力的声音来自他的内心。

人群瞬间散尽。只剩一双双惊恐的眼睛，从土坯墙的缝隙里窥探这个血流成河的院落。

死人里有县官，士兵，甚至有乡邻，而且，也有父亲和妹妹。

夜幕降临。闷热的空气里没有一丝风。浓烈的血腥气久久不散。黑暗里孙安已经看不到乔洌，只凭手腕上冰冷的触感知道他一直在他身边。

"你已经无处可去了。"乔洌的声音波澜不惊，"跟我走吧。"

【4】

在去山西的路上乔洌无数次觉得他们翻尽了一世里所有的山。而那只是他的错觉。因为他很快就崩溃地发现，顶峰的另一边，仍旧是望不到头的山和山和山。

在寸草不生的山谷中他们无数次遇到旅人的白骨，以及因迷路而溺毙在泥土中的溪流。有时候他们找不到水源，乔洌偷偷把所有的水都倒进孙安的水囊中，而自己喝的是那些只存在于幻觉中的水。每穿过一条干涸的河床乔洌就觉得自己更虚弱了一些。他开始恨那些望不到头的山，滚烫的土和石头，每一粒沾在皮肤上的灰尘都肆无忌惮地吸走他的生命力。

　　而孙安对这一切安之若素。他脚步沉着，眼神宁静，每天只消耗极少的水和干粮，忍饥耐渴得像只骆驼。起初乔冽很担心他的精神状态，生怕他刚刚经历一场可怕的变故，因此而一蹶不振。而在荒原和山岭中穿行了一个月之后乔冽渐渐对孙安有了新的认识。这个沉默的男人仿佛是绝壁上生长的一棵树，不需要任何水和养分，仅仅用根须抓紧石头就可以蓬勃生长，仅仅依靠风沙就可以医治全身的创伤。

　　向东走了上千里之后乔冽终于觉得累极了。八月半的吕梁山深处，风渐渐冷起来。满月的夜里乔冽做了无数个梦，每个梦里都有各种各样的水，溪涧，河流，湖泊，海潮，流岚，雾霭，冰凌，雪原……而每个梦都终结于无边的黄土和山石。乔冽即使在梦境中也意识到有什么不对，他几乎从来不做梦，经书里说至人无梦，他一度以为自己已经有了那样的修为。在梦与梦之间的混沌中他焦躁不已，像一只蛛网中的蚊虫，徒劳地挣扎，却在柔软的网中越陷越深。

　　醒来前的一瞬间他还看见蛛网上凝满了一颗一颗的露水，每一滴都那样清澈和甘甜。

　　他微微睁开眼又赶紧闭上，被朝霞间的阳光刺得差点流泪。——如果他的身体中还有足够的水来流泪的话。

　　"醒了？"那个低沉而温和的声音近在耳畔。乔冽一个激灵，顾不得刺痛，努力瞪大了眼睛，才发现孙安正背着自己在赶路。孙安见他醒来，也没有多说话，只是默默将自己的水囊递到他手上。

　　"不。要我的……"乔冽本能地推开。

　　"你的水囊已经扔在五十里外了。"

　　"什么?!"乔冽下意识地挣扎了一下，然而浑身没有半分力气，孙安用一只手就将他牢牢地按在背后。

　　"我一个人拿不了那么多行李。"孙安待他老实下来，继续大步前进。

　　乔冽这才发现他们二人的全部家当如今只剩下了孙安的一个水

囊。那一刹那他绝望地想"我还是晕过去算了"，但他很快意识到这有什么不对。乔冽从背后看着孙安的侧脸，发觉他一向沉静的面庞上似乎多了一些什么，在清晨的阳光里格外耀眼。

"你……我们这是去哪儿？"话一出口乔冽恨不得扇自己一巴掌。当初是谁说"跟我走"来的？真是眼错不见，这家伙翅膀就硬了。

孙安在山路转折处停下来，指着山下一片混沌的尘雾："太原。我的故乡。"

盘桓到山脚下的时候乔冽被逼着喝完了所有的水，终于可以自己走路了。傍晚时分两人互相搀扶着进了城。从泾原一路赶来，因为怕被官府缉拿，他们还没有靠近过任何一处人口密集的地方。

孙安很多天没有这样高兴了。丧失亲人的痛苦似乎在故乡泥土色的街巷间得到了莫大的抚慰。他一边走一边指给乔冽"这是陈太医家，好脉息。""这是明秀寺，上千年的古刹呢。""这里原来是个削面铺子……可惜没了，不然该带你来尝尝。""这里……"

而乔冽的心思似乎并不在这些街巷风光。他微微抿着嘴唇，警惕地打量着周围的一切。当他们终于停步在断头巷里一座小小院落，孙安熟练地从墙缝里摸出钥匙打开锁，一面喋喋不休地计划着如何改换姓名，寻一份差事，从此好好过起来。而乔冽轻轻按住兽首将门阖上，说："不必了。"

孙安睁大了眼睛，不解地望着他。

"我们不必再隐姓埋名，也不必在这里住下了。"乔冽展开一张泛黄破碎的纸，"刚才从路边顺手揭的。"他将文告递给孙安。"这里的官家已经姓田，不姓赵了。"

孙安迷茫地看着文告，而乔冽并不给他更多的时间去理解："我们明天一早就走，去威胜。"

【5】

乔冽并没有太费力气就说服了孙安："我们随了田虎，就可以放开胆子杀官军了。"

孙安听到"官军"两个字，嘴角微微动了一下，然后顺从地点点头。

"孙安，我们也起个绰号，我就叫'幻魔君'，你叫'屠龙手'可好？"

"好。"

"孙安，我们去打两件趁手兵器，给你打一对镔铁剑，和我的锟铻剑一模一样的，可好？"

"好。"

"孙安，我们去取昭德、晋宁，再南下至卫州、盖州，到时候晋国的疆土会比现在大出一倍，你我二人必得重用。"

"好。"

"孙安，等下觐见晋王，不管我说什么，你只管答应就是了。"

孙安愣了一下。

"说'好'。"乔冽眼里是不容置疑的神色。

"好。"

在田虎面前乔冽将南征的全部功劳都归于孙安——当然，孙安本也是战功赫赫。田虎大悦，立授孙安殿帅之职。

夜阑人静。孙安穿一身簇新的绛红官服，手里颠来倒去玩着小小的一方帅印，脸上微微带着惶恐的神色，就像一个孩子刚刚走进一座美得远远超过他想象力的花园。

乔冽久久站在门外，静静地看着。他的脸上浮现出极少见的，温暖的笑容。

卫兵忽然察觉，想去通报孙安。乔冽做了个制止的手势，顺手脱下斗篷交他拿走。斗篷里面是一件崭新的鹤氅，大幅的青色锦缎上用银线绣出数十只白鹤集翔于琼楼殿宇的祥瑞图案，那是他的新官衔——
——护国灵感真人，军师左丞相——附带的装饰品。

"下去吧。"乔冽用极低的声音对卫兵说。

这只是个开始。他悄悄进了屋子，无声无息地阖上了背后的门。他的野心远不止于此，他想给他的，也远不止这么多。他还记得他从道虚眼神里读出的评价：他生来就不是给人下跪的。

然而他并不打算告诉孙安更多。在他的眼里孙安始终是个太过单纯的人。这一点连他也感到不可思议：一个整日上阵厮杀，剑锋穿过无数骨骼和血肉的男人，粗线条的脸庞，棱角分明的颌骨，黝黑结实的臂膀。而那双眼睛里却只有孩子般的坦白和执着，干净得让人不由自主地想去站在他前面，替他抵挡时光和尘土，以及一切粗糙浑浊的东西。事实上乔冽甚至不满意于"孩子"的比喻，他自己也曾经是个孩子，而他完全无法相信曾几何时，他也有过这样宁静的眼神。

他更愿意想到云雀和鸽子，道虚在崆峒山上养了各种各样的鸟雀，乔冽偶尔去喂它们，看着它们懒洋洋地在阳光下剔翎，将它们温热的身体拢在手心里。

会有那么一天，他将给他所有的天空。

这时候孙安忽然转过身来，仿佛知道他已经在背后看了他很久似的。

"哥……"第一个音节未完便被他生生咽了下去。孙安恭敬地迎乔冽进来，行下大礼，"国师在上，请受末将一拜。"丝质的袖口顺着他的小臂滑下去，古铜色的手腕被烛火映出细碎的光泽。

乔冽板着脸，故意不伸手扶他起来。直到孙安迷惑地抬头看着他，他才微微一笑："叫哥哥。"

"哥哥……"这一次孙安没有拘谨，没有犹豫。他深深地望进乔冽的眼睛里，直到乔冽忍不住伸出宽大的袖子，掩住了那双眼睛的光彩。

　　然而事情并没有乔冽想象的那样顺利。他们原计划在宣和五年长驱南下，一举攻下西京。正在厉兵秣马之际却传来凌州失利的消息。

　　起初他们以为这不过是又一次官军围剿，很快就能平息，说不定还能顺便多占几个州县。而当盖州失守，壶关被赚，晋宁也摇摇欲坠的时候田虎终于坐不住了。这群传说中的梁山好汉远比他们想象的要凶狠。那些人和任何军队都不一样。他们没有国土，没有家园，比大地上所有人都更加绝望，而因此拥有更加可怕的力量。

　　晋宁与昭德是威胜的门户。再有差错，失去的便是晋国的半壁江山。报急文书雪片般飞来。乔冽启奏田虎，愿部领军马往壶关拒敌。话音未落，殿帅孙安启奏愿领军驰援晋宁。田虎加封乔道清、孙安为征南大元帅，各拨兵马二万前去。

　　分兵前夕孙安去乔冽处辞行。

　　说完了例行公事的吉利话，乔冽若有所思地看着书案上的行军图。上面标出宋军已兵分两路，宋江据壶关攻昭德；西路上卢俊义领兵正在打晋宁。

　　“你可听说过玉麒麟卢俊义？”

　　孙安坦白地摇头。

　　“好教元帅知道，这卢俊义人称河北三绝，枪棒天下无对。听说他去年征大辽时曾一人力敌耶律四小将，单枪匹马杀散千余番兵。”乔冽的表情忽然变得不可捉摸，“我且问你孙殿帅，你到晋宁遇到这玉麒麟，万一战他不过，当作何打算？”

　　乔冽比孙安略高半寸，可是因为瘦而显得格外高，两人面对面站得太近时孙安总会不由自主地紧张。若在往日他可能会退后半步缓解这种压迫感，而今天他并没有这样做。再过几个时辰他们就要各赴征程了。都是刀头上舔血的勾当，谁也看不到将来。

　　孙安微微抬起眼睛：“末将有死而已。”

　　乔冽笑出声来。

　　“我猜你就是这句傻话。”他靠得更近了些，悄无声息地攥紧了孙安的手腕，嘴唇几乎擦着他的耳边，"你给我记住了，这辈子你就是死，也只能死在我手里。"

他的手真凉。这是孙安最后一个清晰的念头。
"闭上眼睛。"这是乔冽那个夜里说得最多的一句话。

【6】

孙安率军赶到晋宁时已经晚了一步，宋军刚刚攻下了城池，城中主帅田彪连夜逃亡，不知去向。孙安顾不得忿恨，马不停蹄地派人到晋宁周围的关口增援，一面收聚溃败的散兵，离城十里扎寨。

第一次在阵前见到传说中的卢俊义，孙安迷惑地揉了揉眼睛。之前根据乔冽的描述，他一直将卢俊义想象成一个面目狰狞的战争机器。而此刻对面帅旗下勒马而立的，分明是另一个自己。离得那么远他也清楚地看见卢俊义脸上孩子气的单纯——而单纯这个词，他记得，是乔冽经常用来形容他的。

他忽然想到那个关于梁山泊的可笑的传说，说他们那里一百零八条好汉，都是天上什么星宿的化身。如果是这样，他不着边际地想，化身卢俊义的那个星官一定经常开小差，以至于那个男人在这个世间总是不知所措。

很多年来孙安一直觉得自己的生命掌握在一双看不见的手中。他对此习惯乃至眷恋，甚至沉溺，却又时常感到惶恐。而见到卢俊义的一刹那他第一次在另一个人的眼中读到了同样的惶恐，他真想去问一问那个男人，操纵他命运的，又是什么。

那是他这辈子打得最努力，却又最心不在焉的一仗。他的注意力总是无法集中在长枪和双剑对峙的焦点，而是无法节制地想盯着对手的眼睛，窥探他的内心。他的不在状态似乎也感染了座下的战马，正斗到分际时他忽然失去了重心，毫无防备地跌在地上。他的青骢马也倒在不远处哀鸣不断，想是摔得不轻。

马失前蹄在他并不是第一次。若在往常他并不至于恐慌，以他的敏捷和顽强，完全可以在抵挡之余安全返回本阵。而今天不同。这次他的对手甚至比他想象的更加强大，可能在他翻身站起来之前就轻而易举地取了他的性命。落地的一瞬他心里是铺天盖地的绝望，但还是本能地握紧双剑，准备拼尽全力做最后一搏。

完全出乎他意料的是，卢俊义手中的长枪并没有向他刺过来，而是回身一横，挡住了狼群般扑向他的宋兵。

"孙将军请回去换马，我们明日再战。"卢俊义面无表情地朝他轻轻一点头，转身策马而去。

回营后的一整夜他都辗转难眠。第二天一早他唤来副将毕胜和秦英，一一叮嘱他们后面行军的安排，何处屯兵，何处下寨，何地须死守，何地可复夺，乃至辎重粮草，无所不及。毕胜只唯唯听命，秦英心思缜密，早听出话不是头，遂旁敲侧击道："元帅放心，元帅今日只管养足力气斗那水洼草寇，其余待元帅得胜归来再做安排。"

孙安会意，只淡淡一笑，默默地去穿盔甲了。

他不是一个合格的统帅。在这种时候他做不到大局为重，更无意于扬长避短避其锋芒，另辟蹊径攻取晋宁。他所有的心思都被惟一的对手占据了。在战场上"被让"，于武士而言是比死更严重的屈辱。他明知自己难敌卢俊义，然而在尊严面前他别无选择。

这一天他打得比前一天更加力不从心。卢俊义的枪尖无数次擦着他的胸口呼啸而过，凛冽的金属光泽刺得他睁不开眼。有那么一阵子他甚至想直接扑在枪刃上结束这一切，然而事与愿违，卢俊义好像故意逗他似的，一杆长枪绕着他滴溜溜地转，却没有一招足以致命。

他终于被激怒了。他可以承认自己技不如人，但不能容忍对方一再的羞辱。直到此刻他才终于找回了平时阵前厮杀的感觉。他使出了十二分力气，拼尽了平生所学，在双剑格住长枪的一瞬间卢俊义与他四目相对，极短的一刹那里卢俊义忽然朝他会心一笑，仿佛在说："这就对了。"

而这莫名的一笑让他杀心顿起。此刻他再也无心窥探那双眼睛背后的灵魂，他只知道是这双眼睛见证了他一生中最失败的时刻。他要他死。

也就在这一刻，一阵透彻骨髓的疼痛从体内击中了他。伴随而来的是眼前重重叠叠的幻影和耳畔尖利的嘶鸣。而在他意识到发生了什么事之前无边的黑暗如潮水般涌起，迅速吞没了所有感官。这就是死吗？在跌进虚无的深渊之前他的最后一丝感觉似乎是，欣慰？

瞬间发生的变故让卢俊义措手不及。亏他手疾眼快，根本未假思索，完全凭本能地将枪杆横在孙安面前轻轻一挑，赶在他从马背上跌落之前一把将人挟了过来。

【7】

不知过了多久他朦胧醒来，两太阳穴仍在隐隐作痛，但神志很清楚。屋子里半明半昧的光，分不清是黎明还是黄昏。离床不远的书几前坐着一个人，一手支着头似乎在打盹。孙安努力辨别着周围的环境，一面支起身子来，想看清那个人是谁。

他起身时发出轻微的声响，那人一个激灵也醒过来，转身看见他，疲惫的脸上展现出欣喜的神色。"孙将军，多有冒犯。"卢俊义一面说，一面递给他一碗水，"可惜安神医不在这里，教将军受苦了。"

孙安接过水，第一次从容地打量那张看上去过于英俊的脸，他心里忽然生出一个荒唐的念头：这么漂亮的人，为什么也要来打仗？

然而他马上意识到现在不是胡思乱想的时候。他如今战败被俘，生死难料。何去何从只怕已不是他自己所能掌握。

"卢先锋……"他只是觉得自己没有理由继续沉默，然而开口之际心乱如麻，完全不知道下一句话该说什么。

卢俊义轻轻一个手势截住了他的话："孙将军切勿多心，只管保养好身体。卢某军务在身恕难奉陪，好在来日方长。"说完便匆匆离开了。他前脚走，几员头领和卫兵后脚进来，服侍孙安洗面更衣，端茶送饭川流不息。孙安应接不暇，眼看外面渐渐亮起来，才知道是早晨。一个自称石秀的将领与他陪话，告诉他，昨天他在阵前忽然昏晕，几乎落马，北军不及救，被卢俊义活捉过阵来。石秀还说，卢俊义昨天晚上坐在房里守了他一夜。

"卢元帅教小弟上覆将军，教将军不必拘束。"石秀将一个沉甸甸的锦袋放在他手边，"若要出门散心，只管多带银子，不够便去找朱军师关领。"

他忍俊不禁地笑了。这是拿糖豆哄小孩呢。他猜想卢俊义身边一定有一个爱玩爱笑，被父亲宠坏了的孩子。

对孙安来说这是郁闷至极又无聊至极的一天。晌午时分他终于坐不住，索性出门到城里漫无目的地闲逛。他何尝体会不到卢俊义的意思：他如此厚待他，无非是想让他心甘情愿地请降。而投降这两个字，他但有一念至此，已觉无比耻辱，更不要说去做。他立刻想起三个月前陵川失陷，守将耿恭降宋，当时消息传到威胜，文武百官无不切齿。

他像一枚游魂一样穿行在晋宁的街巷间，每一瞬间心里都涌出无数念头，而他一个也抓不住。

有时候他想到官军。官军这个词，如今之于他，更多是意味着那些不堪一击的懦夫。他的剑砍过他们的躯体，只如刺破一具无生命的皮口袋，心里没有任何反应。有那么一瞬他也想到了最初的一幕，父亲和妹妹被撕裂的喉咙。然而关于那一幕的记忆如今却是不可思议地模糊和淡薄，仿佛那只是一个荒诞的梦境。

他并不熟悉晋宁。只记得去年来城里视察防务，所见是一个灰蒙蒙的，破败的城市。现在甫遭兵乱，他多少惊讶于城中的宁静。不时能看到有士兵在帮百姓家收拾房屋，打井筑墙，很多士兵的额角刺着一个特别的印记，他已经猜到那是曾经的草莽生涯留给他们的纪念品。

他也想到了死。他在沙场上摸爬滚打了多年，不知多少次一只脚已经踏过了鬼门关。他并不怕死，只是这个概念现在似乎离他很远很远：他想不出他在为谁，为什么而死。

显然不是田虎。田虎这个人从一开始对他而言就不过只是个符号。他给他高官厚禄，他用汗水和血肉去赚取。他们之间是公平交易。

那么，还有谁？

一整天里他用尽全身力气不去想乔冽。每当心里浮起关于那个人的任何一点念头，他都立刻在意念里伸出手去将它掐死。他哪里还有勇气去回忆他们之间的最后一场对白。

你就是死，也只能死在我手里。

日影半斜时他失魂落魄地回到了州府，依旧和出门时一样心乱如麻。然而他强逼着自己没有回客房，而是径直去了卢俊义的下处。拖得越久，他越没有选择。他对自己说。无论结果如何，今天必须做个了断。

孙安站在卢俊义房门口等候通报。晋宁州府房屋浅陋，他清楚地听到卢俊义正在房中和另一个人说着什么，只是那人声音压得很低，听不清具体内容。

片刻后一个威严的声音响起来："男儿之志，在于四方。你我有幸为朝廷效力，当以取封侯、立功名为念。若不守其志，则平生所学，岂不徒然？——小乙，今日这个话头，以后再不必提起了。"

又是片刻后卫兵出来让他进去。随着卫兵一起出来的是一个俊俏后生，从身材上看倒像个孩子，要不是那人脸上过于成熟的棱角，他可能真会以为那是卢俊义的儿子。

"卢先锋……"他一咬牙，跪下，说出了这辈子最艰难的几个字，"蒙先锋不杀之恩……"他做梦也没有想过，无数次听别人跪在自己脚边说出的这番话，今天要从自己的口中说出来。

卢俊义爽朗地一笑，一把将他拉起来："孙将军哪里话。你我相会不易，今日且不说这些。走，我带你去见一个人。"

孙安完全搞不清他葫芦里卖的什么药，只好被他拖着出了门，一径出了州府，走到城门边上马军的营地。卢俊义轻车熟路地进了马厩，拉住正在拌药料的皇甫端："皇甫兄弟，这位是田虎麾下殿帅孙将军。孙将军前日阵上伤了战马，卢某今日有求于兄弟，烦兄弟为孙将军挑一匹好马。"

皇甫端闻言连忙停下活计，洗净双手，恭敬地向孙安行了一礼。孙安一时愣住了，又是感激又是惭愧，连回礼都回得磕磕绊绊的。

沿着马厩一路走去，皇甫端一一给他讲每匹马的血统，年齿，有何特点。孙安心里惶恐未消，始终有点心不在焉的。直到快走到尽头时，他的目光偶然落在一匹白马身上。

龙脊贴连钱，银蹄白踏烟。孙安并不懂相马，他所体验到的，只是武士与良驹间天然的默契。

他一时没敢开口，只是不住地偷眼看那匹白马。他看得太出神，以至于完全没有察觉到在他身后，卢俊义和皇甫端之间眼色对眼色，眉毛官司打得正浓。

"孙将军果然好眼力。"卢俊义最后瞪了皇甫端一眼，站出来道，"此马名绝云，是去年征大辽时所获，至今尚无主，今日将军合与它有缘。"

皇甫端在一旁扁着嘴，再没说一句话。

后来直到河北平复，班师回朝的路上孙安才从士卒的闲聊间听说，绝云原是卢俊义的坐骑。攻陷晋宁时此马受了点轻伤，卢俊义迎战孙安时临时换了匹马，以至于孙安当时完全不认得它。

而孙安听说这件事时心中无比平静，甚至没有再去向卢俊义道谢。他当时投降又不是因为一匹马。他想。真正让他的心安静下来的，是隔窗听到卢俊义的那句"男儿之志，在于四方。"

【8】

多年为帅，孙安自然知道战场上的规矩。归降的第二天东线的消息传来，乔道清妖法了得，宋军屡遭重挫。孙安趁机提出去昭德劝降乔冽。卢俊义坦然不疑，当场就差戴宗带他去了。

进身之资是一方面，更重要的是，他想，纵然千难万难，他既已走出这一步，就必须主动去面对后面的结果。

然而下决心是一回事，真正被戴宗做起神行法，看土地河流在脚下风驰电掣，每靠近昭德一里，他的心就更沉重一分。他完全不敢想象乔冽听到他降宋时是怎样的反应，但脑中挥之不去的，是他过去旁观乔冽审讯叛徒的画面。连田虎这样杀人不眨眼的亡命之徒都曾不止一次说乔国师修道之人，恁地心狠手辣。孙安不得不承认很多时候他都是半闭着眼睛"看"下来的，而尽管如此，犯人们惨烈的嘶喊还是让他寒毛倒竖。也是在那个时候他忽然注意到乔冽这个名字，他清楚地记得小时候他的名字是洌，清澈的意思。而这个字不知几时起忽然少了一点，只剩下极端的冰冷。

戴宗走得太快。没容孙安想好见面时该说些什么，两人就已到了昭德城下宋军营中。

拜过了宋江，不及寒温，先谈起壶关昭德一线的战事。壶关守将山士奇邀唐斌共破宋军，岂料唐斌临阵倒戈，宋军不费吹灰之力得了关，山士奇尚不知所踪。昭德城里本无强将，眼看将陷，然而乔道清一来形势急转直下，几番对阵都因他法术高强，连陷了梁山几员头领，宋军不曾占到半分便宜。其后又有田虎亲弟田豹领军增援白虎关，与昭德成犄角之势，那几日里直愁得宋江吃不下饭。

后来还是公孙胜亲往蓟州二仙山求了罗真人，学了天心正法，加上乔道清收复壶关心切，主动出昭德搦战，术败于五龙山，如今被困在百谷岭神农庙中。公孙胜惜才，围而不攻。然而一连几日过去，百谷岭上粮草都尽，乔道清却未有降意。

"孙将军来得正是时候。"吴用说，"有劳将军亲往百谷岭劝乔道清弃暗投明，再里应外合下了昭德城、白虎关，到时河北荡平，孙将军便是首功。"

孙安对首功什么的毫无兴趣，更何况是吴用口中所许。他只是在听到"百谷岭中粮绝"时心头紧了一下。乔冽，你在等什么？

百谷岭上，副将费珍和薛灿又一次惴惴地开口："国师，今日连粥也没了……"

"那就饿着。"乔冽冷冷地说。自三天前听报说晋宁失陷，孙安被卢俊义擒获，他就再没进过一粒米。

公孙胜每天都派人送粮草到岭下。乔冽居高临下地望一眼，捏一个火诀将它们都烧了。

这手段，只好用来逮兔子。

乔冽何尝不知，士兵们每饿一个时辰，人心就散去三分。可现在岭下有公孙胜率上万大军围得铁桶相似，凭他们这几十人，就算吃饱喝足又能做什么？

他所能做的只有等下去。以一种近乎赌徒的心态，他无端地坚信他最终一定会等到一个结果。这么多年来他们绝对地、无条件地信任彼此，只是谁也不曾想到，这信任最终是以这样的形式兑现。

第四天的清晨他等到了孙安。

认出对方的时候乔冽像忽然被阳光晃了一般，本能地阖了一下眼睛。孙安未带一个随从，也未披甲胄，一身绛红长衫极似当年加封殿帅时的官服。

"兄长别来无恙。"孙安从容走到他面前，脱下剑囊放在地上，缓缓躬身一揖。

乔冽一语不发地看着他，恍如隔世。他们经过太多分别，而从来都是以会师凯旋为结束。唯独这一次，两人竟是在这样的场景中重逢。

孙安也没有再说话。两人面对面站着，只嫌时光过得太快。

不知过了多久，孙安终于按捺不住，低下头道："兄长想已知晋宁之事……"

乔冽的眼里满是怨恨。他恨他，他觉得只要他不开口，就可以当作什么都不曾发生，两人可以就这样相看直到时间的尽头。可他话一出口，一切都完了。

乔冽轻轻咳嗽了一声。然后未等孙安再抬起头来，锟铻古剑已抵在他的胸口，与此同时神农庙里冲出费珍、薛灿一干人，眨眼工夫就将手无寸铁的孙安绑了个结实。

"委屈孙殿帅前面带路。"费珍一把快刀架在他颈上，一面恭敬地说。乔冽默默地站在他们的身后。自他们在百谷岭上重逢，乔冽始终未和孙安说一个字。

快到岭下的时候他们远远望见白虎关方向尘头大起。田豹接应他们的军马来得恰到好处。

公孙胜简直不能相信自己的眼睛。他以为孙安就算不能劝降乔道清，就凭他的武艺，面对几十号人杀个全身而退总不会有问题。而万没想到最后等来的，却是乔道清一行以孙安为质，试图冲破包围与田豹会合。

成事不足败事有余。公孙胜恨恨地瞪一眼五花大绑的孙安，摆摆手教人让开一条道路。

"师父，这……"樊瑞不甘心，硬是没动。

"什么这啊那啊的，"费珍轻轻一掣刀，孙安的项上就是一道血痕，"你们不是有个走得快的吗？要不派他去问问你们卢大元帅？"

公孙胜翻个白眼，一把拉开了樊瑞。

<h1 align="center">【9】</h1>

入了白虎关，田豹一下马就命人将孙安上了长枷，脊杖一百，打进死囚牢。

"念你是个命官，死在这荒山野岭可惜了的。还是送到威胜大内，众人面前吃上一剐，才叫体面。"

乔冽待孙安被拖走，才沉着脸转到田豹面前："大王难道忘了贫道前日之约？"

"国师这话从何说起。你前日密差人来教我接应，我今天不是去了吗？"

"贫道信中还说，若得孙殿帅回来，万念他过去劳苦功高份上，且不究他降敌之罪。"

田豹斜乜他一眼："这大晋国是姓乔的说了算，还是姓田的说了算？孙安失陷晋宁，卖国投敌，够死上一百次了。怎么，国师想与他同党么？"

短暂的一个沉默。

"贫道不敢。"

三更时分乔冽独自来到死牢里。孙安遍体鳞伤，也不知是睡着还是昏迷，蜷在满是血污的稻草上一动不动。

乔冽伸出手，一旁的狱卒连忙将钥匙放在他手上，唯唯地退下了。

他开了牢门，在肮脏的稻草中坐下，轻轻将他无知觉的身体揽在自己怀里，苍白瘦削的十指攥住他滚烫的，血肉模糊的手腕。

这个天真的人啊，他哪里知道他自己都做了些什么。乔列长长叹了口气，感到自己又一次败给了自己的内心。他这一世的筹划，梦想，野心，加在一起也抵不上眼前这人身上最细微的一道伤口。

孙安在牢里昏睡了三天。除了每天早晚两次被狱卒强行摇醒喝上两口水，其余时间都不省人事。在狱卒看来这是有福气的犯人。总比醒着，一天到晚疼得嗷嗷叫要舒服。

两个截然不同的梦境交替占据着他的全部意识。在白天他总是梦见他还是一个孩子，在家乡太原城里，最爱做的事就是爬到房顶上看四周的山。那个时候整个世界仿佛只剩下他和远山，他清晰地听到它们窃窃私语的声音。而下一个镜头里整个太原城被滔天的洪水淹没，他紧紧抱着一块门板，树叶般飘在洪流之中。他无数次抬头寻找周围那些山，那是他的岸。然而灰色的雨幕浓密得让人窒息，他什么也看不到，只能无力地随波逐流，一寸一寸沉下去。

在夜里他则梦见泾原附近的荒山，他几天几夜找不到水源，狂渴之中他盯上了自己的小臂，透过凸起的血脉他清楚地看见奔流的液体，流得那么畅快。他很快就禁不住诱惑，一口咬破手腕，贪婪地吸吮自己的血液，一滴都不曾浪费，就像当年那些官兵对父亲和妹妹所做的那样。

每当这个时候他会感到手腕上一阵清凉，口中也不再是浓稠腥甜的血液，他看见清澈的水流从他的动脉中汩汩流出，仿佛他的身体中有一口永不枯竭的泉眼。

然而第四天夜里他的梦被困住了。他的血管中不再流出清水，他惶惑地舐着手腕上的伤口，直到全身的血液都被自己吸干。

孙安被极度干渴的感觉催醒，醒来时才发觉牢房周围已经乱作一团，到处是火光和含义不清的叫喊。还没等他反应过来发生了什么，一个胖大和尚忽然冲到他的牢房门口，一禅杖砸开牢门，又一禅杖砍开枷锁。

"那牛鼻子去哪儿了？"鲁智深风风火火地问孙安，一眼看见他的脸色，又挠挠光头，"咳，那道士约了公明哥哥今夜破关，洒家方才抢到牢门口，亲眼看见那道士在前面给开了门，一转过来竟不见了。"

孙安迷茫地摇摇头。鲁智深见他十分伤重，便也不再追问，一把扛起来奔宋寨走了。

孙安被鲁智深带回宋寨的时候重新陷入昏迷。之后在安道全的精心调治下渐渐清醒过来，但仍旧高烧不退，浑身是伤，非常虚弱。安道全给孙安敷治了外伤，又细细诊了脉，絮絮地叮嘱他不要逞强，静养一月后方可上阵厮杀，一面收拾药箱准备离开。

孙安忽然吃力地欠身起来，拉住了安道全的衣襟："安神医，有什么话，尽管与孙某明讲。"

安道全愣了一下，皱了眉，转身服侍他继续躺下："孙将军这话是何意？"

"先生方才诊脉时，分明是觉察出什么。"

安道全含糊地摇摇头，心中暗自惊讶。孙安浑身烧得火炭一般，要在旁人早烧糊涂了，而他却表现出反常的敏锐。

"先生枉为梁山好汉，原来恁地不爽利。"孙安故作愠色，"孙某七尺男儿，每日里阵前厮杀，鬼门关前不知走过几遭……"

"孙将军……"安道全多少有点哭笑不得，"老朽并没有看不起将军的意思……"

"安神医方才所诊的，可是孙某前几日与卢元帅交战时，昏晕落马之事？"

话说到这个份上，安道全实在不好再敷衍下去了："孙将军所说之症，依老朽看，恐非偶然，乃是痼疾。这几年之中怕是常犯，只是将军不与人言罢了。"

孙安有些难堪地点点头。他被这头痛昏迷所困扰非止一日。而他生性要强，哪里肯教别人知道。

"孙将军，俗话说良药苦口利于病。老朽的话不中听，望将军海涵。"安道全的脸色凝重起来，"将军此症，乃邪魔外祟所致。凡人为邪所侵，只宜养其元，固其本，再调以针药，自然可愈。若反耽于魔祟，迷于幻境，纵然扁鹊重生，青囊再世，怕也难……"说到最后，安道全的语气已经近乎严厉。孙安微微扭过头去，试图避开他的视线。

长久的沉默后，孙安艰难地开口："安神医所说的道理，孙某如何不知。"他的声音微有些嘶哑，语气却是不可思议地坚决："我听说像罂粟、大黄那样的大毒之物也可以入药。先生可知，先生所说的魔祟，便是我的药。"

"将军差了。常言道是药三分毒。凡药以少为贵，更何况'大毒治病，十去其六'……"

他安然一笑，抬起手截断了安道全的话。

"便是十二分毒，孙某也情愿。"

安道全心中一震，一时不知该说什么好。又一阵沉默之后孙安再次欠起身，吃力地向安道全行了半礼："孙某有一事相求，望先生做成则个：今日之事，你知我知，先生切莫再对第三个人说起。"

安道全再次皱了眉，扶他躺下。而孙安执拗地不肯。安道全从未想到平日里沉默温和的孙安，竟也有这样固执和强硬的一面。

直到他不得不点头答应，又不得不指天誓日承诺绝不对别人说起，孙安才如释重负地放开他的衣袖。他身上几处刚刚缠好的绷带上渐渐渗出星星点点的血迹。

安道全在心里长叹一口气，背起药箱走了。

【10】

第二天清晨乔冽单人单骑出现在宋寨门口，手里提着一个污秽的包袱。

"去告诉你们宋先锋，说乔道清愿降。"他没有下马，冷冷地对卫兵说。

宋江听报，连忙亲自来迎。乔冽将包袱扔在地上，田豹的头滴溜溜滚到了宋江脚边。

宋江滔滔不绝地说了一大篇惊喜欢迎感谢共勉的致辞之后，乔冽微微欠身，只说了一句话："带我去见孙安。"

乔冽被带到孙安的寝帐，众人都知趣地退下了。

孙安刚醒来，见到他，千言万语无从开口。欲言又止了很久之后，终于用极低的声音叫了一声"哥哥……"

他想问他怎么会主动来降，然而这一个降字，千回百转无论如何也说不出口。

乔冽看着他消瘦的脸颊，全身血迹斑斑的绷带，就好像什么东西哽在喉咙里，亦是一个字也说不出来。

最后他在床边坐下，缓缓俯下身，冰冷的嘴唇微微颤抖着划过孙安滚烫的额头。

"我再不来，你我都是个死，谁也活不了。"

傍晚时分乔冽到孙安帐里陪他一起吃饭。孙安多少有些心虚，忐忑地问他："他们说安神医和你说了足有半日，他都说些什么？"

乔冽笑道："安神医嘱咐，让我从今往后，再不许离开你半刻。"

孙安埋头大口大口地吃着粥。他不想让人看见他濡湿的脸颊。

孙安很快痊愈了。伤也好了很多。不久后他们又招降了山士奇、马灵和卞祥，张清也在襄垣站稳了脚跟，扫平河北指日可待。宋江与卢俊义合兵一处，大排筵席款待河北将领。

席间公孙胜敬酒敬到了孙安这里："孙将军，贫道大胆，敢问将军有何名号？"

孙安正待开口，忽然瞥见乔冽抛给他一个严厉的眼色，恍然大悟："孙某生长穷乡僻壤，粗鄙浅陋，更不曾有名号。"说罢，带着几许得意的神色与乔冽相视一笑。

梁山寨里倒有五六个以龙为号的，头一个就是入云龙。在他们面前报出"屠龙手"之号来，怕要有一场好看。

而他们之间的眼角眉梢早被公孙胜一抹儿看在眼里。酒阑人散之际公孙胜留住了乔冽。

除了远处几个来回巡视的哨兵，天地间似乎只剩下乔冽和公孙胜两个清醒的人。营火次第熄灭，下弦月冷冷地挂在帷帐顶上。深冬时节，残月是离人的月。

"道清先生，"公孙胜明显比他年长，却对他执晚辈之礼，只是语气中带着莫名的居高临下感，"我师罗真人乃尊师道虚真人的大弟子。先生便是我的师叔。"

乔冽其实很想叫公孙胜一声"贤侄"占占便宜，但对方的表情和语气让他觉得现在不是开玩笑的时候。

"一清先生有何指教？"

"贫道不敢。我师罗真人尝听道虚真人说起师叔，说师叔不但幻术高明，经文亦极精熟，还望先生多多指点小侄。"

乔冽挑起一条眉毛。

"小侄斗胆请教师叔《南华经》中《德充符》一节，惠子问庄子：'人故无情乎？'庄子曰：'然。'"

乔冽瞬间就听懂了他的弦外之音，但还是沉默了片刻，让自己显得深思熟虑。"此世人只见其一，不及其余也。世人只知坚白之讽，腐鼠之诮，却不见历物十事因谁而传；匠石失质又为谁而悲。——太上且不能忘情，何况我辈。"

有那么一刻公孙胜似乎也被这番话所打动，但他很快就从意识里赶走了这种情绪。他有些忿恨地看着乔冽，这么执迷不悟的人，要不是罗真人再三叮嘱，他才不肯再和他多费一句口舌。

"道清先生，我师罗真人曾对贫道说起，说先生命相属水，而土能克水。先生执意于土命之人，久后必遭其克。"公孙胜失去了旁敲侧击的耐心，"轻则道行有亏，堕入魔道，重则……"

一句话未完，乔冽忽然掣出长剑，重重抵在公孙胜咽喉处。公孙胜先是愕然，随即忽然想到了什么，心里暗道了声晦气。

"百谷岭上师叔与孙将军兵刃相向，并非小侄本意。"公孙胜忍不住揶揄道。

而乔冽并不理会他。剑锋贴着脉搏缓缓偏转，公孙胜不敢轻举妄动，只好随着剑一起扭过头去，对着营寨的方向，直到剑稍正指孙安的寝帐。

"什么水命土命的话，今日你就当没说过，我就当没听过。"乔冽的声音冷若冰霜，满脸神挡杀神佛挡杀佛的戾气，"但若有半个字吹到他耳朵里，到时乔某认得贤侄，这口锟铻古剑怕不认得贤侄。"

后来他们谁也没有再提过这件事，也不再以叔侄相称。在战场上公孙胜和乔道清配合默契无往不胜。吴用曾问起公孙胜颈间与孙安极其相似的一道血痕是怎么回事，公孙胜咬牙道："猫儿抓的。"

【11】

宣和六年底，梁山好汉与河北将领合力平定淮西。而唐斌、山士奇、卞祥等人永远留在了远离他们家乡的泥土中。

年近岁逼，班师回朝的路上他们到处都能看到百姓人家柏绿椒红，新桃换旧符，准备迎接新年。

每年除夕到上元乔冽总是不知所踪，这一年也不例外。他从来没告诉过孙安他去了哪里，孙安便也不曾问。过年是阖家团聚的时候。他自己已经没有家了。但总不能要求别人也和他一样。

自去年昭德归降后，乔冽果然没再和他分开过。而除夕前一天乔冽照例不辞而别，孙安忽然觉得有些不适应，但也没有多想。

反正他总会回来的。等到了东京，就可以再见到他了罢。

他们的日子还长呢。

除夕夜他们驻扎在九湾河。晚上兄弟们聚在一起吃酒守岁，据马灵后来回忆，直到此时孙安还都一切正常，除了因为乔冽不在而有点心不在焉的，谁也没看出他有任何不舒服的表示。

筵席散得差不多的时候马灵得空便回自己帐篷了。他是个独来独往惯了的人，在热闹的酒席上一向如坐针毡。

正在更衣的时候一个卫兵站在门口，打着呵欠说，孙将军有请。

马灵心里略有些纳闷，但他与孙安、乔道清一向相熟，又是大年下的。他很快重新穿好衣服跟着卫兵走了。

在孙安寝帐门口卫兵叫了一声孙将军，里面没有人应。又叫了几遍还是悄无声息。马灵心里忽然有种非常不好的感觉，顾不得礼节，一把掀开帐篷进去，只见孙安倒在地上，面如金纸，呼吸已很微弱了。

马灵向来性子不好，将孙安抬到床上后对着卫兵就是一个窝心脚："怎么不早去找安神医？"

卫兵也吓得不轻，顾不上喊疼，趴在地上委屈地说："孙……孙将军方才还好好的……"

"还不快去！"马灵双眉倒竖，恨不得把卫兵一脚踢到安道全那里。

孙安含糊地说出"传马灵"的时候，自己也不清楚叫马灵来做什么。事实上那时候他已经没有力气想清楚任何事了。他只是下意识地想把卫兵支出去，这样就没有人看到他忽然跌倒的样子。

被抬到床上后孙安悠悠睁开眼。马灵是乖觉的人，最初的惊愕后很快控制住情绪，脸上纹风不动，仿佛眼前的孙安只是刚刚睡醒。

"孙将军有何吩咐？"马灵凑到他的耳边轻声问。

他看着马灵，沉静的眼睛里写满了忧伤，可是一个字也说不出来。

短暂的沉寂之后马灵退后半步，恭恭敬敬地行了个礼："马灵得令。将军多保重。纵是天涯海角，马灵片刻即返，将军千万……"

他没有说完就匆匆走了。

马灵带乔泗回来时，安道全刚刚给孙安把完脉，暗地里对他们摇摇头，退出帐外。从没有人见过乔泗那样震惊和无措，像个绝望的孩子一样，每一寸骨头都在颤抖。马灵不得不扶着他的肩膀，才勉强凑到孙安的床铺前坐下。

孙安睁开了眼睛，脸上浮现欣喜的表情。

马灵觉得他似乎想说什么，连忙凑到极近的地方。

"孙将军说父亲和妹妹。"马灵向乔泗转述，"他问起他们。"

乔泗心一沉。原来他知道。他一直都知道。

孙安的父亲和妹妹还活着。当年惨烈的场景不过是孙安眼前的幻境。后来乔泗将父女二人从官府手中赎出来，迁到东京定居，定期派人去送盘缠，逢年过节都要亲自去看望他们，给他们解释孙安命案在身，无法与他们相见。他今日在东京见到他们，孙安的妹妹如今已经招赘了女婿在家，一起奉养老父。

乔泗以为孙安就这样，在幻境里活了一世。

"告诉孙将军，他们都好。"乔泗背过脸去，已经没有力气再看孙安一眼。

马灵传完话，悄悄退出帐外。

乔泗仍旧背对着孙安，只是伸出颤抖的手，摸索着将自己的苍白瘦削的手腕扣在他黝黑壮实的手腕上。肌肤相触，只是这一回，他已经感觉不到孙安的脉搏。

有那么一个瞬间孙安的手指无意识地动了一下，似乎不受控制地想抓住什么。但他最终什么都没有做。这已经不可能了。

也是在那个瞬间孙安好像听到了什么。一个声音，一句话，仿佛来自乔泗，也仿佛来自他自己的内心；清晰而坚定，蕴含着一世里所有的温暖。

他死的时候嘴角带着笑容，湿润的瞳孔散开，看上去像两口清澈的泉眼。

【12】

马灵再次见到乔道清，是几年之后的事。

"我一直在罗真人那里。公孙一清……"

乔道清点点头，截断了他的话。

"他们都散了。"

乔道清点头。

"张清，鲁智深，杨雄，石秀，还有……卢元帅……"

乔道清点头。

"燕青……"

乔道清不耐烦地点头，示意他不要再说下去了。

马灵忽然有点难过。他觉得乔道清一定是一个人孤单得太久，连话都不会说了。沉默了片刻，马灵从袖中取出一页笺纸："我去年路过崆峒山，道虚让我把这个给你。"

乔道清展开信笺，纸上并无一字，只在正中用枯墨点了一个点。

马灵好奇地看着他，等他解释。

乔道清一笑莞尔，将信纸放在面前的香烛上烧化了。

火光照亮了他枯槁的十指和香案后九湾龙王的泥神。瞬间的光亮后很快归于黯淡，就好像什么也没有发生过。

太行

出宿金尊掩
从公玉帐新

　　"我不恼你降宋，恼的是你降了个愚不可及的傻瓜。"说这话的时候乔冽正在给孙安的后背上药。他下手很重，孙安疼得一脑门子汗，咬紧了牙，半句话也说不出来。

　　直到乔冽终于上完了药，开始给孙安整理衣衫，孙安终于有了点安全感，才惴惴地说："卢先锋……他是个好人。"

　　乔冽刷地沉下脸，一摔手走了。

　　孙安笨手笨脚地把衣服穿好，想去叫他回来。好容易走到军帐门口，乔冽早没了影子。地上不知什么时候多了一页纸，好像是谁不小心掉下来的。

　　而孙安确信那是乔冽故意扔在地上的。那厮比谁都清楚，他现在要想弯腰捡东西，就得撕裂满后背的伤口。

　　"白玉麒麟，见之可爱。风尘大行，皮毛终坏。"孙安终于将纸拾起来，上面是熟悉的笔迹。

　　孙安若有所思地盯着"大行"二字。乔冽写字的时候经常会莫名其妙地少点一个点，这事他不是第一次发现了。

　　"也就是你这样比他还傻的人，才会以为他是'好人'。"在他们和好之后乔冽忿忿地说。

玉山高与阆风齐
玉水清流不贮泥

　　在征方腊的一路卢俊义每到点将时都若有所失，目光迷失在一排梁山好汉之外的某个地方，或是长久地逗留在绝云马背上，仿佛那里坐着一个只有他才能看到的人。

　　那个每次都第一个站出来说"小弟愿往"的年轻人，不在了。

　　卢俊义生长在一望无际的华北平原。千里沃野如结冰的湖水般不生波澜。只在极冷的雪后，连空气都比平时单薄的时候才能看到，极遥远的西边一道山脉横亘天际，在流转的晨雾中宛如屧景。那片山从卢俊义这里看还不到一尺高，却奇异地让人感到一种压迫感。看得久了他甚至会产生幻觉，觉得那山好像在生长，移动，一寸一寸逼近他的生命。

　　长辈们告诉他，西边那片山，叫太行。

　　那时的卢俊义不曾想过，若干年后他会带着蜿蜒的队伍跋山涉水，将水草丰美的平原留在身后，在巨石和悬崖边行走，并且，遇到那个山一样的年轻人。

　　在他们初次相遇，各为其主欲置对方于死地的时候卢俊义忽然无端地想到了在辽国境内的玉田县，他独自一人杀进重围，番军将士如潮水般涌来的场景。

　　而此时他想的是，那样的孤独和绝望，再不会有了。

　　卢俊义自认不是个聪明的人。然而这一次他颇得意于自己的直觉。从此之后他们在战场上毫无保留地将后背交托给彼此，如山与原，隔着遥远的距离相互依存。

又一次厮杀后他们并辔返回本阵。两匹马走得极近的一刹那卢俊义忽然很想伸出手，给孙安擦去脸上的血污。但他最终忍住了。他们的马也分开去。最终卢俊义只是抬手指着自己的脸颊，孙安会意，侧过肩膀胡乱一蹭，反将几滴血抹成一片狼藉。他们都笑得直不起腰来。

"他喜欢你。"乔道清对此直言不讳而且心平气和，"他在梁山上始终是局外人。只有你像他。"

倒是孙安大窘："我没有……"

乔道清忍俊不禁地捻了一下孙安红得透明的耳朵。

人间路有潼江险
天外山惟玉垒深

大雨连下了三天三夜。太原城外宋军营里床帐都是湿的，生火做饭也难，连口热水也喝不上。将士虽无人抱怨，却也都难过得紧。

雨天里黄昏来得早。孙安眺望雨幕里隐现的城垣，心中五味杂陈。儿时也是这样无休止的大雨最终带来了洪水，太原城里饿殍遍地，他家实在住不下去，才向西逃难一路去了泾原。

他觉得自己好像在一个梦境里迷了路，二十年都不曾走出。

不知站了多久，刚换上的衣服又湿透了。孙安准备回帐去，啃几口干粮权作晚饭。在帐门口他遇到了卢俊义，却是一脸兴奋，告诉孙安水军已有了攻城的妙计，只待今晚过后，明早就好入城，再不必驻在这泥地里受罪了。

孙安机械地点点头，他对卢俊义所谓的妙计并无任何好奇，甚至忘了问卢俊义需不需要他来打头阵。卢俊义见他满怀心事，便也没多说，自去忙军务了。临走的时候他看见孙安似乎欲言又止，连忙停下来问他想说什么。孙安怔了一下，终是摇摇头，只道祝元帅马到成功。

如果他们不是身处这样一个奇怪的场合，孙安真想告诉卢俊义太原曾是他的家。

第二天早晨孙安破天荒地睡过了头。乔道清来叫他出发时，整座营地几乎只剩了他一座没拆的军帐。若在平时乔道清定会狠狠嘲笑他一番，而这天乔道清什么也没说，只是温柔地拿出一套干暖的衣服给他穿上。

"去太原？"

乔道清点点头。

虽然已有心理准备，入城之后所见的惨状还是让他震惊。街道里积水方退，四处壅塞着泥泞的尸体，有老人也有孩子。城中只有北齐所建避暑宫一处高地，涨水时附近军民抢着往上爬，踩踏跌落而死的就有二千余人。他们一路走来，城中尸骸山积，鸡犬不闻，幸存的千余百姓四散跪在泥水地上，插烛也似磕头乞命。

孙安的眼睛死死盯着路面，不敢朝路边多看一眼。他不敢多想，但他知道在那些死者以及半死不活的幸存者中，一定有他儿时熟悉的面孔。

庆功宴上卢俊义照例顺次敬酒，敬到孙安时孙安举起酒杯，缓缓将酒倾在泥泞的地上。

玉作弹棋局
中心亦不平

攻打西京时孙安领军冲头阵，追赶奚胜时迷了路径，又遭遇埋伏，被敌军赶进一条深谷。

谷中岭高林密，两山对开如阙，一段山崖上密密麻麻刻满佛像，大者近十丈，小者不盈寸，也不知是什么时候的古迹。孙安一行将士走得人困马乏也没找到出路，却意外地遇到了燕青。

燕青也是破阵时迷路到此。他告诉孙安这里是伊阙山，谷中只有一条道，如今被王庆军围得铁桶相似，仅凭他们几百人马，无论如何也出不去。

孙安焦急地问燕青有何打算。燕青只说了一个"等"字，然后在石头上坐下，将一块烤好的肉递给他："主人会来接我们的。"

孙安仍是心急如焚，只是不想让燕青笑话，只好也坐下来，接过肉，却是一口也吃不下。

燕青旁若无人地啃着一段腿骨："孙将军若是心急，不如去看看那边宾阳洞，都是北魏年间的旧物，难得呢。"

孙安顺着他指的方向看过去，山崖上一片洞窟，石像都有真人大小，仪态万方，仿佛在一齐注视着他们。

孙安被那些佛像一看，忽然也轻松了许多，笑道："佛寺里吃酒肉，也是有缘。"他咬了一口燕青给他的肉，正待下咽，却忽然觉得有什么不对，连忙吐了出来。

"这是……"

燕青仿佛早就猜到了他的反应。"怎么，孙将军没吃过死人肉？"看着孙安惊恐的表情，燕青微微一笑，"孙将军果然是常胜将军。"

这话要从别人口中说出，难免带了三分讥讽。也就是燕青那样的水晶心肝玻璃人，能将这意思拿捏得恰到好处，孙安听罢倒没有生气，只是那块肉仿佛烫手似的，怎么拿都不舒服。

燕青扔下手里啃得干干净净的骨头，拿匕首挖个浅坑埋了，接过孙安手里的肉拿树叶包起来。

"我是前年征辽时，在青石峪学会的。如今大队人马从西京过来，找到我们，再杀散外面的围兵，至少要五天时间，长的话十天半月也不定。我们现在没有一颗粮食。孙将军，我和你打赌，三天之后你也会吃死人肉。到那时候，你也就不会再怨恨我主人了。"

燕青的思维对孙安而言显然太过于跳跃。

"你说我怨恨……"

"太原的事。"

孙安好像明白了什么，又好像什么也不明白。但是三天后他确实如燕青所预言的那样饥不择食，觉得反正人也死了，在上为乌鸢食，在下为蝼蚁食，能有多少分别。

这时候燕青才终于给他一个解释："主人原在大名府是清白人家，平生不曾做一件歹事。正所谓匹夫无罪，怀璧其罪。只因与梁山瓜葛，平白吃了多少苦头。宣和二年大名府城破，主人九死一生，从牢里一出来只见满城里尸山血海，却还要对梁山头领感恩戴德。主人上梁山的投名状，第二是他结发五年的妻子，第一便是他自幼同门的师弟。"

燕青没有继续说下去。孙安起初还寻不出头绪，直到忽然想起"白玉麒麟"那十六个字的赞语，才终于明白了燕青的意思：

淹你一个太原，算得了什么。

羊权须得金条脱
温峤终虚玉镜台

收复了西京，宋军小驻两日修整军马。洛阳城里古迹众多，很多头领趁机告假去玩赏。军营里难得安闲下来。卢俊义无事，去找孙安和乔道清吃酒。

卢俊义和孙安都不善言辞，乔道清则是懒得开口。三人围坐一起，安安静静地各饮各的酒，难得有人说句话。

酒至半酣，卢俊义忽然问道："许贯忠这个人……你们认得？"

孙安一愣，借着酒劲一句"叛徒"差点脱口而出，连忙吃口菜，生生咽下去了。他下意识看着乔道清。他记得乔道清和许贯忠是在崆峒山学道时的旧相识。

乔道清没看孙安也没看卢俊义，只将酒杯在掌心里百般揉搓，半晌才道："卢元帅好容易来西京一番，就没有去城中各处看看？"

卢俊义一头雾水，但还是真诚地说："兄弟们都去逛了，我自然要留下来。"

"那卢元帅也总听说过洛阳城中金谷园吧？"乔道清懒洋洋地放下酒杯。不等卢俊义回答，自顾自地说下去，"金谷园是东晋石崇所筑。石崇当年权倾一时，富可敌国，后房姬妾无数，惟绿珠一人是命。后来石崇失势，家破人亡，绿珠在金谷园内坠楼而死，以谢主恩。"

话音甫落，卢俊义和孙安都错愕地看着他。而乔道清只是旁若无人地继续吃他的酒，直到卢俊义一脸莫名其妙，摇摇晃晃地离了席。

"你刚才……到底什么意思？"待卢俊义走远，孙安小声问。

乔列皱眉："有你们俩在，整个洛阳城都变蠢了三分。——你等着看好了，他家那个燕小乙，一口一个主人叫得亲切，到头来还比不上一个唱的。"

"你这话说的……"孙安无端地有点不高兴。他想说燕青也是好人，但想到上次的事，最终还是没说。

"这不是他的错也不是他的错。"乔道清难得地收起了鄙视的神色，"只是你不能因为他姓燕，就以为他是巢中之物。"

玉垒经纶远
金刀历数终

孙安病危的消息一传开，宋江卢俊义等人连夜赶过去。

马灵抱着胳膊站在军帐门口，除了安道全和乔道清，不放一人入帐。

卢俊义不好大声说话，只恳切地看着马灵。

"孙将军一向好静。各位头领多担待。"马灵向来软硬不吃，从不怕得罪任何人。

宋江低低地咳嗽一声："马灵兄弟，大家兄弟一场……"

马灵将头仰到一个夸张的角度："不敢当。只当日唐将军死于阵前之时，何曾有兄弟念过他。"

几个月前，唐斌护送萧让等人途中被縻貹斩杀，劫走萧让。当时消息传到宋营，所有人都在为萧让、裴宣、金大坚的安危担忧，却忘了唐斌。回雁峰四力士，就那样无声无息地死于原本与他们无关的纷争。

夜色渐深。宣和七年在湿冷的黑暗里悄然降临。更点依次打过，很多头领熬不住冷，默然离开。最后帐外只剩马灵和卢俊义两人。

"卢元帅也请回吧。"马灵还是不肯正眼看人，但语气里已没了方才的锋芒，"明早自有结果。"

卢俊义摇摇头，索性席地坐下："无妨。我在这里陪他。"

如果马灵不是那样一副拒人千里的样子，他很想告诉他，在他们相遇的第一个夜晚，他就是这样守着他，直到他从遥远的幻梦中醒过来，回到此岸他们的世界里。

他还那么年轻，那么强壮而充满活力。卢俊义本能地抗拒着眼前的现实。他见多了生老病死，惟独不信，死亡，会以任何形式，降临在那个人身上。

而他什么也无法改变。人死了。热沙冷却。昨天的太阳被黑担架抬走。

第二天全军上下为孙安举哀。丧仪之盛，甚至超过了后来征方腊途中阵亡的梁山将士。

治丧期间马灵和乔道清不知躲去了哪里，前后几天都很少有人见到他们。忙乱之后宋江继续启程返京。临行之际乔道清忽然出现在营门口，单人单骑，宛如当年归降时的情景。

而这次他没有让卫兵通报任何人，只是默默地下马，拍拍白马的脖颈，放开缰绳独自步行而去。

绝云原地转了一圈，也没有去追乔道清，而是轻车熟路地进了营寨，安静地停在卢俊义的帐前。

空馀双玉剑
无复一壶冰

又一年淮水泛滥，整个泗州城险些没喂了鱼。洪水退去，淮河岸边的平原上一片死寂，到处是散发腐臭气息的污泥。

一个满面菜色的中年男人带着他骨瘦如柴的狗，在田野里漫无目的地东翻西找，试图找点什么东西来填肚子。

他们失望地转过几座无主的荒坟。若在平时，坟前或许还能剩下点零星的祭品，而如今坟头都几乎被洪水夷为平地，更不要说什么祭品了。"

男人垂头丧气地离开了。

一个道士打扮的高个子不知什么时候出现在官道上，拦住了他的去路。

男人本能地想绕道走掉，却不知怎的，觉得在那个道士咄咄逼人的目光之下他半步也迈不开。最后他不得不抬头看着那道士，一看不要紧，才发现自己的狗不知什么时候已经被那道士拎着脖子，掐得只剩半口气了。

"带我去卢俊义的墓。"道士是北方口音，脸上似笑非笑，让人又害怕又厌恶。

男人死死盯着道士手里垂死挣扎的狗，结结巴巴地说："什么……卢……进义？"

"庐州安抚卢俊义，三年前葬在这里。应该有一个俊俏后生常来祭扫。你不认得，去问别人。我就在这里等。"道士气定神闲地说，一边手里又紧了半分，可怜那狗连挣扎的力气也没了。

男人觉得他今天一定是出门撞上了太岁。他看着道士背后沉甸甸的剑囊，只好自认倒霉。他带着道士转过一片水塘："三年前……那应该是这里了。我不认字……道长，道长好歹……"

道士扫了一眼凌乱的坟头，松开了手里的狗。

男人差点哭出来，抱起老狗跌跌撞撞地走了。

而他并没有走远。他早发现那道士虽然看上去疯疯癫癫的，却是一身上好的行头。白丝缎道袍就不用说了，单是那镶金嵌宝的剑囊，就已是男人一辈子都没见过的奢侈。

这样的人，总不会空手来看故人吧。

男人躲在一道残墙背后，不时偷眼看看乱葬坟那边。道士很快就找到了他要找的地方。那座坟似乎不久前刚被修整过，看上去比别的坟整齐很多。道士在坟前坐下，也不供祭品，也不哭不拜，只是解下背后的剑囊，取出一对长剑。

寒光出鞘的一刹那男人情不自禁地咽了一下口水。就算他这样的门外汉，也能看出那是一对好剑。

半个时辰过去，道士仍旧坐在坟头，一语不发地将那双剑拭了又拭。男人饿得着急，但仍旧不甘心，总觉得就这么走了会错过什么重要的东西。

好在，终于，那道士玩够了剑，收进鞘里，将双剑留在墓前，头也不回地走了。

男人简直不能相信自己的好运气。那双剑先不说能卖多少钱，单是拿在手里，摸上一回，都能抵一天不用吃饭。

男人一再地告诫自己要沉住气，等一会，再等一会，直到那道士沿着官道走得没了踪影，他才按着怦怦跳的心从残墙后面出来，三步两步溜到卢俊义的坟前抓起那对剑。

好沉。男人心里道。饿了几天肚子，他只能勉强把剑抱在怀里，顾不上多看，立刻准备往家跑。

然而刚转过身他就像见了鬼一样，吓得一屁股坐在地上。

"你……你你……"男人语无伦次。他无论如何也不能理解，明明已经走出几里之外的道士，为什么又忽然出现在他身后。

道士还是似笑非笑，疯疯癫癫的样子。更让男人想不到的是他的背上还有第三口剑，比刚才那对双剑略短小，却更加杀气逼人。道士轻巧地捏着华丽的剑柄，像小孩子玩树枝一样，一下划在男人的左脸，又一下划在男人的右脸。

男人脸上血流如注，本能地想把怀里抱着的双剑推开，可是全身几乎没有半分力气，连句求饶的话都说不出来。

带血的剑稍一挑，男人怀里的双剑像有生命一样雀跃起来，稳稳地落在道士手中。

"你个傻瓜。你以为我会把他让给你？"

男人始终认为，道士这句话并不是说给他，而是说给他背后那座荒坟的。

插增集

【0】

袁无涯说他昨天晚上做梦好像被石头砸了，早晨起来眼前仍旧像开了个彩帛铺。

——好端端的乌利琼英，被他改成"张宜人"，这是下拔舌地狱的勾当。被砸一下实在太轻了。要我说至少砸出个水陆十全道场来才解恨。

"你可以说我在篡改，而我真正想做的不过是，给那些名字赋予一个真正的灵魂。"袁无涯认真地说。

"你可以说我在让文本变得凝练，节制，剥离那些无关紧要的浮华，只留下最坚硬的骨骼。"我故意学着他的语气，"而我真正想做的不过是，给我的书坊省下两张纸。"

"仰止，你这样是不对的。"

"你呢？"

我所没有说的是，我在书稿上一行一行地涂抹，用柔软的笔触凌迟那些健壮的身躯，直到他们都变得血肉模糊，并因此而面目雷同：我做这一切，是因为我惧怕灵魂。

我所迷恋的，只是他们的名字。

【1】

　　宋军中有若干长盛不衰的话题。在行军的路上或是埋伏的过程中，是这些无休止的争论让将士们维持兴奋和敏锐。

　　诸如，孙提辖和黄都监谁更强？

　　诸如，孙提辖该不该进八骠？该不该进五虎？

　　诸如，孙提辖和石秀真打，谁能胜？

　　再如，当时卢元帅与孙将军大战一百回合，其中几分是真，几分是假？

　　当然，这些讨论都是背着当事人的。但某天不知怎地，最后一个问题被泄露出去，从此成了孙安的心结，到死都没有解开。

　　"你得告诉我，到底是不是好好打的。"孙安不知第几次这样问。

　　卢俊义俨然训练有素，当即毫不含糊地说："是。累得我一身臭汗。命都差点搭进去。"

　　孙安紧紧抿了嘴唇，一语不发地走了。

　　"我教主人说累得一身汗，没教主人说命都差点搭进去……"燕青简直绝望了，"主人……过犹不及呀。"

　　"你说，他为什么老问这个……"卢俊义战孙安的时候倒还轻松，这会儿却窘得一身汗。

　　燕青耸耸肩："死心眼呗。主人要是都不理解，就没有别人能理解他了。"

　　后来卢俊义被孙安纠缠不过，终于答应再战一回，真刀真枪，立了生死状，谁也不许放水。

　　两匹白马，单枪双剑，不一时，风飘玉屑雪散琼花，看得人连连喝彩。斗到五十余合，卢俊义忽然逼过双剑，对胸揪住孙安。燕青在旁边下巴都掉到地上。卢俊义使的是长枪，三尺之内完全施展不开，而这样近的距离正中孙安下怀。如此一来，卢俊义岂不得被剁成肉泥。

正在此时只听当啷两声，却见孙安也撇了双剑，揪住卢俊义，二人扭作一团。

燕青和伙伴们都惊呆了。

【2】

卢俊义总是忘记孙安的眼睛和面容。甚至有时候，他觉得自己从没有看清过这个人。

他们只在为敌的时候是面对面的。在他们成为盟友之后，大多数时候都是背对背的。

他只能用后背感知他的后背。他知道那个背影又宽阔又暖和，能替他阻挡所有的冷风和箭矢，就如同他也在为他所做的那样。

久而久之，在他的印象里，那个山一样的背影就好像是孙安的全部。

厮杀的过程中卢俊义偶尔也为孙安担忧，但战场上的情形并不容他回头去看。每当这个时候他总是能听到孙安用平静的嗓音说："好。"

就好像他刚刚问了他：你还好吗。

好。他听见他说，即使在他死后。在宣州，歙州，杭州，独松关，昱岭关，在每一个他恐惧，无助，难过的时候。背后平静的声音，如一块温热的石头，靠在上面，什么也不用再担心。

在这个不可理喻的世界上他拥有过很多很多身外之物。他的万贯家财，他的清白姓字，他宠爱的妻子和信任的奴仆。后来他相信，上天给他这些，不过是为了看着他一点一点失去他们，如看着一个无知的孩子用尽力气挽留元夜的烟花。他檐下的燕子，陪他度过整个寒冷的冬季，却注定在冰雪消融时回到它所从来的地方——天空。

三千繁华过眼，他一次又一次伸出手，所能抓住的，不过是这样一个声音。

好。他听见他说，在淮河浑浊的流水里。当他的后背触到河床，柔软的泥沙带着某种温度，如另一个宽阔而结实的后背。

【3】

向晚时分，昭德城里难得的宁静。喧腾了数月的烽烟暂时平息下来。张清和安道全正在襄垣用计，宋江领军退驻昭德，以示惧怕之意。

唐斌又一次找到孙安，惴惴地问："这几天……可有什么消息？"

孙安爱莫能助地摇头。唐斌还是不肯死心："乔法师从汾阳……"孙安没等他说完又摇了摇头，并且说："耿恭那里，你也不用再去问了。"他怜悯地拍拍唐斌的后背："别想了……"

唐斌沉默了一下，叹口气："怎么能。"

孙安皱了眉，心里又难过又烦躁。他所认识的唐斌并不是这样的。自他们在宋营中重逢，唐斌一直是失魂落魄的样子，每天都要把几个河北降将挨个问一遍，可有山士奇的消息。

"你和山士奇……我并不记得有很深的交情。"孙安明知这话不合时宜，但还是忍不住想说。

"过去是没有。现在不就有了。"唐斌苦笑，并且转身离开了。他走路的时候左腿还是不太利索，是上月攻打昭德时被乔道清刺伤的。其后唐斌又在昭德大牢里关了十几天，孙安还一直没敢问，乔道清都对他做过什么。这几个月于宋军，是一封接一封传往东京的捷报。而对他们这几个人而言，捷报上的每一笔都意味着失败、背叛、屈辱、手足相残的痛苦与不堪。

原本以唐斌的体格，这样的一记枪伤很快就能好。但这回他固执地不肯接受军医的治疗，眼睁睁看着伤口感染溃烂，连骨头都露出来。孙安偶然看见过一次，在心里"嘶"了一声。

不知要有多疼。

而孙安看见也只装作没看见，并没有大惊小怪地劝他去看医生。整个宋营里也只有他，多少能体会一点唐斌此刻的难过与自责。

他在故意让自己疼。

后来孙安让乔道清想想办法，乔道清摇头："你看现在这世道，能活下去的无非是两种人：像我这么聪明的，要么是像你这么呆的。唐斌不幸比你多了那么个心眼，就要了他的命。"

【4】

最终山士奇还是活下来了，甚至顽强地收聚了残兵去攻盖州。听到这个消息的时候所有河北降将都低了头暗自惭愧。后来花荣派人解来了山士奇，一群旧相识在宋营里重逢，各人的滋味只有各人知道罢了。

"让唐斌来见我。"山士奇从宋江手里接过酒，用一种不容置疑的语气说。

关胜在一旁开口："壶关的事，本都是我的主意。"

山士奇看也不看关胜，只重复了一遍："让唐斌来见我。"

宋江正想说点什么支吾过去，唐斌已经带着崔野和文仲容进帐来，走到山士奇面前齐齐行了个礼："山将军别来无恙。"

中军帐里的气氛一时间变得极微妙。所有人都用一种紧张又略带期待的目光盯着山士奇，猜测他对唐斌是要打，要骂，要杀，还是故作大度地说点什么酸溜溜的话。

山士奇脸上纹风不动，只有离他最近的唐斌听得到他把牙齿咬得咯咯响。下一个瞬间山士奇忽然从旁边卫兵手里顺过一条长枪，却让开唐斌，直取一旁的崔野。

饶是众人都有所准备，此刻也还是被他古怪的举动惊呆了。就连崔野也忘了躲。又不曾带甲，眼看一枪过去就要戳一个透明窟窿。

千钧一发的时候只有唐斌面色如常，早有准备般，抢上半步去恰到好处地一挡。山士奇毕竟使枪不熟，又当不住唐斌的巧力，竟被他空手缴了械。

这回轮到唐斌咬紧了牙，却终于没说什么，只将枪交回卫兵手里，对山士奇道了声"得罪"，拉着崔野和文仲容拂袖而去。

"手倒挺快。"山士奇不自在地笑了一下，到底有几分心虚。方才一时冲动，并不曾多想。要真伤了崔野，他于心又何安。

乔道清一旁冷笑："倒不是手快，他早料到你会报复在崔、文两位兄弟身上。——要和他斗心眼，你只好等下辈子罢了。"

山士奇原本已经消了几分气，一听这个又触动前事，不吐不快："崔将军是他兄弟，偏竺敬不是我兄弟？你教我怎么去和竺敬的老娘交待？说，她把儿子交给我，到头来竟死在自己人手里？"

乔道清最不耐烦听这些，登时拉下脸来："谁和你是自己人？你不愿意说是唐斌杀的，那就说是我杀的好了。——多大的人了，也不看看什么地方，只由着性子胡闹。"

河北军中没有人不怕乔道清的。如今他话说到这份上，山士奇哪敢再说什么。宋江继续殷勤劝酒，这事就算过去了。

【5】

而这事自然是没过去。

乔道清私下里把山士奇好一顿骂："偏你死了副将，偏你做张做致。我的孙琪、聂新呢？孙安的陆清、姚约呢？打仗哪有不死人的。有本事你去把唐斌也一枪戳死，没本事的，还不去给他道歉！"

山士奇到底年轻脸嫩，这几天里受了多少委屈，又没处说，索性借这个由头哭上了："我和竺敬，从小一处长大……他娘没过上一天好日子……"

"行了吧。你哪是心疼竺敬。你还不是因为过去太信任唐斌了，如今心里不服。"乔道清一句话戳到山士奇痛处，年轻人越发哭得像个孩子。

乔道清被闹得心烦，正要接着训他，忽然转念一想，谁没年轻过呢。照这样哭上几回，人也就长大了。

"你在盖州时，花将军没给你讲秦统制的事？"

"什么？"山士奇哭得差不多了，抽抽嗒嗒地问。

乔道清想了半天，最后还是摇摇头："你还是不知道的好。"

他清清楚楚地看见山士奇的心上起了一层茧。从今往后这个漂亮的大男孩再也不会哭得这么丢人，正如他再也不会信任任何人。

乔道清觉得自己按理应该难过一下，然而他难过不起来。他的心早就爬满了坚硬的茧，如今不过是又厚了一层罢了。

乔道清叫卫兵来，伺候山士奇洗脸："你等下去看看唐斌。带他去找安道全。他腿上的伤，再不治，就只好把腿砍了。"

山士奇惊道："怎么伤的？"

"打昭德时被我伤的。他这个人，聪明一世，一犯起傻来无药可救。遇上我竟不知道跑，还不如耿恭。"

"啊，然后呢？"

"然后被擒到城里，打上一百背花下了大牢。前几天刚给放出来的。"乔道清面不改色，"别看我。换你你不打他？"

山士奇一把抹掉脸上的水，匆匆走了。

【6】

　　"给我看。"山士奇又重复了一次。他向来倚小卖小，耍起孩子脾气来没人受得了。

　　唐斌哭笑不得，实在打发不走他，只好挽起裤脚，别过脸去。那伤口，他自己都不敢看。

　　山士奇目不转睛地看着，想伸出手去摸一下，最后还是没敢。

　　"后背。"他给唐斌放下裤脚。

　　唐斌正待抗议，山士奇已经来解他的腰带。唐斌赶紧躲开："别……我自己来……"

　　唐斌只亮了一下后背就又匆匆穿好衣服，反安慰山士奇："快好了……"

　　"乔冽个禽兽。"山士奇变了脸色。

　　唐斌笑着摇摇头："这是我该得的。"

　　"唐大哥……"山士奇来到宋营后第一次这么叫他，脸上的表情惹人心疼，"你说，我们为什么要这般受惩罚？"

　　唐斌愣了一下。这也正是在他心里煎熬了多日的问题。他没有答案，然而面对山士奇那张孩子气的脸他又觉得他必须说点什么。

　　"你可知金乌岭守将元仲良，战败又不肯降，带着老父去天王堂出家了。"

　　山士奇一挑眉毛："有这等事？他那样一个人，年纪轻轻的，做点什么不好……"

　　唐斌颔首："所以，你看，总归是因为我们还有所期待。"

【7】

　　那时唐斌在抱犊山上，听说关胜也在前来征讨的宋军中，当下就坐不住了。翻来覆去想了一晚上，第二天小心翼翼地问崔野和文仲容："二位贤弟可有建功立业、报效国家之心？"

崔野和文仲容心里明镜似的，立刻就明白了唐斌的弦外之音。二人对视一眼，文仲容道："但是大哥所愿，小弟无有不从。"

唐斌当天就单人单骑去了卫州。看着他下山远去的背影，崔野暗地里叹了口气，对文仲容道："只怕他人不似大哥这片心。"

文仲容当时还不以为然："我抱犊山原本就不南不北，晋王几年来一颗军饷都不曾给，就降宋，也没什么可议论的。"

崔野苦笑一下，没再说什么。第二天唐斌回来，脸色极坏，强打着精神给崔、文二人讲关胜的计谋：唐斌入壶关为内应；崔、文假意劫宋营，暗中与宋军会合。

整个计划听上去滴水不漏。虽然三人各自行事，以唐斌的武艺和心智，山士奇太不是他的对手，这一点上大家都不担心。然而崔野看见唐斌藏在袖子里的，微微颤抖的手，立刻意识到这个计划里还有他没说出来的部分。

"这等紧要关头，大哥再有什么事不肯说，却还要我们兄弟何用？"崔野太了解唐斌了。不逼着他说出来，让他自己颠来倒去地想，能生生煎熬出病来。

唐斌抬头看着二人，再也掩饰不了神色间的无助："他让我到时候杀了山士奇。"

文仲容当场破口大骂水洼草寇欺人太甚。崔野皱了眉，半晌道："大哥少不得从了他。不然，日后在宋军中哪有立足之地。"

多年占山为王，投名状之类的规矩，他们比谁都清楚。唐斌何尝不知道这个道理。然而一说到山士奇，他首先想到的是两日前壶关送来求援的信，殷切的，充满信赖的语气，眉飞色舞的笔迹，笺纸背后孩子气的脸。

却让他如何下手。

崔野提起唐斌的长枪递给他："生人杀得，熟人，又有什么分别。大哥此去，多加保重。"

【8】

　　唐斌脆弱的一面永远都只在崔、文二人面前才表露出来。入了壶关，便是一派大将风度。调兵遣将，支派粮草，事事成竹在胸。起了更，山士奇料唐斌日间劳累，劝他去歇息，唐斌却意犹未尽，带着山士奇上城察看防务。黯淡的火光勾出深不可测的影子，凭着参差的箭垛，再向外一寸就是空茫的黑夜。唐斌看不出城墙有多高，只凭直觉感到，万一掉下去，只怕要一头栽进地狱。

　　"山将军。"唐斌在暗影里忽然问他，"听说山将军有钜万家资，却如何来从军？"

　　他听见山士奇笑了一声："在家久了无聊得紧。出来长长见识。"

　　唐斌哂道："刀枪无眼，将军怎可当作儿戏。"

　　"有唐大哥在，我是不怕的。"

　　唐斌心头一紧，半句话也说不出来。

　　卖阵献关之际，唐斌手起一枪将副将竺敬戳下马。山士奇从十步开外跃马而至，电光石火的一刹那，两人一辈子也忘不了对方脸上的表情。

　　马蹄从竺敬的尸体上跨过的那一刻，山士奇终于清醒过来，抡起铁棒直取唐斌，本能地闭上了眼睛。

　　铁棒被轻巧地格开，与此同时他听到唐斌几乎是颤抖的声音："滚！快给我滚！"

　　片刻后林冲张清入关。唐斌当面跪下："末将无能，教山士奇走脱，甘领死罪。"

　　林冲无言地扶他起来。张清上下打量着唐斌，一直等到林冲走了，才低声道："常言道量小非君子，无毒不丈夫。将军切莫自苦。"

　　当时唐斌看着张清那张与山士奇一样年轻英俊，甚至还带着孩子气的脸，对他这句话匪夷所思。直到后来荡平了河北，张清带着新妇上东京献俘时，唐斌才私下里对崔野、文仲容叹道："张将军真大丈夫也。"

【9】

第二日崔野和文仲容随宋军也入了壶关。三人一见面，唐斌一眼就看出文仲容在和崔野闹别扭。而这两人闹别扭的原因向来只有一个。

"怎么，又有什么事想和我说，崔二哥不让你说？"

崔野白了两人一眼，扭过脸去不看他们。文仲容也不和他计较，对唐斌道："大哥可知，昨日我和崔二哥领军入宋营，宋军里戒备森严，并不许我们靠近，四处都有埋伏……"

崔野转过脸来，不耐烦地打断了他："我们新降，宋先锋有所戒备，总是人之常情。"

"我大哥这里孤身涉险，不惜兄弟反目，就落得个'人之常情'？"

"我当初怎么说来。"崔野心里也憋闷得紧，一时间口不择言。然而话一出口就后悔了，连忙补救，"我当初就说，我们来了，少不得先受些委屈……"

唐斌沉默半晌，长叹一口气，默默揽着崔、文二人的肩膀。"大哥对不起你们。"他深深低着头，额角抵着文仲容的肩甲，眼泪一颗一颗落在地上，"大哥对不起你……"

【10】

孙安总觉得唐斌自降宋后，整个人都变了。脾气阴沉沉的，就连酒量都比往日小了许多。然而孙安向来不善言辞，实在不知该如何劝解。好在后来卞祥也来了。孙安有事没事就拉着唐斌去寻卞祥，指望卞祥能说会道，好歹能劝劝唐斌。

卞祥在晋国原本也是起自行伍，却一路做到太师右丞相。除了武艺和战功，城府和手腕，更重要的原因还是乔道清说的："太师是个有心人。"

卞祥庄家出身，小时候并没读过多少书。然而为了做官，多少年里勤勤恳恳，上马枪棒下马诗书，拜相之后居然写得一手好章奏，单这一点就让孙安等人自叹不如。

宋军压境之时，孙安主动请缨驰援晋宁，受命之际卞祥去与他辞行，酒席上拉着孙安低声说了一大堆文绉绉谁也听不懂的话。什么枝条始欲茂，忽值山河改；什么本不植高原，今日复何悔。孙安听得懵懵懂懂，事后照猫画虎地讲给乔道清，问他："太师到底是什么意思？"乔道清略一皱眉："安心打你的仗罢。有你琢磨这个的工夫，不如去好好想想怎么对付卢俊义。"

后来听报说卢俊义在绵山擒了卞祥，乔道清当时就挑起了眉毛。绵山？晋王给他的都是精兵强将，从威胜出来十几日，就才走到绵山？

孙安第一反应也是惊诧不已：卞祥武艺如何先不说，单是那铁塔一般的身子，晋国最好的马都被他累死过多少，竟然被卢俊义活捉过阵来？

"何至于。捉我还得绊马索呢……"孙安悄悄对乔道清说。

"他老人家真是……"乔道清多少有点哭笑不得，"也难为他，一家子上有老下有小，山一样靠着他……"乔道清自住了口，摇手示意孙安也不要再问了。

【11】

河北降将入了宋营，个个都变着法儿找机会上阵立功。没事就到中军帐附近打听，眼下可有什么任务没有。惟独卞祥新添了个怪毛病：嗜睡。就连围攻威胜那几日，战事十万火急，也不耽误卞祥每日睡上七八个时辰。孙安和唐斌去找他十次，倒有八次被余呈挡在门口，说我家主帅昼寝未起，二位将军不妨改日再来。

孙安摸不着头脑："我听说上了年纪的人都睡得少……"

如此几番之后唐斌倒是猜到了三四分。孙安再叫他去找卞祥聊天，他就找借口不去了。

之后的一天孙安一个人在帐里吃午饭，卞祥破天荒地来找他。先是漫无边际地客套一番，然后不知怎地把话头兜到唐斌身上。卞祥压低声音道："你教我劝他什么呢？他建功心切，什么事都做得出来，旁人还有什么好说的。"

孙安脱口而出："唐大哥不是那样的人。"

卞祥冷笑："近朱者赤。你自然不觉得……"

孙安愣了一下才明白卞祥的意思，一时间气得连碗都端不稳，索性掼在桌上："卞大哥，恕我直言，你过去也不是这般畏首畏尾的人！"

卞祥仿佛早就料到了他的反应，始终面沉如水，无比镇定地看着孙安，直到孙安自觉无趣，轻轻哼一声，别过头去。

"如今和过去怎么比。"这时候卞祥终于开口，仍旧是低沉的，怕被旁人听见般的嗓音，"他们是天上星宿，早晚一处完聚。我们不过是平白多出来的人。"

卞祥走后孙安一直闷闷不乐，去乔道清那里抱怨："原本好好的人，到了这里，一个个都变得奇奇怪怪。"

"你也是呀。"乔道清漫不经心地说。

"我怎么变了？"

"你自己看看，这三个月里身上添的伤，比过去五年里加起来都多。还嘴硬。"

【12】

卞祥曾经嘲笑孙安是有"先锋癖"的人。但凡上了战场，再看不得有第二个人冲在他前面，定要一马当先才甘心。对此孙安不生气也不谦让，只笑道："马太快。怨不得我。"

既是首当其冲，每到收兵时孙安总是浑身是伤。乔道清恨得咬牙切齿："记吃不记打的东西。也不知你是替谁这般卖命。"

说话的时候卢俊义也在旁边看着军医给孙安敷治，听了乔道清这句话，虽不解其意，却莫名地浑身不自在起来。

"我没有……"卢俊义委屈地看着孙安，"我说什么了吗……"

孙安大笑，想抬手去拍卢俊义的肩膀，却不小心动了伤处，只好作罢。"不干卢先锋的事。自是小弟执迷。"

孙安并不曾向卢俊义和乔道清解释更多。他只是私下里对唐斌和卞祥说："也就是冲锋陷阵的时候，我才觉得自己真真切切地活着，是个有用的人。"

卞祥对此不以为然地摇摇头。唐斌脸色一沉，正待说点什么，忽来人报戴宗来访，三人忙起身去迎。却见戴宗手里拿着几张官诰，一一发给三人，然后也不多说就匆匆走了。

三人拿着指挥使的官诰，看了一遍又一遍，只得面面相觑，谁也不知该说什么。

最后卞祥打破了沉默，唤来一个贴身侍从："去送到威胜家里，给老夫人和夫人说，是个大官。"

唐斌和孙安直等到那个仆人离开走远了，才撑不住笑出来。虽然不知有什么可笑的，三人还是笑出了眼泪。

唐斌一边笑，一边指着孙安道："我们可也得赶紧找个女人，要不你看，连张官诰都没处可用。"

【13】

马灵接过官诰，凝神看了一遍，用难以置信的目光看着戴宗："指挥使？你莫不是在消遣我？"

戴宗心一凉，生怕被他看出破绽，忙正色道："这话从何说起？"

"你们大宋国，哪有指挥使这个官衔？"

"啊，你连这都知道……"戴宗下意识脱口而出，忽然觉得不对，连忙咳嗽一声，"那个，什么你们我们的，说话注意点。"

马灵翻个白眼，拿着官诰颠来倒去地看。戴宗心惊胆战地揣摩着他的神色，以为他随时都会一把扯个粉碎。然而马灵并没有，只是看了半晌之后忽然问："这上面的名字和官衔，是宋元帅自己填的吧？"

戴宗满头大汗，想含糊说点什么混过去，然而在马灵三只眼睛的注视下都说不出口。"是……那个，你想啊，我从东京来的时候，并不知道有多少河北将领要来归顺……你，你知道我费了多少工夫才领到这些空头官诰……"戴宗委屈得快哭了。

马灵听了倒没生气，反破颜一笑："这敢情好，你还有多少空头的？都拿来给我。"

"什么？！"

"给他们呀。"马灵指着帐外列队巡逻的士兵，"一人一张，都填个都统制什么的，你知道他们会有多高兴。"

戴宗张了张嘴又闭上。半晌方道："你……你莫不是在消遣我……"

三天后宋江忽然发现北军的士兵都表现诡异，三三两两聚在一起，一人手里拿着一张纸，兴奋地指指戳戳。

奇怪啊。宋江想。他们难道不都是目不识丁的么。

正想着，一阵风刚好把一张这样的纸吹到宋江脚下。宋江连忙捡起来，一眼扫过去，脸色好比吃了个苍蝇。

"传戴宗。"

"成何体统呀成何体统……"刚刚捡来的官诰被宋江拍在帅案上，"这么重要的东西都看不好，将来看把印丢了，只好去上吊罢了。"

戴宗不服："哥哥你看，这官诰纸质粗劣，还有白字，哪是我从东京领来的那些。只怕是孩儿们弄着顽的，哥哥只下令都缴上来就是了。"

宋江怔了一下，最后摆摆手："罢罢。教他们顽去罢。"

好容易把宋江这里交待过去，戴宗气势汹汹地去寻马灵："你怎么那么欠！"

马灵一脸无辜，吧嗒吧嗒眨着三只大眼睛："戴宗哥哥，你看，我还给你印了好多甲马。"

【14】

宋江让戴宗去和马灵学日行万里之法。戴宗一向听说马灵性情古怪，又不好对宋江推脱，只好硬着头皮去讨教。开口之际他倒希望马灵一口回绝了他，也就干净了。

然而马灵并没有推辞，只是解开裤脚将裤腿挽上去，一直挽到膝盖以上。然后静静看着戴宗。

戴宗目瞪口呆。马灵的两条腿瘦得皮包骨头，膝盖处两道触目惊心的疤痕，深深陷下去，分明少了块髌骨。

马灵重新将裤子放下去，扎好裤脚，然后伸手去摸戴宗的膝盖。

"不不不……我……我不学了。"戴宗连忙拿手护着膝盖，站起来跑得比兔子还快。

马灵看着他渐渐远去的背影，落寞地眨了眨眼睛。

后来戴宗托了石秀，石秀托了卢俊义，卢俊义托了孙安，孙安托了乔道清去问马灵："是什么时候成了这样的呢？"

"我母亲去世之后。"马灵平静地说。

【15】

对一般人来说，"万里"是个太过夸张的概念，完全超出了想象力所能及的范围。当人们听说马灵日行万里，总是惊讶地说"啊，真快"。然后就词穷了。

宋军里，戴宗大概是惟一一个稍稍能理解马灵的人。

"我听说大宋的疆界也不过万里。你去过很多别的国家吧。"

马灵想了想，答非所问地说："你知道，无论你走多快，远的地方还是那么远。"

戴宗经常觉得自己和马灵说的不是同一种语言。

不过后来孙安证实，他的镔铁双剑确实是马灵从西域买回来的。

这话说的，就好像去集市上买棵白菜。

戴宗听说后一直心痒难耐，后来有一次终于忍不住，看马灵心情不错，就去问："我听说西域有一种还魂香，可以让人看见死者。"

"哦。是乔法师要的吗？"马灵瞪着三只眼睛问。戴宗惊悚地发现他的第三只眼睛和另两只竟然可以不同步，有睁有闭，就好像额头上另有一个生命。

戴宗心中一时间天人交战。说是呢，万一日后露了馅，乔道清岂是好惹的。说不是呢，眼看事情就要黄。

"那个，马灵兄弟，你就不想要这还魂香吗？你看你们死了那么多人……"

马灵忽然放下脸来，抛给他一个大大的白眼走了。满后背好像都写着"鄙视你"三个大字。

【16】

马灵总觉得自己丢失了什么东西。在很久以前。

也许是一架风车，一双虎头鞋，一条温顺的猎犬，一匹栗色马，或是一只琥珀色的鸽子。他多想把它们找回来。可是，没有人记得它们丢在了哪里。

他不停地跑啊跑啊，每一次只能在时空中留下细细的一条轨迹。可他并不着急。他相信只要他跑得足够快，总能像梳篦一样遍历这片土地的每一个角落。

他总显得快快不乐，并非生性刻薄，只是时常心感若有所失。

乔道清在悬缠井收服他的时候，说，以后入了宋营，不比在北军里，要谨言慎行。

马灵委屈又顺从地点点头。

直到最后的最后回到东京，和戴宗分别时，马灵觉得终于可以说了："如果你见到我的猎犬，栗色马，和琥珀色的鸽子，请务必把他们送还给我。"

在那之后的很长一段时间里，戴宗疲于奔命，不知送过多少只狗，马，和鸽子去二仙山，然后看着马灵面无表情地摇摇头，将动物们放走。

后来戴宗受够了。就再也不去了。

只是每当有飞鸟的翅膀掠过天际，他总是不由自主地凝神去看，那东西可有琥珀色的羽毛。

【17】

行军到西京附近的时候余呈总显得心不在焉，路也不好好走，每碰到一块稍整齐点的石头就要过去翻来翻去地看。乔道清看不入眼，训了他两句。余呈也不辩解，只潦草地答应着，目光却又飘到路边一块奇形怪状的石头上。

卢俊义好奇得紧，叫来余呈好言好语地问："你看的那些石头，可有什么特别之处？"

余呈眼角稍着乔道清，不敢说话。

卢俊义低声对他道："没事。我不让他训你。"

余呈这才放下心来："卞太……卞大哥让我留心看着，有没有石头上刻了字。"

"什么字？"

"绿野堂，南庄，平……平泉……"余呈努力回忆那些生涩的字眼。

卢俊义听得一知半解，旁边乔道清早"嗤"的一声，对后面的卞祥笑道："卞相公还有这般怀抱。"

见说相公二字，卢俊义隐约想起来，洛阳西南这一带，在唐朝时颇有几位名臣的别业。说起奇石之癖，在唐时传为美谈，到了本朝却完全变了味道。

正想着，余呈忽然举着一块残破的太湖石跑过来，擎到卞祥眼前。卢俊义凑过去一看，只见石块的底面磨平了巴掌大的一片，上面镌着"有道"二字。

卞祥连忙下马来接过石头，左看右看，好像不敢相信自己的眼睛。又听带路的向导说前面是平泉桥，越发乐得合不拢嘴。

"古物呀。"卞祥也不嫌石头沉，一路抱在手里，不停地向卢俊义炫耀，"这是李卫公庄上的太湖石，若非有缘，如何就教我寻到了。"

"李德裕怎么死的且不说。单说他窝里斗了一辈子，究竟有什么功业。"乔道清仍旧是阴阳怪气的腔调，"国之将亡，谁奈何得了它。"

【18】

　　山士奇自入宋军，大小几十场战斗，虽然卖力，却始终没有斩将的机会。别人自无言语，他本人毕竟年轻要强，心里总憋着一口气。

　　打到西京时总算抓住个机会，两军对阵之际第一个出马，三十回合上戳死偏将卫鹤。他高兴得都忘了去割敌人的首级，只顾拨转马头，朝着本阵上飞奔过来。

　　所有人都记得那一刻，他脸上孩子气不染尘埃的笑容。

　　下一个瞬间酆泰忽然从他背后偷袭，只一锏便取了山士奇性命。他死得太快，连这笑容都来不及收起，就那么和惊恐无助的目光、因剧痛而纠结的眉头一齐定格在脸上。

　　宋军阵里，第一个从震惊中回过神的是唐斌。然而正当他挺枪出马之际，一条青龙偃月刀倏地横在眼前，险教他连人带马折个跟头。

　　"别去。"关胜的语调和刀锋一样冰冷，"你打不过他。"

　　唐斌不睬，想使蛮力把刀推开，无奈几日前为救崔野和文仲容，与縻貹一场恶战，人不曾救得，却自伤得不轻。更兼此刻心如刀绞，连平日里五分的力气都使不出来。

　　关胜见他急红了眼，越发不肯放手，眼看两人就要自家打作一团，宋军阵后忽然冲出一骑，到阵前更不打话，直取酆泰。斧运如飞，酆泰直到脑袋落地都不曾看见那人的面目。

　　宋军诸将也是直到此时才看清楚，来的不是别人，却是自归降后始终韬光养晦，从不见出手的卞祥。

　　卞祥倒提大斧，挑了酆泰的人头回阵。路过唐斌身边的时候稍稍停了一下，不动声色地拍了拍他的后背。

　　晚间照例书写功劳簿。卞祥自是早早就寝，只派余呈去给卢俊义传话："酆泰的人头只记给山士奇便罢。他没家没口的，这里再不记上一笔，死得连个响都没有。"余呈说到这里，挠了挠头，"卞大哥还

"

说，其实，功劳簿上有没有这一笔，到底也没什么分别。”

【19】

卢俊义取了西京，回程时走到平泉桥，遇到毒火鬼王寇滅，卞祥不及躲避，竟被烧死，连句话都不曾留下。卢俊义教人将他殡殓了，就葬在桥头一处山丘上。

下葬之际乔道清不满地看着匆匆刻就的墓碑：“他老人家半辈子出将入相，最后就落个‘指挥使’，没的不教人恶心。”

朱武皱眉道：“照法师的意思，难道要给他刻个‘晋太师右丞相’不成？”

乔道清瞪了朱武一眼，没有答话，径自上去拔了墓碑，将那块镌着“有道”的太湖石树在坟前。

【20】

唐斌又开始做这个噩梦。

他梦见山士奇站在他的旁边，用一种笨拙的姿势拿着他的长枪。在他们的面前一群人围成小半个圆圈，全都是唐斌熟悉的人。有他的父母，兄弟姐妹，他曾经恋慕的女人，还有他生死之交的兄弟。

一，二，三，……山士奇拿枪尖数着人数，脸上是孩子气不染尘埃的笑容，一如他纵马向他们飞奔而来的那一刻。

然后，他忽然一枪戳向唐斌的父亲。老人伸出双手抵挡，枪尖穿透他的手掌以及胸膛，但他并没有跌倒，至死保持着站立的姿势，睁大了眼睛瞪着唐斌。

接下来是母亲，姐姐，弟弟，然后是崔野，文仲容……每一个人都是一模一样的死法，双手交叠在胸前，目光汇集在同一个焦点上。

唐斌悲痛欲绝，倒在地上哭得天昏地暗。即使在梦里他也觉得自己的举动太丢脸了。无论技巧还是力气，山士奇都不是他的对手，他完全可以空手去缴他的武器，就如同他曾经做过的那样。可是如今他无论如何也做不到。

在某一个瞬间他好像看见山士奇的脸上挂着糜赀的狞笑。

他像条狗一样跪在那个陌生人的脚边苦苦哀求："杀了我。你为什么不杀了我……"

唐斌猛地挣扎了一下，汗水淋漓地醒过来，发现自己差点从床上掉下来。

帐外正打着四更的鼓。唐斌坐起来又躺下去，反反复复横竖睡不着，索性披衣起身，准备去巡一遍营。

一出帐篷，他惊讶地发现不远处尚燃着一小堆营火，几个穿长衫的人默然围坐一圈，也不知是不是在聊天。

"三位先生起的恁般早。"唐斌过去，恭敬地朝他们行个礼。

三人连忙站起身来还礼。上首的裴宣道："我们不比将军日里厮杀劳累。虽是百无一用，多少还能替将军守几个更次，将军不妨回帐去再歇一时。"

唐斌心底一暖，想说点感激的话却又说不出口，便在火堆边坐下，同时示意裴宣、萧让、金大坚也坐。"有劳三位先生。"他漫无目的地拨弄柴火，偷眼打量着三人白净的脸和手，莫名地感到紧张和不安。昨天他从宋江那里领了将令，护送裴宣三人去宛州。一路上他们始终没说过几句话。在唐斌看来，这次的任务就好比押送三个瓷娃娃，他把它们细心地包裹好藏起来，记得按时给他们饮食，白天走平坦的大路，夜里拣干暖的地方扎寨。除此之外，他完全不知道他和他们还能说或者做点什么。

萧让显然看出了他的局促，首先搭讪道："听说唐将军与我们关胜头领有旧。"

唐斌连忙点头："关大哥是我的救命恩人。"

萧让等人并没有追问，只是微笑着等他说下去。

"我那时在蒲东军营里，只是个小卒。"唐斌艰难地组织着语言。在这几个人中间他每说一个字都提心吊胆的。"年关前知府差人费发赏钱，被官差克扣了大半。兄弟们都不服。我那时候性子坏……"他不自在地笑了一下，"一气之下杀了官差，下到死牢里，多亏关大哥暗中私放我出来。听说后来连累大哥吃了许多棍棒，一连几年都不得升迁。"

萧让与裴宣和金大坚交换了几个复杂的眼神。从这个简短的故事里他们看到了无数重重叠叠的影子，都是他们所熟悉的人。

裴宣叹口气："关大哥当年果然是义薄云天。"

唐斌颇觉"当年"二字刺耳，皱眉道："先生此话怎讲？"

裴宣和萧让苦笑不语。良久，金大坚沉着嗓音道："去年我们刚离东京，也是一个小卒杀了官差……"一阵冷风扫过来，后半截话头就好像细密的尘埃一样被卷走了。

"那个人……死了？"

没有人回答他。

【21】

天快要亮起来的时候唐斌忽然站起身。萧让等人困得迷迷糊糊的，又和他到底不熟，都没有问他要去做什么。

唐斌回到帐里迅速穿戴好衣甲，从后门出去，点起一百亲兵悄然离寨，同时嘱咐留守的副将保护好三位先生。

他听到由远及近的，故意压低的马蹄声，脚步声，兵刃摩擦的轻响。他知道伏兵正从四面八方围过来，他甚至已经猜到了对手是谁。这样的敏锐和警觉，那几个读书人是不会有的。

唐斌捏紧了手里的缰绳和长枪。黎明前的黑暗里他策马穿过茂密的树林，看见一重又一重透明的影子静静跟随在他身边。他相信那是他所爱的那些亡灵。

他听见那些影子对他耳语：在树林的尽头，是那个宁静而美好，
没有痛苦、背叛、罪恶与惩罚的彼岸。

【22】

柴进和李应拿火炮打死了縻貹。尸体破碎得不成样子，散发着血
肉焦糊的恶臭。关胜去看了一下，显得很不高兴。

"好歹留一块整的，教兄弟们碎割了，出口恶气。"

最后他们从死尸中挑了一个面目狰狞的士兵，割下头来，拿回去
就说是縻貹。

反正近距离见过縻貹的人，都已经死了。

这时关胜忽然想起一件事：唐斌的墓在哪里？

唐斌死在荆南城外某个地方，具体哪里，萧让裴宣金大坚众口一
词地表示当时情况太混乱，记不得了。他们没敢告诉关胜，真相是宋
军并不曾派人去打扫战场，只怕尸骨已经被野狗啃干净了。

文人呀，就是不中用。关胜难过地叹了口气。

后来有士兵告诉他说，这事可以去问马灵。

他们说，马灵每到夜里就离开营寨，手脚轻快如鬼魂，循着日里
厮杀的路径找回去，收殓战场上零乱的尸体。不论宋军、河北军、淮
西军，不论头领，小卒，战马，还是野狗，都做一处埋了，将土填
平，等到太阳升起时，土地上已经重新长满了庄稼。

另一种说法是，马灵把战场上所有的尸体都堆在一起，祭起一场
大火将他们烧化。有人曾亲眼看见在黑夜的最深处，马灵抱着胳膊站
在平原上，腐臭难当的火焰和黑烟围绕着他，在他的上方五百只火鸦
聒噪着盘旋。第二天清晨大火熄灭，每一颗骨灰都长成一朵美丽的
花。

诸如此类荒诞不经的故事在宋军中传得神乎其神，兵卒们背地里
称他作：我们的掘墓人。关胜一开始不信，后来听得多了，倒不介意

去问上一句。

而马灵直截了当地说："不告诉你。"

关胜一口气噎在腔子里，半晌才慢慢咽下去。

"我和唐将军是总角之交。"关胜旁敲侧击：你以为你有资格？

"唐斌死的时候是一个人。"马灵和别人说话时，经常让对方觉得答非所问，"我葬他的时候也只有一个人。"

崔野和文仲容的坟，在数百里外的山南军。有一次孙安问起这件事，说，应该把他们迁葬一处。马灵不解地看着他："死都死了，怎么还那么麻烦。"

于是关胜又说，你看我们如今杀了縻貹，正要去唐将军墓前拜扫，滴血飨祭。

马灵皱眉："死都死了，怎么还那么麻烦。"

【23】

又过了一段时间，关胜以为马灵已经把这事忘了。他总觉得马灵那副恍恍惚惚的样子，脸上虽多一个眼，心上不知要少几个眼。

"那个，我听说唐将军的枪在你那里。"唐斌死了好几个月之后，关胜忽然发现，自己没有留下一件他的遗物。

马灵再次直截了当地说："不给你。"

关胜这次总算是有备而来。"你又不骑马。"他故意比划了一下马灵的个子，"那枪比你长一半，使得起来么？"

"我拿它晾衣服。"

关胜眼前一黑。再能看见东西的时候哪里还有马灵的影子。

【24】

北军中常年流行一种游戏，后来他们并入宋军，又将这个传统在宋军中发扬光大。

游戏的内容是，几个人下注，然后看谁能说或者做点什么，把马灵逗笑。

大部分时候，钱都被那些赌马灵不笑的人赚走了。久而久之"笑"的赔率越来越高，偶尔赢一次的人都赚得盆满钵满，看得人好不眼红。

这个游戏仅限于士兵中。马灵一个士兵也不认识，就连每天伺候他的侍卫，他也从不记得他们的面容和名字。他也只对陌生人才有非同寻常的好脾气。若其中有一个他认识的人，他定是要翻脸的。

这会儿他又被一群兵卒围在中间，听他们讲无聊的笑话，互相讽刺挖苦，揭发彼此最隐秘的黑历史。马灵从一个人看到另一个人，猜测他们各自下了多大的注，输赢对他们会有多大的影响，并据此决定自己该笑还是不笑。

正在这个时候忽然起了一阵大风，一时间飞沙走石天地无光。士兵们纷纷抱着脑袋跑开，躲进最近的帐篷里。风渐渐平息下来，马灵抱着膝盖坐在地上，乔道清板着一张脸站在他对面，居高临下地伸出手。

马灵顺从地把手放在他的手里，被他拉起来，揉着被狂风吹得红肿的眼睛，朝乔道清委委屈屈地一笑。

不远处的军帐里，士兵们兴奋地朝他们指指点点，为几文钱的赌资争得头破血流。

【25】

梁山好汉间常年流行一个游戏，后来收了许多河北将领，也在北军中发扬光大。

其内容是，各好汉轮流邀戴宗去酒馆里吃酒，最后看谁能让戴宗主动付账。

这个游戏难度之高，连宋江都望洋兴叹："如今想来，惟一一次有胜算是在琵琶亭，戴院长好歹是主人……谁曾想半路杀出张顺兄弟来。"

有人说梁山上惟一赢过是石秀。然而杨林每每力辩："他哪次请石秀吃酒，不是我去会钞。"

此话一出，众人的关注点立刻转移。到底谁付的银子反倒没人关心了。

据说惟一被戴宗亲口认证过的赢家是马灵。"那厮吃得兴起，抄起一块金砖照桌上一拍，喊店家来会钞。"戴宗愤愤不平地描述，"害得我还得替他赔砸坏的桌子。"

戴宗说这些的时候，马灵始终坐在旁边，专心致志地咬着乔道清分给他的胡桃。

【26】

后来马灵随大军回东京，授幽州军马都监。入朝谢恩之后马灵回到下处，一阵风脱了官服，扛着唐斌的长枪径到东华门外，选个最显眼的地方将枪扎在地上，官袍纱帽印信都挂在上面，迎风招展好似一架稻草人。

马灵收拾好这一切就扬长而去。稻草人周围不一会就聚集了一圈闲人，看着地上树枝划拉的"偷盗者死"四个字，不知该怕还是该笑。

夜色渐浓，最后一个闲人终于散去。关胜从小茶坊的影子里走出来，一顿把扯下乱七八糟的衣服，提起枪大步走远。

"死都死了，还这么麻烦。"

马灵、樊瑞和公孙胜同在罗真人门下学道。马灵年纪最小，顺理成章地管公孙胜叫师兄。

后来乔道清也来了，马灵也叫他师兄，然而再见到公孙胜，却扭捏不已，犹豫多方，最后只"嗯"一声就算打过了招呼。

公孙胜心中好不纳闷。旁敲侧击地问过马灵，也问过乔道清，却是谁也不肯说出个所以然来。

马灵也为这事苦恼不已。他分明听见乔道清管公孙胜叫贤侄，他又是管乔道清叫大哥叫惯了的。如今他再叫公孙胜师兄，岂不是连累乔道清吃了亏。

这种事，原本只要说出来，大家笑一回也就过去了。可是马灵实在太内向了，以至于很多年过去，他见到公孙胜时还是纠结许久，最后"嗯"一声就算是称呼。

【28】

为破独火鬼王，马灵带公孙胜一起去清凉山关请华光神。庙里立着华光大帝泥神，端的雄姿英发，宝相庄严。华光身后暗处又有一个白发老妇的塑像，已落了厚厚一层灰。

马灵且不随公孙胜去华光神前祝赞，径绕到后面，指着老妇的泥神道："这个像我母亲。"

那老妇人不但相貌粗丑，还面带几许狰狞之色，正是常食生人的吉芝陀圣母。公孙胜细看了一番，口里不好说什么，心里早笑个不住。

"清道长可知华光故事？"马灵也不待公孙胜回答，又接着说，"华光三世投胎，前二世之母都贵为神仙，而他最后上天入地，三下酆都救的那个，却偏偏是个食人的妖怪。"

公孙胜难得听马灵一口气说这么多话，觉得有趣得紧，忍不住想逗他再多说些。"我梁山泊上有一个武圣子孙大刀关胜，不但生得面如重枣，丹凤眼、卧蚕眉，连坐骑都与赤兔一般无二。——要说这火炭赤马虽稀有，花上成把的银子也总能寻得。却不知兄弟从哪里寻出个酷似这泥神的娘来？"

马灵瞪大了三只眼睛看着公孙胜，吧嗒吧嗒眨了半天，还是一脸困惑："此话怎讲？我母亲自像她，并不是我寻来的。"

公孙胜心道你吹牛皮就吹罢了，难道还求着我戳破不成："兄弟自比华光，令堂又像吉芝陀，子母两代，哪有这般巧合。"

马灵又眨了好几下眼睛才终于转过弯来，一跺脚："哎呀，世上哪有你这么糊涂的人。要不是因为母亲，我又如何会去学华光，又哪里有今日的马灵。"

公孙胜且顾不上去想孰因孰果，先被一句"世上哪有你这么糊涂的人"气得七窍生烟。宋军上下哪个不知道马灵最缺心眼，如今竟如此挖苦他。情何以堪。

幸好马灵平时寡言少语，从不道人是非，这一节后来也再没对第三个人提起过。

【29】

拜过了华光庙，马灵重新扛起公孙胜上路，回淮西。

一路上马灵的嘴比腿脚还忙活，一刻不停地给公孙胜讲他的母亲。讲母亲给他编的麦秸风车，给他纳的虎头鞋，讲他小时候贪玩，跛腿的母亲一脚深一脚浅走几十里路寻他回家，到家时一锅小米饭正在灶上香气四溢。

讲母亲病中给他缝了一世里穿不完的衣裳，乃至龙凤呈祥的红绫被，新妇的吉服，乳儿的褓褓。讲母亲死的时候拉着他的手泪落不止："过两天入冬，谁来给我儿添换棉衣。"讲母亲死后，他甘心被邪恶的巫术剁去膝盖骨，从此日行万里，上穷碧落下黄泉，寻访一枚缥缈的亡灵。

马灵一直语气平静。再刻骨铭心的爱与痛，穿过多年时光的帷幕，早被筛得清明澄净。

而公孙胜忽然想起数千里之外古稀之年的老母，她此刻在做什么？腰疼吗？腿疼吗？有没有人帮她挑水担柴？是不是又镇日守在小石桥的阑干上，远远望着官道的尽头？

公孙胜忽然荒谬地羡慕那些幼年丧亲的人，可以将悲痛像沙子一样埋在心底，一点一点打磨成珍珠。而于他而言，远方孤独的母亲如一道永远不会愈合的伤口，无论何时，只消轻轻一碰就疼到骨头缝里。

马灵毫不心软，还在不知疲倦地讲啊讲啊："华光救母，被砍了双足，尚且不悔。我只丢了两小块骨头而已。况且这点皮肉之苦，比起树欲静而风不止，实在不值一提。"

公孙胜哭得没了力气，只从牙缝里挤出三个字：你。好。狠。

待回到宋营中时，宋江对着他俩左看右看，心中啧啧称奇。要说马灵欺负公孙胜呢，谁能信。但若不是这样，公孙胜这副失魂落魄的样子他实在是第一次见，稀罕得紧，恨不得把全梁山的兄弟们都叫来一起观赏。

事后公孙胜见了乔道清，险没一把拧断他的脖子："马灵那厮，你竟说他心性纯良，好欺负?！"

【30】

南丰一役，梁山好汉摆出全副九宫八卦阵，不但大获全胜，而且胜得花团锦簇。

孙安带着七员偏将强攻城门，只一个陷坑便轻轻埋了七条性命。

庆功宴上河北降将照例单列一席。刚入淮西时一条长案子两边坐得满满，一城一关地走过来，桌子越来越短，到最后只剩下马灵孙安乔道清三人，一张席面都凑不够，索性与梁山头领并到一处。

鼓乐喧天，飞觥走斝。一片欢笑声中三人相顾无言，马灵无聊地仰起脸看天上的星星。

"下一个总该轮到我了。"孙安想努力笑一下，却笑得极难看。他的声音嘶哑，眼睛红红的，不知是不是吃多了酒的缘故，"你们两个都比我坚强，不妨留到最后。"

乔道清当场变了脸色，站起来一把捏住孙安的喉咙："再说一个字，看我怎么掐死你。"

【31】

孙安死后，守灵发丧之类的事全是梁山兄弟们经手。乔道清不管不问。卢俊义派人把孙安的遗物整理好送过去，刚到帐门口就被乔道清轰走了。

公孙胜刚好路过，顺手收下东西，嘱咐小卒："见了卢元帅，只说乔法师收下了，多谢元帅费心。"

"要不你去问问关胜，当时没去寻唐斌的遗物，如今是不是肠子都悔青了。"公孙胜临走前好言好语劝他。乔道清那时候也多少恢复了些神智，想想他说得也有理，就指着一口空箱子，教公孙胜把东西都放进去，阖上盖子，然后示意他可以走了。

公孙胜带着马灵上了二仙山，罗真人见了他们，第一句话果然是："怎不见道清师弟？"

公孙胜虽然早有预料，心里还是不忿得紧，酸溜溜地说："尊师毋忧，弟子保管他短则一月，长则半年，早晚自己找上门来。"

果然，清明前后乔道清黑着一张脸来到紫虚观，与罗真人见过礼，也不多寒暄，径抽出一双剑横在公孙胜脸前。

那双剑形制朴拙，通身没有半点装饰，甚至剑柄都只缠了布条。然而内行人一眼就能看出，这对剑的精华只在于剑身的材质。初望去黯淡无光，并没有寻常利器的白亮，只有离得极近时才能看到剑脊上流风回雪般细密的纹路，每一道涟漪里都藏满了杀气。

多少人直到生命的最后一刻，才终于意识到这双朴实无华的剑，正如它朴实无华的主人那样，拥有着多么可怕的意志和力量。

而如今这双剑的锋芒已完全被锈迹所吞噬。大大小小的锈斑如溃烂的伤口肆无忌惮地蔓延，连罗真人见了都不由得一声叹息。

马灵深深记得这双剑。当初他从西域花重金买下它们时，匠人与他甚至不通语言，只能用手势和图画告诉他，这种水波般的纹路标志着镔铁中的上品：沧海桑田，此剑不锈。

此刻马灵虽不清楚事情原委，却捏了满手心的汗。以乔道清往日的脾气，遇上这等事，只怕把紫虚观掀了都是客气。

而让他意外的是，乔道清倒没动手，只对公孙胜冷冷道："宋江对你玩的把戏，你拿来捉弄我，也未免太无聊。"

公孙胜气定神闲："师叔可看仔细，这剑果真被掉了包？"

经他这么一问，乔道清先是一愣，随即失神。他对孙安的双剑何其熟稔。若真是掉了包，纵然能仿出所有细节，可那锋刃间的气息和温度，又怎能有假。

若是假的还则罢了，既真是孙安的镔铁剑，竟成了这个样子，公孙胜必定也脱不了干系。一念及此，乔道清杀心顿起。而公孙胜早有准备，赶在他发作前抢先道："师叔是聪明绝顶之人，难道不知世无不蚀之铁，亦无不灭之缘。"

一直沉默的罗真人也颔首道："人固无情，何况一块铁。贤弟不要太执着了。"

乔道清从公孙胜看到罗真人又从罗真人看到公孙胜，长长叹口气，再没说什么，就此留下了。

马灵不知该高兴还是难过，只默默提起乔道清的行李送他到客房，指给他看庭院里刚刚栽下的一株胡桃树。

【32】

乔道清生性孤僻不合群，除了孙安就几乎没有朋友。在晋国与宋营时还不得不与人交接应酬，到了二仙山紫虚观，越发独来独往，除了每日早晚到罗真人处问安，其余时间起居都不与别人在一处。

公孙胜和樊瑞一开始还主动去找他聊聊天，下下棋，后来都受不了他那副阴阳怪气的腔调，索性就由他去了。

只有马灵一直对乔道清保持良好的耐心，隔三岔五去他那里坐一会儿，或者拉他到山里四处走走。有时候两个人从头到尾一句话都没有，只听着山道旁的松涛，或是看着檐前的胡桃树落下一片叶子，又落下一片叶子。

有一次马灵忘了时辰，早不早，晚不晚，去的时候偏赶上乔道清要吃晚饭。马灵一进门看见桌上的杯盘，连忙知趣地告辞。乔道清不介意地摆摆手，让他坐下。

马灵惊讶地发现桌上竟摆着两副碗筷，两个酒杯里都斟满了微温的酒。

马灵的脸腾的一下就红了："这……不敢……不敢当……"

乔道清倒被他逗笑了："横竖菜多，你不来也浪费了。"

【33】

有一天马灵问公孙胜和罗真人："乔法师颇善占卜，可是与师父学的？能不能也教给小徒？"

罗真人和公孙胜都是一头雾水："他精于幻术是真的，占卜却不曾见过。"

“每次我去寻乔法师，赶上吃饭，必是两副碗筷；赶上吃茶，必是一对茶盏，都是早早备好的。若不是乔法师精于占卜，事先知道我要去，怎会有这般巧事。”

罗真人先是一愣，随即明白过来，一口茶险没喷出去，拼命合着口，最后被呛得差点背过气去。

公孙胜抚须大笑：“贤弟，你去吃了那碗饭，他竟不恼？”

马灵一脸无辜地摇摇头。

“道清师弟果然是妙人。”罗真人好容易缓过一口气来，对公孙胜笑道，“你我都不如他。”

【34】

到二仙山后，乔道清整整服了三年齐衰。

从第一年之后公孙胜就各种看不顺眼，没事就去罗真人面前唠叨：“逾制呀。逾制呀。尊师难道就由着他胡来。”

罗真人问：“你们晁天王死时，如何服的丧？”

“按兄弟服一年齐衰。”

罗真人微微一笑：“左右都是心意。你要是觉得不够，现在补上也不迟。”

公孙胜后来再没提过这茬。

【35】

很多很多年后罗真人告诉乔道清：“那镔铁双剑，果是一清做了手脚，只因为当年贤弟执意守在九湾河，不肯来修行。一清他一片好意，贤弟不要怪罪他才是。”

乔道清并没有表现出意外，对公孙胜微微一笑，点点头。

"贤弟请取剑来，为兄自有符水去除锈癍。"

乔道清仍是一脸笑意，取了剑来，当场抽出鞘，只见乌青的剑脊上漾满细密的水纹，如星光下的海潮，明明灭灭的光彩直涨到眼前。

哪里还有半分锈迹。

"先师有一句话：万物有情。师兄可听过么？"乔道清的脸上早不复年轻时的乖戾和盛气凌人，却仍有一丝执念深藏眼底，纵然青丝成雪，也不曾磨灭半分。

"世无不蚀之铁，但有不灭之情。"

但恃情深，何惧缘浅。

【36】

有一天我翻看《宣和遗事》，看到"若还少一个，定是不还乡"那里，无端地想到了一群本不相干的人。

我可以任意涂改他们的面目和灵魂，手中的兵器，心里说不出的话语，以及在人间的结局。

而我所无能为力的，是他们的悲剧。

——袁无涯

荆忠报国

【36】

第一次造访西门庆家的时候，荆忠才刚刚升了本州兵马都监。那时候西门庆也还不曾捞到提刑的职位，他家也比后来全盛时期小一半——那时候，花子虚还一口一个西门大哥叫得亲热，全然不知自己娘子在墙根下那些勾当哩。

那天是正月十六，荆忠前一天晚上吃多了花酒，早晨一万个不愿意起身。尽管如此他还是要死要活地挣扎起来，一脚深一脚浅赶去西门大宅。其实他也没什么重要的事，不过是大节下去走动走动，坐下顶多吃上小半盏茶，就最好知趣告辞，给下一起访客让开位置。去或不去，谁也不会在意。但这毕竟是清河县赫赫有名的西门老爹，他总觉得需要表示一点殷勤。

他在厅上坐了一会儿，西门庆方姗姗来迟，坐下时还在系衣服上的衽扣，后面一个小厮给他头上包网巾。荆忠与他各自一脸倦容，对面心照不宣地一笑。西门庆嘱咐小厮，去教后面给荆都监酽酽地顿上一钟好茶。

小厮答应着下去了。就剩下荆忠和西门庆两个坐在厅上，有一头没一头地说两句闲话。须臾词穷意尽，西门庆抓寻不出话头，只看着干干净净的高几，朝外面高声道："教他们快上茶来。"

"唉，老爹不须如此，不须如此。"荆忠连忙起身谦让，"料老爹这里事务繁冗，下官这就告辞。"

西门庆一把拉住他，连道这怎么可以，都监总要吃了茶再去。荆忠只得又坐下，百无聊赖地等着那一盏千呼万唤不出来的茶。

沉默的间隙他隐隐听到屋后有女人尖细的嗓音："怪囚根子，爹要茶，问厨房里上灶的要去……"冬天的太阳正在窗外升起来，后半句话如轻盈的露水一样，在阳光底下平白无故地蒸发了。

西门庆正在给他讲夏提刑家第三个小妾生得有多丑，似乎并没有听见女人们的争吵。也许是看见荆忠一瞬间的走神，忽然意识到了什么。

"茶！茶呢?！"西门庆唤来了一个小厮和一个丫鬟。荆忠迅速打量了那丫鬟一眼，认定刚才那个尖细的嗓音必定不是她的。"都监大人来了这半日，一碗茶也端不来。"

正说着，一个年轻妇人不声不响地一头撞进屋里，使性子一般将茶盏茶匙叮叮当当地惯在高几上，转身不当不正地施了个礼，看都不看荆忠一眼就走了。

极浓的盐笋泡茶，却不知为何又加了许多糖，而且几乎是冰凉的。荆忠呷了一口，本能地想皱眉，又拼命忍着，于是脸上现出一个古怪而滑稽的表情。

在那一瞬间他想起了刚才端茶来的那个妇人。他没来得及看清她的眉眼，只记得一身红绫袄，大红遍地金比甲，下面系着一条紫裙子。鲜明触目的色彩有一种难以言说的诡异，正如那一盏又甜又咸又涩，简直无法下咽的冷茶。

荆忠第二次去西门庆家，是去赴官哥儿的满月酒。他的娘子也受到了邀请，去和西门庆家的女人们一起坐席。那天新建成的卷棚下面人来人往，西门庆穿着新裁的提刑官服，红光满面，在各个席面上穿梭往来。几个粉头抱着琵琶唱着时新曲子，声音又甜又软，在盛夏的午后格外让人心情烦躁。

荆忠吃不进酒菜，趁人不注意时离了席。在西门庆的宅院里四处逛。里面有堂客们的筵席，他自然不会去靠近，只好往外走。出了二门，他漫无目的地逛到马厩旁边，里面一匹瓜黄马正在旁若无人地和一匹青色的骡马调情。荆忠站在一边看了很久。

晚间回到家里，娘子不住口地给他讲西门庆家的几房老婆，大娘子是怎样的和善，三娘是怎样的高挑俏丽，六娘又是怎样的白皙丰满。荆忠不耐烦地听着，有那么一个瞬间他忽然想和娘子讲一讲那匹瓜黄马，讲它有浓密油亮的鬃毛和曲线优美的后腿。可是他看着娘子滔滔不绝的嘴，努力把想说的话嚼一嚼，咽回肚里去。

最终他问："他家有个家人媳妇，鬏髻垫得高高的，水鬓描得长长的……"他想问那个红袄紫裙子的妇人，可是转念一想，那是冬天的衣服，总不会一直穿到现在。

而除此之外，他委实记不得关于那个妇人更多的细节了。

娘子啐了他一口："癞蛤蟆想吃天鹅肉。你不见他家那张致，他家官哥要定娃娃亲，听说还不肯要咱家的玉姐儿，嫌是房里生的。耶嘞，难道他家官哥是房外生的……"

娘子继续没完没了地说下去。荆忠无聊地望着窗外的夜色，恍惚间好像听见了马的嘶叫。

西门庆死的时候荆忠刚刚升了统制——还是借西门庆之力，给蔡太师家进了一份重礼的结果。因此，荆忠听说西门庆的死讯，很是难过了一回。

西门庆一死，偌大的家业渐次流散。荆忠托了王婆，买了他家的一房家人和一匹马。瓜黄马来到荆忠家之后一直郁郁寡欢，不得已，他又出了几十两银子把青色的骡马也一并买过来。

至于那一房西门庆的家人，一来家，荆忠就派那男人去南方采买明年给蔡太师的生辰礼去了。他将那媳妇叫到跟前，上上下下地打量她。

"你小名叫什么？"

妇人眼角斜飞，轻轻瞟了他一眼："先头大娘子唤俺作惠莲。"

"我问你在娘家的小名是什么。"

妇人扭捏了半日，方不情愿道："俺以前唤金莲，因重了五娘，不好叫……”

“是了。金莲。”荆忠眉开眼笑地打断她，“以后你还叫金莲。”

金莲的丈夫去了南方就再没回来。荆忠告诉金莲，她男人卷了他的钱偷偷逃了。金莲将信将疑地听着。她此时穿着荆忠赏给她的红袄和宝蓝色裙子，看上去越发出挑了。

金莲被收用后，不上一年就生了个儿子，在家里恃宠而骄，再没个餍足的时候。荆忠的大娘子气不过，一病死了。荆忠索性将金莲扶作正头娘子。金莲怂恿荆忠将过去与她共事的另一房家人——媳妇唤作惠祥的——也一起买过来，教惠祥上灶，百般磨折。做一碗汤来，不是咸了就是烫了，稍不如意，连打带骂，闹得鸡飞狗跳。因仗着荆忠宠她，合家上下竟没一个人敢说半个字。

荆忠也曾听人说这金莲是棺材铺宋仁家女儿，什么事不知道，养过的汉子有一拿小米数。到了荆家也不知收敛，生的孩子也不知是谁的。凡此种种，荆忠都只作耳旁风。

“金莲，”他格外喜欢叫她的小名，一遍一遍地叫，“金莲，等蔡太师生辰过了，我说不定能升作节度使。到时候少不了你一顶珠冠。金莲……”

她在灯底下漫不经心地剔着指甲，也不知是不是在听他说话。他看着她的时候她忽然锐声朝隔壁叫道：“如意！如意，你听金哥儿那哭，怎么不去抱。”

荆忠听着她尖细的嗓音和隔壁孩子的哭声，奶妈哄孩子时轻柔的脚步声，含义模糊的呜声，他觉得人生一世不过如此。

与节度使封诰一同下来的是一道征讨梁山的军令。金莲听说他要带兵去出战，似乎并没有显出悲伤和不舍，这让荆忠不大舒服。倒是那匹瓜黄马十分兴奋，与骒马翻天覆地弄了整一夜，第二天竟然仍旧精神抖擞，载着荆忠脚步轻快地踏上了征途。

两军对垒，荆忠总觉得梁山阵里一个头陀打扮的汉子有点眼熟，问了抓来的向导，道是步军头领武松。武松这名字虽然遥远，却一下子唤起了他多年前的回忆。那人在清河县里做都头的时候，还与荆忠一起吃过酒哩。

几年不见，他们的差别变得多么大。荆忠远远打量着对面那些浑身上下沾满黄土的男人，他们看上去除了骨头和力气之外一无所有。看着他们的时候荆忠不由自主地想到了清河县里的家，葡萄架，描金螺钿床，大红遍地金比甲，酥烂的猪首和蹄子，沾着女人唾液的瓜子瓤，粉红膏子药，等等一切他有而他们没有，也永远不会有的东西。然而荆忠又觉得自己在那些人面前并没有预期中的优越感。面对这样一群亡命之徒他忽然觉得他所拥有的一切都是身外之物，而真正的生活，只存在于这片蛮荒的芦苇荡。

在他漫无边际地思考这些的时候瓜黄马已经急不可耐地朝阵地中央跑了出去。对面一将拍马来迎，顺手提起钢鞭来，只一下，打个衬手，正着荆忠脑袋。在死前的一刹那他很怨恨这个双鞭头领的多事。如果有机会，他是很想去和武松打上一架，体会一下那双打虎的手的力量，哪怕一次也好。

两生花

　　春梅入守备府三日，大得周秀欢心，使出一份好钱来教人给她裁衣服、打头面。春梅得了空，且不忙添置衣服，却先差人将手帕巷的匠人王五叫到家里来。

　　"第一方，我要玉色绫琐子地儿销金的。"春梅半靠在美人榻上，手里抱着一只毛茸茸的白猫，有一搭没一搭地嘱咐王五。

　　"小的记下了。"

　　"这第二方，我要娇滴滴紫葡萄颜色四川绫汗巾儿。上销金间点翠，十样锦，同心结，方胜地儿——一个方胜儿里面一对儿喜相逢，两边栏子儿，都是缨络珍珠碎八宝儿。"春梅一口气说完这一大串，眼角里稍着王五，"记下了吗？"

　　"我的奶奶……这……"王五面露难色，微微抬眼看着春梅。

　　春梅脸上似笑非笑，腮边一颗美人痣微微动着，十只红艳艳的指甲在雪狮子猫身上捋过来捋过去。那白猫身上零星有几根杂色毛，春梅看也不看，一拔就是一绺。那猫吃痛，挣扎着要溜，春梅忽然垂下眼睛若有若无地瞟了它一眼。可霎也怪，那畜生像人一样打了个寒噤，立刻就老实了。

　　王五跪在地下看出一身冷汗，口里忙不迭地应道："记下了记下了。后日便给奶奶送来。若有半点差错，任凭奶奶责罚。"

　　春梅不再说话，也不再多看他一眼。良久，王五觉得自己像做了贼似的，再不走怕是要拿长锅煮了，便蹑手蹑脚地退下去了。

又一日，来的是银匠。春梅吩咐打一件金九凤垫根儿，每个凤嘴衔一溜珠儿，再打一件金镶玉观音满池娇分心，要揭实枝梗的，剩下的边角料再打一对金灯笼坠子。

小银匠一一应了，抬起头嬉皮笑脸道："小人多句嘴，奶奶这面庞身段儿，不衬金灯笼坠子，竟是鸦青宝石的方压得住。"

春梅柳眉倒竖："谁许你在这里放屁！"

银匠忙自己掌嘴，一面磕头一面灰溜溜地退了下去。

待到汗巾头面都送来，春梅晚间一个人在房里摘了鬏髻，打了个盘头楂髻，把脸搽的雪白，抹的嘴唇儿鲜红，戴著两个金灯笼坠子，贴著三个面花儿，头上搭著紫销金汗巾，寻了一套红织金袄儿，下著翠蓝缎子裙。装扮起来，对著镜子定定地看。镜中的脸过于棱角分明，和娇媚的妆容十二分不协调。春梅目不转睛地盯着自己的影子，脸上没有一丝表情。

正出神间，周守备三不知地摸进房里。春梅吓了一跳。待回过神来，先一阵风摘了头面解开发髻，三下两下脱了红织金袄儿，这才去给周守备宽衣。

"我的儿，你打扮得这般，待要给谁看？"周守备在外面吃得醉眼迷离，倒觉得妆丫鬟的春梅比平日更多几分风情。

春梅敷衍地一笑："你今日可见了王婆？"

周守备愣了一下才回过神来："你说那个事……我听小厮们说来，他们今日去见了那妇人，争奈那老咬虫不倒口儿定要一百两，我却不是缺这点银子，实是捺不下这口气……"周守备说到这里多少有点没底气，偷眼瞟着春梅。

春梅倒没发作——尽管脾气坏，她在周秀面前一向不敢造次——只是默默别过脸去，片刻后再转过来，已是两眼垂泪，身子一软，倒在周守备怀里，只柔声哭个不住。

"我的哥哥，你好歹娶将她来，教我娘儿俩早晚在一处，奴甘心做第三个……"春梅不是个善哭的人。算起来，上次哭或许都是进西门庆家之前的事了。她只是忽然发现，尽管她费尽心机，在铜镜里金莲的汗巾、头面和衣服仍旧不肯服侍她的身体，而此刻在男人的怀里，她扭捏的体态和娇滴滴的声音忽然都不再显得突兀，就好像她的脸庞终于变得小巧而圆润，配得上那对颤巍巍的金灯笼坠子；而她的骨架子也变得像猫一样柔软——不，是像金莲那样柔软。

没有人抵挡得住春梅这样的人物在怀里撒娇撒痴。周守备迅速败下阵来，当即答应明日提上一百两现银，雇了轿子，径直去王婆家把金莲抬回来。

然而人算不如天算。他们到底还是晚了一步。就在心满意足的春梅在帐里百般奉承周守备的时候，紫石街上尘封的武家旧宅里，武松如一个精准的诅咒出现在金莲面前，两只手轻轻一扯就撕开了她柔嫩的身体。

小厮们一遍又一遍地解释那具尸体是如何地血肉模糊，被街上的野狗啃噬得不成片段，爬满了令人恶心的蛆虫。连周守备也皱着眉道："你这里心意到了便罢，教他们收拾去，免得熏坏了你……"

春梅面沉如水，从头到尾就咬定一句话："我要见她。"

没奈何，周守备只得差人去将金莲的尸体连同洒落一地的七件事好歹拢进棺材里，趁夜里抬回家来。

春梅自始至终没掉一滴眼泪，一如她当初被月娘卖出西门家，与金莲诀别时。那时她麻利地从袖口抽出手帕给金莲擦去狼藉的泪痕："娘，看哭坏了你。"

如今春梅不让一个旁人动手，自己亲手将金莲血淋淋的心肝五脏装回腔子里缝好，全身上下擦洗干净，换上春梅做丫鬟时常穿的白纱衫儿，银红比甲，挑线裙子——她离开西门庆家时月娘不给衣箱，随身只带出这么一套衣服。春梅比金莲高两寸，又瘦，那套衣裙穿在金莲身上极不合身。

她一件一件拿起金莲的心肝五脏，放在手里细细地抚摸，上上下下地看，眼神冷静而专注，仿佛那样看上一遍，就将金莲里里外外的一切细节都印到了自己心上。

　　春梅手脚麻利，做完这一切时天还不曾亮。接下来，她却整整花了一个时辰的工夫，从院子里采来红色的金凤花，一瓣瓣碾碎，和上檀香白矾敷在金莲的指甲上。

　　金莲的尸体在春梅房里停了一天一夜。第三天清晨，春梅从金莲的手上解下麻叶，给她细细剔净指甲，左修右剪精雕细琢，直到无可挑剔，才出门去对周守备说："好了。教人抬去永福寺埋了吧。"

　　破土下葬之后周守备拐弯抹角地问她要不要去坟上看看，春梅不耐烦地摇手道："一堆土罢了。有什么好看的。"

　　金莲死后春梅忽然对陈经济发生了莫大的兴趣，背着周守备百般差人打听他的下落，然后精心安排他到守备府里住下，对周秀只说是表弟。

　　周守备整日忙于公务，并不知道在他自己的家里，自己的床上，自己百般宠爱的女人正在如何热烈地偷情。

　　"给我一个孩子。"春梅轻轻衔着陈经济的耳朵，"就像你对她做的那样。"

　　陈经济含糊答应着。他正在极乐之境，无暇亦无意去理解春梅所说的话。

　　"我像她吗？"事毕后春梅总是这样问。而陈经济已经在一旁打起了呼噜。

　　"我像她吗？"春梅忽然停了口中莺声燕语，扳着陈经济的脸，眼睛对着眼睛，问他，"你和我做一处时，有没有想到过她？"

　　陈经济急躁而迷惑："我的姐姐，这话从何说起……"

　　春梅沉默了片刻，忽然支起身来，一把拉开帐子，就好像刚才帐外路过了一个人。

　　她与陈经济的第一次鱼水之欢，是在金莲的命令和监视下。直到如今陈经济于她而言就好比一件招魂的巫器，一沾他的身子，春梅便觉得金莲也在场，在用她那双漂亮的眼睛看着她。

晚间周守备回到家里，春梅缠着他要买张新床："要螺钿敞厅床，带阑干的，两边槅扇有螺钿攒造的花草翎毛。"

周守备略一皱眉："现在这床也才两年……"

"太小了。"

周守备没敢再问下去。他做梦也想象不出春梅与另一个男人在这张床上是如何地颠倒乾坤，而就连陈经济做梦也想不到的是，在他与情妇的床上，始终盘踞着另一个女人。

周守备差人挑了不知多少张床，总也不合春梅的心意。最后她不耐烦道："还不如先头俺五娘房里的螺钿床。"

周守备如蒙大赦："怎地不早说。既这么，教人去和吴寡妇买来便是。"

春梅沉吟片刻："总得我自去一回，礼数上才过得去。"

趁着给官哥儿做生日，春梅第一次回到西门府上。尽管月娘百般不情愿，春梅还是坚持要去金莲房里看上一眼。一开门，扑起老大一阵灰，呛得人咳嗽了半日。待揉了眼睛，方看到房里只剩下两座厨柜，金莲的螺钿敞厅床却没了。

月娘连忙解释当年如何拿孟玉楼的拔步床陪送了西门大姐，如今西门大姐已回陈家，玉楼又要嫁，不得已，只好拿金莲的床陪了玉楼……

然而春梅对此并没有听进去一个字。她只是怔怔地望着尘埃里螺钿床留下的四方形印记，红指甲抠在门框上，突如其来的泪水淹没了所有的过去与未来。

春梅头胎生了个儿子，这让中年无子的周守备喜出望外，以至于完全不曾留意下人们的窃窃私语，说那孩子不像老爷，倒像舅爷。而从西门家回来之后，春梅的脾气越发古怪，无论漂亮的衣裳，精致的点心，或是婴儿咯咯的笑声都不能再引起她的兴趣。她所热衷于做的事似乎只剩下两件：与陈经济偷情，以及折磨从月娘手里新买来的孙雪娥。

每隔几天她都会寻一点鸡毛蒜皮的由头，教雪娥扒光衣服跪在院里，几个小厮拿皮鞭轮流打，直到雪娥昏晕过去。过上几天待她刚能起床干活时，再将这一切重演一遍。

雪娥吃痛时，怎样恶毒的话都骂得出口。春梅抱着手炉坐在檐下闲闲地听着，阳光好的时候简直要打起瞌睡。

有一次雪娥抬起脸来哀哀地看着她："便是先头五娘，也不曾这般作践俺……"

这句话终于让春梅破颜一笑。当日她找来薛嫂，分付："我只要八两银子，将这淫妇奴才好歹与我卖在娼门。随你赚多少，我不管你。你若卖在别处，我打听出来，只休要见我。"

在雪娥被卖，陈经济被杀后，春梅的心中只剩下无边的空虚。周守备外出征战，春梅在家里肆无忌惮，怎样猥琐卑贱的男人都被她拉进屋里。她一天天地消瘦下去，不思饮食，只是贪淫不已，竟是个骨蒸痨的症候。就在她一只脚快要踏进棺材的时候，守备府外忽然来了个衣衫褴褛的青年妇人，自言姓韩，小名爱姐，与陈经济曾有一面之交，如今听说陈经济已死，情愿来替他戴孝守节。

春梅虽觉荒唐，看那妇人哭得伤情，没来由地心底一动，将她收留下来。

这韩爱姐初时嫁到东京太师府里给翟管家做小，赶上兵乱，从东京一路讨饭回乡，沿途少不得做暗娼为生，因此结识了陈经济。谁知她自进守备府，却真个替陈经济戴起孝来，每日里目不斜视，只做针黹并带金哥和玉姐，余者一概不问。合府人凡知她来由的，初时无不暗地里笑，后来见她果然清净守节，都啧啧称奇。

每每花晨月夕，爱姐必定在房里自言自语，一行说一行垂泪。春梅偶尔听见，倒也不责怪。从爱姐身上她总算懂得女人是如何温柔地，执着地，痴心傻意地爱一个人。而这一切美德都与她们无关。她与金莲今世不修，来生无缘，淫与恶是她们相依为命的唯一线索。联系她们的也并不是爱，而只是一种毁灭性的，莫可名状的，永远无法熄灭的欲望。

她们是开在罪恶深渊里的两生花。

那天夜里春梅最后一次穿起红织金袄儿，翠蓝裙子，头上搭着葡萄紫销金汗巾，戴上两个金灯笼坠子。穿衣镜里她分明看见一个娇小柔软的身躯，妩媚的瓜子脸，风情万种的眼与眉，与通身的装饰珠联璧合。

"娘，你回来了。"

这是人们听到的，春梅最后的话。

银字儿

一者小说，谓之银字儿，如烟粉、灵怪、传奇；
说公案，是搏刀、赶棒，及发迹、变态之事；说铁骑
儿，谓士马金鼓之事。

——耐得翁《都城纪胜》

烟粉

蔡夫人好妒，打死的婢妾埋在后花园里，养得满园蒿草郁郁葱葱，叶子绿得滴出油来。

梁中书不敢拗她，只将新纳的小妾李氏藏在外书房里。那妇人五短身材，柔媚娇俏，浑身搽了粉一般雪白。梁中书恨不能一辈子活在她裙子底下。

后来梁中书不合抓了个题反诗的员外，恼了梁山好汉，正月十五上元夜里被打破城子，老小不留。李瓶儿在外书房里只听见外面兵荒马乱，须臾一个虎面行者闯进房里，幸得她个子小，藏在床下没被发现。等那行者离开，她便抱着一匣子西洋夜明珠趁乱跑了。

一路跑到清河县地面，嫁到西门庆家。她最傲人的妆奁便是那一匣子西洋明珠，白亮亮如骨头一般，夜深人静的时候能听见它们隐隐低语。只可惜一路上零零碎碎丢了七八粒，最后数来数去也只得一百颗。瓶儿伤感不已。

西门庆上东京去给蔡太师拜寿，变尽办法认作太师的儿子，回到家里得意了许久。瓶儿听他炫耀，噗嗤一声笑了。西门庆问她笑什么，她抿嘴摇手道："腰里痒。你只顾捏怎的。"

瓶儿挑唆西门庆，将武松远远发配到孟州去，牢城营里安插了人，只等治死他方罢。孰料还没等来回信，瓶儿生了个儿子，周岁上夭折，她自己哭坏了身子，不几个月便死了。

武松从孟州死里逃生，反上梁山。后来为救卢员外打进大名府，路过梁中书外书房时一眼瞥见个女人影子，进到屋里却又不见了。这时候他项上的数珠忽然断了线，一百零八颗人顶骨珠子滚了满地，白森森地照着一天一地的硝烟和血污。

灵怪

东平罗生，世以捕鱼为业。尝泛舟湖中，夜昏失路，入一大泽，巨浪排山，未见其涯。倏尔遥见灯火萤然，驱船迫之，现一岛，岛上有山。舍舟入山，似见道旁关寨俨然。至绝顶，则有平地若校场，行人往来络绎。生熟视之，皆鬼也。

生伏林木间，微窥场中有石碣可丈许。一丈人踞其上，诸鬼环之如堵，而神色畏慎。丈人形貌甚伟，美须髯，望之如神仙者。而处分号令威仪棣棣，几不能仰视。

俄见一鬼无头，自携其首，身被数创，自云："秀才王伦，曾草创山寨，为后来者手刃。"一鬼甚魁梧，面带箭矢，颜色青黑，云："旧寨主晁盖，出征曾头市，中毒箭身亡。"又一鬼皮肉尽失，遍体唯血污白骨耳。自云："曾头市教师史文恭，为仇家所执，凌迟处死。"又有数十百辈焦首烂额，断手折臂者，或有刳腹剜心，无头跛足者，万千惨状不一而足。石碣上丈人细听其诉，一一发付托化，使下世为人者永不相逢。众鬼听判，拜谢而去。

须臾众鬼皆散，惟余朗月松风，秋虫喓喓。石碣丈人遽下，执生出，笑曰："君子窥吾久，颇乐否？"生股栗不能对。丈人乃出酒馔，邀生共饮。曰："吾本天庭仙石，下凡历劫，适落此梁山泺作天书石碣。因受日月精华，乃有灵，化人形。今封梁山泺都土地，来此发落怨鬼。"生视石碣上虫鸟篆历历，无一字可识者。乃问："乡中耆老言故宋梁山泊起事，有百八健儿，并立庙受血食，正此地邪？"丈人哂曰："皆木胎泥塑耳，朽灭久矣。"生嗟叹久之。与丈人饮，俱醉。

平明觉，卧荒山衰草间，山多石，皆斑驳剥落，并无镌刻，莫辨孰为石碣者。至山下，则巨泽已涸。淖中止余芰荷蒹葭，萧然百里。

传奇

杨林在荒草丛中捡到一个漂亮的枕头。

半透明的蜡质，裹着沉沉的黑影子，轻而温润，在太阳底下散发着草木的香气。

早春的午后，不知该做点什么来抵御饥饿。杨林百无聊赖地枕在枕头上睡着了。

他梦见一个偷儿，梦见一个带枷的孔目，梦见一个行色匆匆的信使，梦见一个和他一样饥肠辘辘的砍柴汉子。

梦见炊烟弥漫的青石长街，梦见白杨当道的盘陀路，梦见芦苇荡深处遥不可及的山寨，梦见一座瘟疫肆虐的城，城墙脚下一座连一座的黑色帐篷。

梦见无数人在他身边来来往往，掣尖刀，跨劣马，吃酒肉，称金银。梦里也有一个慵懒的太阳，照在他们结实的皮肉上，细润的光泽和不真实的温暖。

他那么爱他们。可是他使出浑身的力气，也没法和他们中的任何一个，哪怕一个人，成为朋友。

他心甘情愿做最危险的差使，为他们杀掉强大的敌人，可是没有人因此记得他。

他只能远远看着他们，如看着枕头里那一抹若有若无的黑影子。

甚至当他身边的人一个接一个死去，他也没有办法和他们一道。

醒来的时候，杨林难过地叹了口气。

依然是早春的午后。太阳稍稍向山边沉了一点。也只是一点而已。

还是饿。比入睡前更饿了一点。

也只是一点而已。

后来有个道士告诉他，那枕头是一块琥珀。里面的黑影子，是一只以梦为食的蝴蝶。

道士开出天价，拿出各种杨林闻所未闻的奇珍异宝来换那枕头。杨林不肯。只拈起笔管枪，逼迫那道士交出身上的半袋小米和半壶酒。

小米只煮了一顿就用完了。杨林依旧天天捱饿。

他一直将琥珀枕带在身边，每天都枕着它睡，期望能再回到那个梦境里。

公案

裴宣听长辈说，他们家在永乐坊落户的时候还是贞观年间，从西域骑着骆驼走了大半年，来长安朝拜天可汗。太宗皇帝赐了他们汉姓和这座宅子，从此安下家来。在那之后大唐京师六陷天子九逃，改朝换代了多少次，永乐坊早没了，裴家仍旧世世代代始终守着这座祖宅。

所以裴宣也从来没想过有一天他会匆忙间离开这座城，从此再不曾回来。

那年长安坊间出了个有名的豪客，专一走街串巷打抱不平。终于有一天殴伤人命被捉拿归案，知府同几个孔目一合计，将城里数年来结不了的人命案一总推到他头上。京兆府审案子出名的神速，只一夜间便熬出了口供，上百页卷宗扔到裴宣案头复核，只等画个押就好送人去刑场。

裴宣素日里和这几个孔目倒也和气，那天也不知是读史读昏了头还是多吃了两碗酒，大笔一挥批道："斗殴犯法，法在；奸吏舞文，法亡。犯法犹可诚，乱法不容恕。判曰：斗殴者杖，舞文者斩。"写完将笔一撂，径回家去睡了。

当天夜里裴宣酒还没醒就被愤怒的同僚们扯到府衙里，知府也不敢怠慢，连夜锻炼成狱。京兆府断案神速名不虚传，第二天早上裴宣脸刻金印踏出城门时，天边才刚泛起鱼肚白。他匆匆回头看了一眼，也只望见地平线上一片凌乱的灰影子罢了。

他哪里料到因为这件事，他竟成了江湖上的名人，走到哪里都有好汉纳头便拜。裴宣一开始只是苦笑，后来竟渐渐习惯了。和满口村话的汉子们脱膊了吃酒，也从不曾计较口味粗劣。

较之于花团锦簇的长安，沙尘飞扬的山寨里常年弥漫的汗臭和马的味道，似乎终于唤醒了他血液里某种源头极远，隐藏极深的记忆。

后来有一次他随梁山军马去打华州，得胜班师的时候经过崤函古道的道口，宋江手搭凉棚朝西望去，仿佛无心道："难得出这样远门，我们微服去京兆府里逛逛，裴孔目可愿意带路？"

一刹那间裴宣鬼使神差地想到宋江题在浔阳楼上那几句出名的反诗，怔了片刻，笑道："我看竟不必去。如今这城，早不是那个长安了。"

朴刀

二龙山一众好汉来梁山上聚义，与宋江一处吃酒，好不热闹。稍远的地方晁盖低声问吴用："你说那武松，在孟州时一口腰刀，一条朴刀，杀了都监府里男女十五口的就是他？"

吴用只点点头，没有说话。

晁盖抿着嘴，半晌终是忍不住，又道："看他恁的一条好汉，说话待人且是精细，如何也同铁牛一般不通情理。"

吴用皱了眉，耐着性子道："他只因去打蒋门神时没打死，后来吃了偌大苦头。换作你，难道还手下留情？"

"那丫鬟伙夫们与他却有甚么仇……"晁盖话说了一半，宋江带着一众兄弟过来敬酒，打落了话头，后来也再没提起。

"贫僧原是东平府人氏，父母死得早，在家时曾随叔叔到南省贩绸缎。"那僧人步履轻捷，言语安详。而一旁的晁盖始终提心吊胆，在吞噬一切的夜色里徒劳地向四周张望。

"眼看快要到家时，遇上一伙强人，货物全被抢去，涓滴不剩。"僧人也不管晁盖有没有在听，自顾自说个不停。"那喽啰们已将我和叔叔绑起来，只待一人一朴刀便是结果，山上忽然下来个头领，道，取了货物就好，何必伤人，竟将我们放走了。叔叔着了重气，回家呕血死了。我被追债的催逼不过，只得出家。"

晁盖心中微微一动，却也无暇多想，只敷衍地笑道："那头领也是一点仁心……"

僧人忽然停住脚步，转回头来，正和晁盖脸对着脸。

"古人云'天地终无情'。做强盗的讲起仁心，却不是天大的笑话。"

夜里没有月亮。几点散碎的星子映在僧人冷冰冰的瞳孔里。晁盖听见不远处弓弦振动的声音。

杆棒

　　段三娘生得不算美。亲娘死得早，又没人与她缠手缠脚，一窠子头发也只胡乱挽着。段家兄弟多，段太公便也不在意她，随她像蒿草一般乱长，跟着段二段五使枪弄棒，无所不至。便有些浮浪子弟在一旁指指戳戳，咬着耳朵说点什么，挤眉弄眼地笑。三娘一抹儿看在眼里，提起齐眉棍交裆抡过去，打得一地鬼哭狼嚎。

　　长到十六七岁上，满房州传遍了"宁吃三斗糠，莫惹段家庄。宁饮三斗醋，莫行段家路。"却还有哪家敢娶她。没奈何，段太公将她远远聘出去，嫁到养了痴呆儿子的焦大户家。三娘入了洞房，朝女婿道："你不要碰我。"那姑爷也道："你不要碰我。"三娘竖了眉道："看我将床栏杆拆了，打你个烂羊头。"那姑爷也道："看我将床栏杆拆了，……"说到一半忘了词，只直着眼睛瞪着三娘。三娘发一回怔，一声儿不言语，自家和衣睡了。那姑爷瞪得发困，也自睡了。

　　三娘在焦家倒也安分。那傻女婿跟着她，只当多了个娘。公婆渐渐也安了心。五月端午三娘带着女婿去看龙船，江边上有说话的讲古，宋太祖风云会，一条杆棒等身齐，打四百座军州都姓赵。三娘听得入神，早忘了手里擎满了女婿的玩物，一条风车滴溜溜地顺着堤岸滚进水里去了。那呆女婿最爱这风车，登时跳到江里去，挣扎了三两下便不见了影。等旁人捞上来，早没了气息。三娘在一旁伶伶俐俐看见，仍旧一声儿没言语。

　　因三娘平日里与女婿和气，公婆也没疑她。青春年少，又没子嗣，守甚么。胡乱戴孝过了断七，依旧送回娘家去。三娘给自己起个诨号叫做淮西天魔，日里只在椒花快活林里讹人钱财。及至一日遇上王庆，二人比试，王庆将棒望上一撒，撒出五丈高，三娘眼快，不等王庆接住，拿齐眉棍一径挑开。王庆的棒落出三丈远，被三娘拿齐眉棍打得吃痛不过，只得答应做她女婿。

　　后来二人上红桃山上起事，称王称帝，却当不住宋军讨伐。三娘被擒到宋江营中，关在陷车里，朝宋江道："听说你们军中也有一个三娘，怎不来见我。”

宋江待要不理她，扈三娘径自过去，隔着陷车冷眼瞧着她。

段三娘将她从头看到脚，从脚看到头，半晌似笑非笑道："倒好个模样儿。"

发迹

韩伯龙原本是个强盗。

有一天他劫了大名府一个员外的商队。

"你叫什么名字？"他拿斧头抵在那个男人的喉结上。

"卢……卢俊义……"

名字很漂亮。韩伯龙想。

"把衣服剥了！"

那个男人手无寸铁，武艺稀松，除了俯首听命没有任何出路。

换上衣服之后韩伯龙心满意足。"从今往后，你叫韩伯龙，老子叫卢俊义。记住了！滚。"

"卢俊义"从此有了解库、酒楼和生药铺，后来又有了贤惠的妻子、勤劳的管家和俊俏的小厮。他以为人生美满不过如此。直到某一天飞来横祸，被认作强盗，官府里当众拖翻，结结实实挨了一百棍。

他趴在地牢里满心沮丧，倒不是因为被打得疼。

学了这么多年，还是不像。

再后来他终于落草为寇。第二天李逵兴高采烈地讲他如何诓骗一个自称名叫韩伯龙的强盗，并拿这斧头把那人杀死了。

学了这么多年，还是不像。卢俊义一边摇着头从人群里走出来，一边莫名地掉了几滴泪。

变态

　　柴进在清溪洞里做了驸马，上朝时节多磕头，少说话，王公大臣皇亲国戚都拿钱财打点周到，自然官运亨通风雨不动。闲来只在公主府后院藤椅上纳凉，看槐树底下一窠子蝼蚁捕食，搬运，供养蚁王蚁后，繁衍下一茬又一茬的后代。

　　蚂蚁身躯细小，动作敏捷，成千上万只黑色的肢节和触角杂乱无章地骚动，金芝公主一看见就恶心得要吐。柴进好言好语哄她回房里去。"公主现怀着凤子龙孙，莫不还与那蝼蚁计较。"

　　有一天一群红蚂蚁爬进院来，在东墙角檀树下筑起巢。

　　战报送来，宋军已到了杭州城下。

　　檀树下的红蚂蚁和槐树下的黑蚂蚁开始厮杀。两棵树中间的平地上每天都留下大片红黑相间的尸体。在太阳底下晒得又轻又细，一阵风过去便不见了踪影。

　　宋军入了杭州，一场瘟疫折损大半。但还是顽强地向南打过来，上了乌龙岭，逼得南离大将军拔刀自刎。

　　一天傍晚红蚁倾巢出动，与槐树下的黑蚁决一死战。红黑两色的蚂蚁尸体像泉水一样从树洞里淌出来，远远看去像一地早已干涸的血。

　　闭目养神的柴进被捷报吵醒：宋军刚入清溪县，便被皇子方杰斩了一员大将。

　　柴进给了信使赏钱，将下人们都打发走。等到后院只剩他一个人的时候他提一壶滚水将激战中的蚁巢浇了个透。然后让金芝公主给他打点起战甲，去方腊麾下请缨。

　　没有人关心那些蝼蚁的结局。就如同没有人有兴致去打听，帮源洞被宋军打破时，柴进是如何亲手结果了自己的妻子。

　　后来宋江问他在清溪大内都做了些什么——原说是细作，如何连一条军机也不曾透出来。柴进忍不住打了个呵欠："我好像做了个梦，梦见人人都变作蚂蚁。住在一棵槐树底下。"

宋江嘴角一抽，忍了半天才没发作。从此再没人为这事聒噪过柴进。

那唐人传奇里，一场暴雨过后，大槐安国便翻了天地。而柴进，后来回到沧州，庄园被金国军队洗劫一空的时候才恍然明白人算不如天算，在这场浩劫里没有人能幸免。

可是宋江早死了，他又能和谁说去呢。

铁骑

这日康王从金兵营里出来，逢营头，走营头，逢帐房，蹿帐房，正是忙忙似丧家之犬，急急如漏网之鱼。兀术在后面追赶不及，就取弓在手，搭上箭，望康王马后一箭，正中在马后腿上。那马一跳，把康王掀下马来，爬起来就走。

康王正在危急，只听树林中隐隐有马嘶之声，只一霎，一匹骏马已到眼前。康王也顾不得许多，跳上马飞跑。那马似通人性，径向南奔去，一马跑到夹江边上，两蹄一举，背着康王跃入水中。江中风紧浪高，那马竟如履平地，后面兀术直看得呆了。良久方在镫里连连跌足，没奈何，只得拨转马头自回营去了。

却说那马只一盏茶工夫便渡过江去，跳上岸来，又送了康王一程。康王如梦方醒，只见马前銮铃下系着一叶甲马，上书四个朱砂字："日行八百"。正纳闷间，只见一个年小的妇人坐在道旁，正呜呜咽咽哭个不住。康王赶路心切，待要不睬他，那马却自煞住脚步，只在那妇人旁驻足不前。

康王好不焦躁，却也知此马非寻常头口，奈何不得。只得俯身问那妇人："你是谁家娘子，一个人孤身在外，成何体统。"

那妇人蓬头垢面，草草福了一福，道："小媳妇姓韩，本是清河县人氏。因死了夫婿，去湖州投奔爹娘。谁知爹爹已死，娘同叔叔做了一路，逼俺嫁人。俺铰了头发，割破面皮，只是不肯。因被娘日夜拷打，当不得，私自跑回北边，若寻着丈夫的坟头，守得一日，便死了口眼也闭。"

康王奇道："你既矢志守节，当日又何必舍了夫家来投父母？"

妇人道："一则那时节金兵过境，兵荒马乱；二则小媳妇与丈夫实为露水夫妻，无家无业，如何守得。"

康王道："你这话更不通。如今江北便是兀术铁骑，你却回哪里去？更何况你舍弃高堂，去替甚么露水夫婿守节，既是不孝，又属淫奔……"话未说完，却吃那马一颠，倒在地上。那妇人也乖觉，登时爬上马背，朝康王福了一福道："世间万苦，金兵又算得了甚么。"说罢纵马向北绝尘而去。